buch & media

In der Tetralogie »Frauenmärchen« von Heli E. Hartleb außerdem:

»Katja« (Juli 2012)
»Wem die Liebe begegnet« (November 2012)
»Elf Jahreszeiten« (März 2013)

Heli E. Hartleb, geboren 1958 in der Steiermark, ist als Arzt in Wien tätig. Er lebt mit seiner Familie in ländlicher Umgebung unweit von Wien. »Meine Annette« ist sein dritter Roman, der, wie auch seine ersten beiden Werke »Katja« und »Wem die Liebe begegnet«, Teil einer Tetralogie mit »Frauenmärchen« ist.

Über Anmerkungen jedweder Art an heli.e.hartleb@live.at würde sich der Autor sehr freuen. Weitere Informationen zur Person und zu den Titeln sind über die Homepage des Autors (www.heli-e-hartleb.at) zu erhalten.

Heli E. Hartleb

Meine Annette

Roman

Frauenmärchen Band 3

Weitere Informationen über den Verlag und sein Programm unter
www.buchmedia.de

Januar 2013
© 2013 Buch&media GmbH, München
Umschlaggestaltung: Ulla Arnold, Freiburg
Printed in Germany · ISBN 978-3-86520-465-3

Für Moritz

Kapitel 1

»Schwester Pia, Sie sollen zur Oberin kommen. Sofort.« Schwester Kathrin, Pias unmittelbare Vorgesetzte, hatte dabei einen süffisanten Unterton angeschlagen, welcher der Angesprochenen nicht entgangen war. Die freche junge Pia ging schon seit einiger Zeit auf ihren Nerven spazieren, da konnte eine Kopfwäsche oder irgendeine Strafmaßnahme durch die Frau Oberin nicht schaden.

Schwester Pia, die gerade die Windel des alten Braunmaier wechselte und diesen das zweite Mal an diesem Vormittag waschen musste, schaute kurz auf. Sie sagte aber nichts und arbeitete seelenruhig weiter.

»Haben Sie mich nicht verstanden?«

»Ich habe Sie verstanden. Soll ich gleich gehen? Werden Sie dann den Hintern vom Herrn Braunmaier putzen? Oder wird die Frau Oberin nach der Unterredung diese Arbeit beenden? Wird sie die restliche Scheiße wegwaschen?«

»Sprechen Sie in Anwesenheit des Patienten nicht in so einem Ton.«

»Herr Gott noch mal! Ist Ihnen etwa noch nie aufgefallen, dass der alte Herr Braunmaier stocktaub ist? Das ist er, seit er hier ist. Das ist nichts Neues, und Sie wissen das nicht. Das ist ein Skandal.«

»Werden Sie nicht frech. Geben Sie Acht, Schwester Pia, sonst sind Sie die Arbeit hier bald los.«

»Ich bin nicht frech, ich arbeite hier. Sehen Sie das nicht? Wenn die Oberin etwas von mir will, so soll sie doch ihren verdammten Arsch hierher bewegen.«

»Was soll ich bewegen?« Die Tür war lautlos aufgegangen, und die Oberin stand wie aus dem Nichts im Raum.

»Sie sollen sich hierher bewegen, wenn Sie etwas von mir wollen. Sie möchten doch nicht wirklich, dass unsere Patienten wegen irgendeiner völlig unwichtigen Sache länger als nötig in der vollen Windel liegen, oder?«

»Ich habe einen Auftrag für Sie, Schwester Pia.«

»Ich heiße nicht Pia, ich heiße Maria Eisner, Sie könnten wenigstens meinen richtigen Namen verwenden, Sie sollten ihn ja kennen. Bei anderen Leuten«, sie warf einen kurzen Blick auf Schwester Kathrin, »kann man das ja nicht erwarten, aber bei Ihnen?«

»Es gibt keine Schwester Maria in diesem Haus, der Name Maria ist hier der Mutter Gottes vorbehalten.«

Maria stöhnte kurz. »Also, schießen Sie schon los. Welchen Auftrag haben Sie für mich?«

»Sie werden Nora ablösen.«

»Was? Wieso denn? Die hat doch diese Dr. Weiß zu betreuen, die da als blutiger Klumpen zum Sterben ins Fünferzimmer gekommen ist. Warum muss ich sie ablösen?«

»Weil Nora ihren Urlaub antreten wird und Sie sie ersetzen werden.«

Maria, die nun den alten Braunmaier fertig versorgt und das verbrauchte Material in den Sammelkübel gestopft hatte, streifte sich bedächtig die Handschuhe ab und holte sich eine große Portion Desinfektionsmittel aus dem Spender. Sorgsam verrieb sie es auf der Haut von Händen und Unterarmen. »Und dazu haben Sie mich ausgesucht. Das ist mal wieder typisch. Aber was soll's.« Sie sah die Oberin mit festem Blick an. »Wann geht es los für mich?«

»Um zwei sollen Sie bei Nora sein. Dann wird sie Sie einschulen bis am Abend, bis Schwester Nino kommt.«

»Ah, die Stalin macht die Nachtschicht. Das wusste ich gar nicht. Na, die kann wenigstens mit solchen Halb- bis Dreivierteltoten umgehen.«

»Für Sie, Schwester Pia, ist das noch immer Schwester Nino Dschugaschwili«, mischte sich Schwester Kathrin ein.

»Haben Sie eigentlich keine Arbeit, Schwester Kathrin Schenck?« Maria war das herausgerutscht, und auf die Lippen der Oberin stahl sich kurz ein Lächeln, das sie sich jedoch gleich wieder verkniff.

Um zehn vor zwei Uhr betrat Maria das besagte Fünferzimmer. Dort empfing sie ein beißender Geruch. Sie atmete zweimal durch, ehe sie sich umsehen konnte. Nora stand am Bett der Patientin und arbeitete am Venenzugang.

»Bin gleich bei dir«, murmelte sie, ohne aufzusehen, »der Scheiß

Venenzugang geht schon wieder zu. Irgendetwas müssen wir uns da einfallen lassen, damit wir das in den Griff bekommen.«

Maria sah von der Ferne aufs Bett und die dort liegende Frau, besser gesagt, die dort liegenden deformierten Reste einer jungen Frau. Es war ein grausiger Anblick. Überall Wunden, teilweise offen liegend, teilweise mit Verbänden versorgt. Der ganze Körper schien betroffen zu sein. Maria schluckte. »Die arme Frau, hoffentlich kann sie bald sterben«, flüsterte sie leise, als Nora nun auf sie zukam.

»Das wird sie auch bald. Es geht bergab. Das Fieber klettert immer mehr in die Höhe, und die auf der Intensivstation wollen sie nicht mehr nehmen. Sie sagen, es sei sinnlos.«

»Was hat sie eigentlich?«

»Du musst fragen, was sie eigentlich nicht hat. Sie hat unversehrte Augen und einen unversehrten Rücken und Po. Sonst aber ist alles mehr oder weniger in Mitleidenschaft gezogen. So etwas Arges habe ich selbst schon lange nicht mehr gesehen, und du weißt, dass ich einige Erfahrungen mit solchen Patienten habe.«

»Ich bin hierher strafversetzt worden. Schul mich ein, damit ich weiß, was ich zu tun habe.«

Nora hob eine Braue. »Du bist nicht strafversetzt worden. Ich habe dich angefordert.«

Staunen erschien auf Marias Gesicht. »Wieso das? Hast du auch schon etwas gegen mich, Nora?«

»Blödsinn, Maria.« Nora war die einzige Kollegin, die sie niemals Pia nannte. Als Schwester Kathrin dies einmal strikt eingefordert hatte, bekam sie dafür den Stinkefinger gezeigt und war mit hochrotem Kopf abgezogen. »Blödsinn. Ich habe dich deswegen angefordert, weil du die Einzige neben der Stalin bist, die das packt. Die sich auch hin traut zur Patientin und zugreifen kann, wenn es nötig ist. Auch bei so einer Patientin. Weißt du, bei gewöhnlichen Patienten können das die lieben Kolleginnen schon auch, aber nicht bei so einer wie der Anni Weiß.«

Maria hatte nun die am Tisch liegende Krankengeschichte in die Hand genommen. Dr. Annette Weiß, sechsundzwanzig Jahre, ledig. Nächste Angehörige: Paula Streifenberger, Schwester. »Sie heißt nicht Anni, sie heißt Annette.«

»Wie bitte?«

»Du hast gesagt, Anni Weiß, sie heißt aber Annette. Hier steht es.«
»Das ist doch so was von scheißegal. Anni oder Annette. Ihre Schwester hat mir gesagt, alle hätten sie immer Anni gerufen.«
»Ich werde Annette sagen.«
»Wenn dir das ein Bedürfnis ist, Maria«, Nora schüttelte den Kopf, »ich werde dich nicht aufhalten. Komm jetzt ans Bett, damit wir loslegen können.«
Maria trat ans Bett und sah Annette das erste Mal ins Gesicht. Wie vom Blitz getroffen wich sie zurück. »Nora, sie schaut mich an!« Tatsächlich waren die offenen Augen direkt auf Maria gerichtet und erweckten den Eindruck, genau zu erkennen, was da vor sich geht. Wunderschöne blaue Augen mit einem wunderbaren Glanz.
»Das ist bei ihr so. Der Neurologe hat gesagt, dass das nichts zu bedeuten hat. Sie ist mit dem Kopf sicher nicht hier, wenn sie mit dem überhaupt noch irgendwo ist.«
»Die ist doch nicht zum Sterben.«
»Maria, schau dir nicht die Augen an, sondern den Rest des Körpers, dann wirst du mir glauben. Ich gebe ihr nicht mehr als zwei Tage. Dann hast du auch wieder deine Ruhe und bist auf der Normalstation.«
»Na gut, dann gehen wir es an. Wie es laufen wird, werden wir ohnehin bald sehen.«

Am kommenden Tag um halb sechs in der Früh betrat Maria das Fünferzimmer. »Hallo Nino, guten Morgen. Lebt sie noch?«
»Hallo Maria, es geht ihr gar nicht so schlecht.«
»Heißt?«
»Dass ich dich am Abend wieder ablösen werde. Komm, ich zeig dir auch noch ein paar Sachen, obwohl dich Nora wahrscheinlich schon bestens eingeschult hat. Stimmt's?«
Maria nickte. »Stimmt, Nino, aber sag mir alles, was du für wichtig hältst, ich kann nicht genug Informationen haben.«
Eine Stunde später war Maria allein. Sie arbeitete in Ruhe an der Patientin. So einen zerstörten Körper hatte sie noch nie gesehen. Nora hatte ihr am Vortag kurz erzählt, wie alles abgelaufen war. Die Patientin wäre mit ihrer Freundin Irene auf dem Weg in den Urlaub gewesen. Sie hätten ihr Studium gemeinsam eine Woche davor abgeschlossen und wollten nun im Süden ausspannen. Sechzig Kilometer weit

waren sie gekommen, als ein Lastkraftwagen mit hoher Geschwindigkeit die Mittelleitschiene durchbrochen und den Pkw der jungen Frauen erwischt hatte, der gleich in mehrere Teile zerborsten war. Annette, die auf dem Sitz angeschnallt und gleich mit diesem durch die Tür nach draußen geschleudert worden war, wäre mit hoher Geschwindigkeit über die Fahrbahn geschlittert, an der Leitschiene hängen geblieben und dann eine Böschung hinuntergekollert, so hatten es Zeugen zumindest geschildert. Dort hatte man sie auch tatsächlich gefunden. Das restliche Auto wäre sofort explodiert und Annettes Freundin auf der Stelle tot gewesen. Mit ein paar Operationen hätte man Annettes innere Verletzungen versorgt. Ein Stück des Darms war gequetscht worden und musste entfernt werden, und einige Knochenbrüche waren verschraubt worden. Das größte Übel wären aber die Hautverletzungen und die Verletzungen der Muskulatur. Die müsste man eigentlich auch operativ versorgen. Dazu wären jedoch unzählige Operationen vonnöten, an die sich in Anbetracht des Zustandes der armen Frau niemand wagen würde. Wozu auch. Es wäre ohnehin alles zu spät.

Sorgsam hatte Maria einiges erledigt, als sie wieder mit dem Blick an Annettes Augen hängen blieb.

»Du hast wunderschöne Augen, Annette. Hat dir das schon mal jemand gesagt?« Erneut konnte sie sich des Eindrucks nicht erwehren, dass Annette sie anblickte. Die Patientin sah nicht durch sie durch. Da konnten die Neurologen sagen, was sie wollten. »Ich lasse dich nicht sterben, ich versprech's.« Die Worte waren ihr so herausgerutscht, und sogleich erfasste Maria eine unglaubliche Traurigkeit. Das Versprechen würde sie wohl nicht halten können.

Annette atmete schwer, hatte wieder hohes Fieber. Maria wusste genau, dass daran eine schwere Lungenentzündung schuld war, und die würde wohl das Leben der jungen Frau auslöschen. Ihre pflegerischen Maßnahmen waren ja das Einzige, was noch getan wurde. Alles Weiterführende wurde als sinnlos erachtet.

Maria fuhr hoch, als die Tür aufgerissen wurde und der junge Dr. Hartmann ins Zimmer schwebte. Nun, so ganz jung war er gar nicht mehr. Maria hatte noch nie mit ihm arbeiten müssen. Irgendwie war sie immer froh darüber gewesen. Er wirkte stets hektisch und machte sich wichtig. Ein Arsch mit Ohren, wie Maria fand.

»Ah, Schwester Pia, Sie bewachen unsere arme Patientin.«
»Ja. Seit heute gehört sie mir.«
»Na, sie wird Ihnen nicht lange zur Last fallen, was ich so gehört habe.«
»Sie fällt mir nicht zur Last. Es gehört zu meinem Job, solche Leute zu pflegen und zu betreuen, das ist keine Last für mich.«
Dr. Hartmanns Mundwinkel zuckte kurz. »Regen Sie sich nicht so auf, ich weiß genau, dass Sie sich wirklich um Ihre Patienten kümmern.«
Maria war kurz erstaunt. Diese Antwort hatte sie nicht erwartet. »Dann kümmern Sie sich doch auch um meine Annette.«
»Ihre Annette?« Er schmunzelte. »Ihre Annette, von mir aus. Wissen Sie, Schwester Pia, ich habe seit heute das Kommando auf der Station, das ist mir nämlich gerade übertragen worden, weil Frau Dr. Höger in die Ambulanz wechselt. Jetzt mache ich mir einmal ein Bild, und dann werden wir weitersehen.«
»Na, hoffentlich sind Sie ein wenig entscheidungsfreudiger als Ihre geschätzte Kollegin.«
»Haben Sie etwas gegen Frau Dr. Höger?«
»Nicht im Speziellen, aber es geht mir so was von auf die Nerven, dass hier alle so tun, als müsste meine Annette hier ganz sicher verrecken. Das ist aber nicht so. Sehen Sie ihr in die Augen, dann werden Sie erkennen, dass da noch Leben in dem geschundenen Körper steckt. Herrgott! Sieht das denn keiner?«
»Jetzt kommen Sie mal wieder runter, Schwester Pia …«
»Ich heiße nicht Pia, mein Name ist Maria, wissen Sie das nicht?« Maria klang schrill, und ihr Herz pochte bis zum Hals.
»Nein, das wusste ich nicht.« Hartmann war peinlich berührt. »Ich kenne Sie nur unter dem Namen Pia. Wie kommt das, wenn Sie nicht so heißen? Ist mir da etwas entgangen? Was ist nochmals Ihr richtiger Name? Verzeihen Sie mir bitte.«
Das zweite Mal brachte Hartmann Maria zum Staunen. »Sie wissen das nicht? Ich heiße Maria. Hier in diesem heiligen Haus darf aber nur die Mutter Gottes so heißen, daher hat man mir kurzerhand den offiziellen Namen Pia verpasst. Wie ich das hasse.«
»Das verstehe ich. Ich heiße auch Ullrich und nicht Ulli, wie viele sagen. Ich finde, der Vorname eines Menschen ist ein unverrückbarer Teil seiner Person, und daher sollte nicht daran herumgetan werden.

Natürlich gibt es liebevolle Abkürzungen oder Abänderungen von Eltern, Geschwistern oder geliebten Menschen, doch nur die sollten das Recht dazu in Anspruch nehmen.«

»Und genau so ist es mit meiner Annette. Sie ist nicht die Anni, sie ist meine Annette.«

»Ihre Annette.« Dr. Hartmann schmunzelte. »Schwester Maria, wir sollten nicht so viel herumphilosophieren, davon hat Ihre Annette nichts. Ich muss sie mir ansehen, damit wir gezielt weitermachen können.«

»Wollen Sie das? Weitermachen?«

»Wenn Sie mir sagen, Schwester Maria, dass die Patientin nicht im Sterben liegt, auch wenn der erste Eindruck durchaus darauf hindeutet, dann hat das schon Gewicht für mich. Sie kennen sich doch mit solchen Patienten aus.«

Maria atmete kräftig durch. Das dritte Mal hatte sie Dr. Hartmann in Erstaunen versetzt. »Bitte. Machen Sie sich ein Bild«, flüsterte sie beinahe.

Das tat er dann auch. So genau hatte die Patientin noch niemand angesehen, seit Maria Annette in ihrer Obhut hatte. Gut, das war ja erst seit Kurzem, aber dennoch gab es jetzt jemanden, der sich ein Bild, ein eigenes Bild machte. Dabei ging Dr. Hartmann mit ungewöhnlicher Rücksichtnahme vor, ließ sich tatkräftig von Maria helfen, hörte auf ihre Meinung, nickte hin und wieder, dann wieder schüttelte er bloß den Kopf. Am Ende sah er Annette in die Augen. Lange. Sehr lange.

Plötzlich wandte er sich Maria zu. »Sie haben recht. Ihre Annette ist nicht zum Sterben da. Wir werden etwas tun. Helfen Sie mir dabei?«

»Meinen Sie das ernst, oder sagen Sie das bloß so?«

»Ich meine das bloß so.« Er sah Maria schief an. »Glauben Sie, ich erzähle Ihnen Märchen? Ihnen? Was soll ich Ihnen denn vormachen? Und Sie wissen genauso gut wie ich, dass alle unsere Bemühungen auch in die Hose gehen können.«

Jetzt war Maria nicht mehr erstaunt. »Wie gehen wir es an?«

»Zunächst einmal müssen wir diese beschissene Lungenentzündung in den Griff bekommen, was heißt, in den Griff bekommen, wir müssen sie wegbringen. Welches Antibiotikum bekommt Ihre Annette zurzeit?«

Er hatte die Worte »Ihre Annette« ganz ohne Unterton gesagt, und das ließ Marias Eindruck von Dr. Hartmann endgültig um hundertachtzig Grad schwenken. »Meine Annette bekommt gar kein Antibiotikum, da es ohnehin keinen Sinn hat und bloß Geldverschwendung darstellt.«

»So kann man es schon sehen, wir werden es aber anders machen.«

Hartmann verordnete ein Medikament und gab Maria genaue Anweisungen, was sie noch mit ihrer Annette aufführen musste, damit man der Infektion Herr werden konnte. Und sie erhielt die strenge Instruktion, auch die Stalin, wenn sie in den Nachtdienst kommen würde, genauestens zu informieren und einzuschulen.

Die war dann im ersten Augenblick erstaunt, machte aber gleich eine Bemerkung, die Maria aufhorchen ließ. »Mir war eigentlich nicht ganz klar, warum die Dr. Weiß zum Sterben hier ist, man braucht doch bloß in ihre Augen zu sehen. Da ist noch Leben.«

Diese Bemerkung ließ Marias Herz kurz schneller schlagen. Sie verabredete noch mit Schwester Nino, dass sie am kommenden Tag später kommen würde, da sie dringend einen Amtsweg zu erledigen hätte. Die Stalin nickte bloß sanft und klopfte Maria mütterlich auf die Schulter.

»Mach nur, Maria. Ob ich ein, zwei Stunden länger bleibe, ist mir morgen wirklich egal.«

»Danke«, Maria lächelte und drückte der Stalin ein Küsschen auf die Wange. »Pass schön auf. Ich werde meine Annette morgen ausfragen, wie du zu ihr warst.« Maria machte am Absatz kehrt und eilte in die Garderobe.

Sie hatte sich gerade in ihr Bikerdress geworfen, als Schwester Kathrin in die Garderobe kam. Sie zog sich schweigend um, und erst als sie irgendeinen aufreizenden Fummel anhatte, wandte sie sich an Maria. »Also, ich habe mitbekommen, dass Sie, Schwester Pia, und Herr Dr. Hartmann, der neue Gott auf unserer Station, die Anni Weiß retten wollen.«

»Ja, das wollen wir. Und für Sie, Schwester Kathrin Schenck, heißt die Patientin immer noch Dr. Annette Weiß.« Sie schnappte sich ihren Fahrradhelm und war schon durch die Tür verschwunden.

Maria setzte sich auf ihr Fahrrad, das ihr genauso vertraut war wie manchen Leuten die eigenen Beine, und setzte sich in Bewegung. Seit sie in diesem Haus arbeitete, und das waren doch schon mehr als vier Jahre, war sie erst fünfmal nicht mit dem Fahrrad gekommen. Da hatte ihr jedes Mal der Tiefschnee einen Strich durch die Rechnung gemacht, und sie hatte ein Taxi nehmen müssen. Daher kannten Maria alle bloß in Arbeitskleidung oder eben in der Fahrradkluft. Noch nie hatte sie jemand in Jeans, geschweige denn in einem Rock oder gar in einem Kleid gesehen. Und niemand wusste, dass das auch ein Geheimnis war, das Maria mit sich herumtrug. In Wahrheit liebte sie schöne Kleider, und sie hatte sich im Laufe der Zeit schon viele zugelegt. Dazu auch passende, zauberhafte Dessous und feinste Strümpfe. Derartige Kleidung trug sie für ihr Leben gern, aber nur für sich zu Hause. Sie zelebrierte das dann richtig und verbrachte immer öfter einen wohligen Abend mit einem Glas Rotwein in ihrer Garderobe. Doch außerhalb ihrer Wohnung bestand ihre Zivilkleidung aus Jeans und wenigen neutralen Hosen, mit denen sie Konzerte besuchte. Klassische Konzerte, tägliches Fahrradfahren und regelmäßiges Training im Fitnessstudio waren ihre einzigen Beschäftigungen außer Lesen und Surfen im Internet. Und wenn Maria auch nicht sehr viel Zeit vor dem Computer verbrachte, so waren ihre Interessen umso vielfältiger. Da konnte sie schon einmal eine Zeit lang bei alten Musikinstrumenten hängen bleiben, andererseits aber auch bei sanfter Erotik, wenn es bloß Frauen betraf, und das war ja – Gott sei Dank, wie sie fand – meist der Fall. Ihre lesbischen Neigungen hatte sie sich selbst gegenüber noch nie offen ausgesprochen, und schon gar nicht vor Freunden oder Verwandten. Es wären auch nicht viele Leute infrage gekommen, denen sie davon hätte erzählen können. Eine echte Freundin oder einen echten Freund hatte sie eigentlich gar nicht, und eine längere Liebesbeziehung war sie noch nie eingegangen. Wie auch, wenn man sich nicht einmal selbst eingestehen konnte, wohin es einen zog. Ihr Geschlechtsleben bezog sich folglich ausschließlich auf sich selbst, und sie hatte eine wahre Meisterschaft darin entwickelt, sich Lust zu verschaffen. Der schale Nachgeschmack, die Lust nicht teilen zu können, war aber bei aller Raffinesse nicht wegzubekommen.

An Lust oder Sex dachte Maria an diesem Tag allerdings überhaupt nicht. Der laue Wind und die tief stehende Sommersonne lockten sie zu einer längeren Ausfahrt. Sie überlegte kurz, ob sie noch etwas Wichtiges einkaufen müsste, damit am Ende nicht wieder ein Gang ins Wirtshaus unten ums Eck notwendig sein würde. Darauf hatte sie heute gar keine Lust. Essen würde sie aber schon etwas müssen, so dünn, wie sie zurzeit war und wie es ihr schon selbst aufgefallen war. Der Kühlschrank sollte aber ausreichend Vorrat bieten, dass sie sich etwas Gutes und vor allem etwas Heißes zubereiten können sollte.

Beruhigt trat sie in die Pedale und fuhr ziellos durch die Gegend. Ziellos bedeutete bei Maria aber nicht, dass sie planlos herumfuhr. Sie kannte lediglich alle Straßen und Wege in- und auswendig, sodass die Fahrt ohne weiteres Nachdenken ablief.

Nachdenken konnte sie dabei jedoch über alles Mögliche. Über die Arbeit, die Kollegen und Kolleginnen, über Dr. Hartmann, gegen den sie offenbar ein völlig unbegründetes Vorurteil gehegt hatte – bis zum heutigen Vormittag. Und dann schweiften ihre Gedanken auch zu ihrer Annette. Selbst in Gedanken war das ihre Annette. Würde sie tatsächlich überleben? Und wenn ja, was würde das für ein Leben sein? Ewig im halbwachen oder kaum wachen Zustand? Was würde sie über ihre Entstellungen denken, wenn sie sich derer bewusst werden könnte? War es in Anbetracht dessen nicht eigentlich eine Zumutung, dass sie und Dr. Hartmann versuchten, dieses Leben zu retten? Maria war sich da nicht so sicher, als sie ihr Fahrrad im Keller abstellte und die vier Stockwerke in die Wohnung hinaufsprang.

Am kommenden Morgen war Maria rasch mit dem Fahrrad zum Bezirksgericht gefahren, um eine Urkunde abzugeben, die man noch für eine Eintragung ins Grundbuch von ihr benötigte. Tante Clara, ihr Schatz aus Kindheitstagen und auch danach, war im Vorjahr verstorben und hatte ihr ein wahres Vermögen hinterlassen. Schmuck, Geld, Grundstücke, sogar zwei Häuser am Stadtrand. Maria hatte überhaupt nicht damit gerechnet, und die Trauer um Clara war noch größer geworden, als sie von der Erbschaft erfahren hatte, umso mehr, als Clara ihr einen sehr emotionalen Brief hinterlassen hatte, in dem sie aus ihrer großen Zuneigung zu Maria kein Hehl gemacht hatte.

Jedenfalls wären die Amtswege nun zu Ende, und Maria hatte auch nicht verstanden, warum die Beamtin so darauf gedrängt hatte, dass sie die Urkunde persönlich vorbeibringen sollte. Ein eingeschriebener Brief hätte es sicher auch getan.

Um zehn Uhr kam Maria in frische Dienstkleidung gehüllt ins Fünferzimmer und fiel aus allen Wolken. Annette war weg, das Bett war weg, und Nino stand mit unsicherem Blick am Fenster und nestelte an ihrer Bluse herum.

»Ist sie tot?« Maria war bleich geworden und setzte sich auf einen Stuhl in der Ecke.

»Nein, sie ist nicht tot.«

»Wo ist sie denn? Was geschieht mit ihr? Wer passt denn auf sie auf?« Marias Stimme überschlug sich beinahe.

»Beruhige dich, Maria. Der Kornthaler hat sie abholen lassen. Vor einer guten Stunde.«

»Wer ist der Kornthaler?«

»Professor Kornthaler, das ist der neue Chef unserer plastischen Chirurgie. Hast du von dem noch nichts gehört? So ein Wunderwutzi, der aus Amerika zurückgekommen ist.«

»Nie von dem gehört, wahrscheinlich so ein Brustvergrößerer. Was will der denn?«

»Der schaut sich die Frau Dr. Weiß an. Das macht er im Operationssaal, damit er alles bestens begutachten kann.«

»Und dann will er sich an meiner Annette profilieren. Sicher. Da kann man schon einmal einiges ausprobieren, und wenn es schiefgeht, dann ist es ja auch wurscht.«

»Was ist wurscht?«, ertönte plötzlich eine tiefe Stimme, und Maria wirbelte herum.

»Es ist ja wurscht, was mit meiner Annette geschieht, jetzt soll sie vielleicht auch noch ein Versuchskaninchen abgeben.« Sie hatte das alles ausgesprochen, ehe ihr bewusst wurde, dass sie ja vor zwei Männern stand. Beide hatten eine Augenbraue hochgezogen, einen kannte sie, das war Dr. Hartmann, den zweiten, einen hässlichen Mann, hatte sie noch nie gesehen, und es dämmerte ihr, dass das Professor Kornthaler sein könnte, der vielleicht selbst auch einmal einen Schönheitschirurgen in Anspruch nehmen sollte, wie ihr sofort in den Sinn kam. »Entschuldigen Sie meinen Ausbruch, aber ich mache mir bloß Sorgen um meine Annette.«

Der Mann war in der Tat Kornthaler. Doch als er merkte, dass sich

Maria tatsächlich Sorgen um die Patientin Weiß machte, entspannten sich seine Züge, und da schien er bei Weitem nicht mehr so hässlich zu sein.

Dr. Hartmann machte alle zügig miteinander bekannt. Dabei trat zutage, dass Kornthaler offenbar schon bestens über Maria Bescheid wusste.

Ohne weitere Umschweife berichtete Kornthaler von seinem Vorhaben. Unzählige Eingriffe habe er vor. Kleine und große Operationen, einfache und komplizierte. Das würde vermutlich Monate dauern.

»Sind Sie bereit, das mit uns durchzuziehen, Schwester Maria?«

»Ich weiß nicht, was das für einen Sinn haben soll, Herr Professor, das ist doch bloß eine Quälerei.«

»Ob es für Ihre Annette eine Quälerei wird, hängt unter anderem stark von Ihnen und Ihrem Arbeitseinsatz ab.«

Auch Kornthaler hatte »Ihre Annette« gesagt, ganz ohne Unterton. Das war Maria sofort aufgefallen. »Von mir können Sie alles haben. Ich bin ja dafür da.«

Er schüttelte den Kopf. »Viele sind für irgendetwas da, und man kann dennoch nicht viel von ihnen haben.« Jetzt lächelte er breit, und Maria war klar, dass man an diesem Gesicht mit so viel Charakter niemals herumschneiden sollte.

»Bei mir ist das anders«, erwiderte Maria kurz angebunden.

»Das habe ich schon gehört. Kollege Hartmann hat mich aufs Genaueste informiert.«

»Aber wo ist denn meine Annette nun?«

»Auf der Intensivstation …«

»Was? Auf der Intensiv? Wieso denn das? Geht es ihr schlecht?«

»Es geht ihr nicht schlecht. Sie hatte bloß Herzrhythmusstörungen, und da wollte ich auf Nummer sicher gehen und sie für ein paar Stunden dort überwachen lassen. Ich konnte das ohnehin nur deswegen, weil zwei Betten frei geworden waren und die Kollegen dort so lieb waren, Frau Dr. Weiß bis Mittag zu übernehmen.«

»Dann ist sie also bald wieder zurück.«

»So ist es«, antwortete Kornthaler, und dann schien er sehr nachdenklich zu werden. »Das Problem wird sein, die Schwester der Patientin zu überreden, den Eingriffen zuzustimmen. Der müssen wir das plausibel machen, was wir hier vorhaben.«

»Mir ist ja auch noch nicht klar, was das alles soll.« Maria hatte sich lautstark zu Wort gemeldet.

Dr. Hartmann nahm sie an der Hand. »Schwester Maria, Sie haben mich gestern davon überzeugt, dass man Ihre Annette nicht sterben lassen sollte. Wenn uns das gelingt, dann sind wir aber auch verdammt noch mal verpflichtet, der jungen Frau die Möglichkeit zu geben, wieder ein normales Leben zu führen. Dazu gehört nun einmal auch, dass die völlig verdrehte Nase zwischen den schönen Augen wieder gerade gerichtet wird, und vieles mehr.«

»Aber sie ist doch gar nicht bei Bewusstsein.«

Hartmann drückte Maria fest die Hand. »Muss das so bleiben? Stellen Sie sich vor, Sie kommen eines Tages in den Dienst, pflegen und waschen Ihre Annette, und wenn Sie fertig sind, sagt diese plötzlich: ›Danke, Schwester Maria, das haben Sie wieder ausgezeichnet gemacht.‹ Soll sie dann so aussehen wie heute?«

Maria schluckte, und plötzlich kamen ihr die wunderschönen klaren blauen Augen der Patientin in den Sinn, die sie doch ansahen und nicht durch sie hindurchsahen. Vielleicht sollte irgendwann der Zeitpunkt kommen, an dem ihre Annette sagen würde: »Schwester Maria, Sie haben mich ja brav gepflegt, aber geflucht und geschimpft haben Sie wie ein Rohrspatz.« Der Gedanke bereitete Maria ein Hochgefühl. Sie war dabei beim großen Vorhaben.

»Da kommt noch etwas dazu, Schwester Maria«, ließ sich Kornthaler vernehmen, »es geht mir bei den Operationen nicht nur um die Schönheit. Wissen Sie, ich komme nicht von der Schönheitschirurgie, ich komme vom Wiederherstellen. Natürlich geht es mir auch darum, ein ansehnliches Ergebnis zu erzielen, es geht aber vor allem darum, alle Bewegungsfunktionen wieder zurückzugewinnen, Narben zu korrigieren, totes Gewebe, das den Körper belastet, zu entfernen, alles in allem darum, die Möglichkeit aufzubereiten, dass sich Ihre Annette auch wirklich wieder erholen kann.«

»Und das bedeutet Arbeit«, schloss Maria. »Ich bin dabei.«

Die Stalin, die alles völlig schweigsam und scheinbar unbeteiligt mitbekommen hatte, richtete sich langsam auf, streckte sich und ließ sich auf einen Sessel fallen. Alle Gesichter waren nun auf sie gerichtet. »Was ist? Ich bin auch dabei. War doch ohnehin klar. Oder?«

Zwei Tage später wurde die Tür vom Fünferzimmer aufgerissen, und Paula Streifenberger, Annettes Schwester, stürmte wutentbrannt hinein.

»Schwester, was fällt Ihnen ein, da so einen Murks in Gang zu setzen? Halten Sie es nicht aus, dass eine Patientin auch einmal sterben muss? Müssen Sie mit unserer Anni herumexperimentieren? Es ist ein Skandal. Wir haben es ausführlichst besprochen, dass keine weiteren Maßnahmen gesetzt werden, um sie in Ruhe einschlafen zu lassen.«

Maria sagte erst gar nichts, ging auf Paula Streifenberger zu und nahm sie an der Hand. Diese ließ sich, völlig perplex, von Maria ans Bett ziehen. Sie hatte ihre Annette eben gepflegt, und so gab diese einen den Umständen entsprechend gar nicht so schlechten Anblick ab. »Frau Streifenberger, ehe wir über irgendetwas weitersprechen, sehen Sie Ihrer Schwester in die Augen, diese wunderbaren blauen, lebenden Augen.« Sie führte sie nun direkt zum Gesicht ihrer Annette. »Sehen Sie. Wollen Sie solche Augen sterben lassen?«

Paula Streifenberger brach in Tränen aus. Sie hatte seit Annettes Unfall nicht eine Träne verdrückt. Alles hatte sie professionell abgehandelt und war deswegen in Clinch mit ihrem Lebenspartner gekommen, der das nicht nachvollziehen konnte und Emotionen von ihr einforderte. Der Blick in Annettes Augen änderte aber alles. Jetzt weinte sie bitterlich.

»Lassen Sie sie nicht sterben. Bitte. Lassen Sie sie nicht sterben.«

Maria hatte Paula in die Arme genommen und strich ihr sanft durchs Haar. »Das, Frau Streifenberger, haben wir vor. Wir wissen nicht, ob wir es schaffen, aber wir werden es versuchen. Und ich kann Ihnen versprechen, dass ich alles für meine Annette machen werde.«

Paula richtete sich auf. »Ihre Annette? Sehen Sie das so?«

»Ja, meine Annette.«

Paula lächelte ein wenig. »Dann ist sie ja in besten Händen.«

Kapitel 2

Vier Monate später hatte Annette bereits einige Operationen hinter sich gebracht und dabei auch die eine oder andere kritische Situation überstanden. Einmal hatte es postoperativ einen Herzstillstand gegeben, und bloß dem unglaublich kompetenten und schnellen Eingreifen eines Anästhesisten war es zu verdanken gewesen, dass nicht alles umsonst gewesen war. Der Zwischenfall bedeutete auch wieder eine Woche Intensivstation für Annette, doch das konnte Maria für ein paar Tage Erholungsurlaub nutzen. Dr. Hartmann hatte sie nach Hause geschickt, als sie verweint aus der Intensivstation zurückgekommen war, um zu sehen, ob die Schwestern dort alles richtig machen würden. Die machten auch alles richtig und behandelten Maria liebevoll wie eine enge Angehörige, was diese völlig aus dem Häuschen brachte. Sie schlief ein paar Tage beinahe durch und kam dann ausgeruht und voller Tatendrang wieder ins Fünferzimmer, in das, kaum dass Maria dort alles auf die Reihe gebracht hatte, Annette in ihrem Bett angerollt kam.

Nicht nur Maria schien erholt zu sein, auch ihre Patientin war um Ecken besser in Schuss als noch vor wenigen Tagen.

Maria machte sich gleich einmal daran, Annette von Kopf bis Fuß zu inspizieren. Die Wunden, die bei den früheren Operationen entstanden waren, schienen allesamt gut verheilt zu sein, wie überhaupt Annettes Körper ein Potenzial zum Abheilen von Verletzungen zu haben schien, das Kornthaler und Hartmann immer wieder staunen ließ. Hartmann ließ das auch einmal in einem langen Gespräch mit Maria fallen. Er wäre sich nicht ganz sicher, ob die Frau Doktor Weiß nicht auch ohne seine Hilfe gesund geworden wäre. Dafür erntete er von Maria einen Rempler, und sie zeigte ihm einen Vogel. Maria hatte gar nichts gesagt, doch diese Reaktion ließ ihm das erste Mal die Selbstzweifel verschwinden, die ihn plagten, seit er sein Studium abgeschlossen hatte, und die er nun schon beinahe perfekt verschleiern konnte. Damals hatte er sich auch zur Seite gedreht und Maria einen Kuss auf die Wange gedrückt. Sie war rot geworden wie eine Tomate, und Hartmann sah das erste Mal, dass da nicht nur eine raue, herzensgute, sondern auch eine wunderschöne Frau neben ihm saß.

Die Inspektion der Patientin verlief zu Marias größter Zufriedenheit. Die junge Frau hatte wieder ein Gesicht, und zwar ein hübsches. Die Augen waren endlich wieder im passenden Rahmen. Kornthaler hatte die Nase so schön hergerichtet, dass Maria sich nicht sicher war, ob die ursprüngliche Form auch so edel gewesen war. Sie musste Paula Streifenberger um ein Foto bitten. Langsam wurde es Zeit, Vergleiche anzustellen.

Es klopfte an der Tür, und Marias Blutdruck stieg bereits in bedenkliche Höhen. Das Klopfen kannte sie bereits. Das konnte nur Schwester Kathrin sein.

»Einen Augenblick noch, ich bin gleich so weit.« Maria hatte zwar gar nichts zu tun, außer Annette mit einem Leintuch zuzudecken, doch es bereitete ihr ein kleines Vergnügen, Schwester Kathrin warten zu lassen. »So, Sie können jetzt hereinkommen.«

»Warum lassen Sie mich vor der Tür warten? Ich bin doch auch Schwester.«

»Und woher soll ich wissen, dass nicht eine Vertreterin der Zeugen Jehovas vor der Tür steht?«

»Weil Zeugen Jehovas hier keinen Zutritt haben.«

»Und Sie kontrollieren das akribisch?«

»Natürlich …« Schwester Kathrin räusperte sich. »Ist ohnehin sinnlos«, murmelte sie, »Schwester Pia, Sie sollen schnell zur Oberin kommen.«

»Ja, Schwester Kathrin, ich mache mich auf die Socken.« Schon war sie vorbei an ihrer Stationsschwester.

»Wollen Sie Frau Dr. Weiß allein lassen?«

»Wollen nicht. Aber haben nicht gerade Sie mich zur Oberin geschickt? Übrigens, man kann meine Annette auch schon eine Zeit lang allein lassen und muss nicht mehr Angst haben um sie.«

Zwei Minuten später betrat Maria das Zimmer der Oberin.

»Ah, Sie sind schon da.«

»Es hat geheißen, dass ich kommen soll, also bin ich da.«

»Schwester Pia, ich möchte, dass Sie teilweise wieder auf der Normalstation Dienst tun. Neben Ihrer Betreuung von Frau Dr. Weiß.« Innerlich stellte sie sich auf eine Schimpftirade und auf wüsteste Ausdrücke ein. Instinktiv verkrampfte sie sich dabei.

»Das soll kein Problem sein.«

»Wie?« Die Oberin entspannte sich. Hatte sie richtig verstanden?

»Wie meinen Sie das?«

»Ich meine, dass es kein Problem darstellen wird, wenn ich mehr oder weniger bei meiner Annette bleiben kann. Bloß die ersten fünf Tage nach Operationen bringen Sie mich nicht aus ihrem Zimmer. Da können Sie Gift darauf nehmen.«

»Wird das wirklich möglich sein?«

Maria ruderte ungehalten mit ihren Armen in der Luft herum. »Haben wir ein Verständigungsproblem, Frau Oberin? Spreche ich Mongolisch? Ich mache das so, wie Sie es wollen, und an den ersten fünf Tagen nach Operationen mache ich es so, wie ich es für richtig halte. War das jetzt einigermaßen verständlich? Auch für Sie?«

Den Nachsatz hätte sich Maria sparen sollen. Sie konnte sich nun eine Viertelstunde lang anhören, welch unmögliche Person sie wäre, flegelhaft, absolut eine Zumutung für jede Vorgesetzte und überhaupt das Letzte, was es an Schwestern in dieser Krankenanstalt gäbe.

Maria hatte ihre Ohren auf taub gestellt und wartete bloß, bis sich der Mund der Oberin nicht mehr bewegte.

»War es das?«

»Verschwinden Sie!«

Mit ihrer teilweisen Rückversetzung auf die Station normalisierte sich Marias Alltag wieder. Die Freizeitaktivitäten waren gleich geblieben, lediglich der Drang, sich zu Hause schön zu machen, war stärker geworden. Es verging beinahe kein Tag mehr, an dem sie nicht ein wunderbares Bad nahm, bei dem sie ihren Körper – ohnehin bereits straff und schön durch das viele Fahrradfahren – durch Pflege in einen Zustand brachte, der ihr sehr gefiel. Ihre Haut war vom Kopf abwärts glatt und weich, kein störendes Haar wurde geduldet. Lediglich die Hände bekam sie nicht ganz so in den Griff, wie sie es sich vorstellte. Die Arbeit ließ das nicht zu, wenngleich Maria nun bereits mit einem Apotheker in der Nachbarschaft eine Art Versuchsreihe gestartet hatte, auch hier die Haut in Schuss zu halten. Sie hatte bei ihm um Rat gefragt, und er hatte es sich bald zu seinem persönlichen Ziel gemacht, Marias Hände zu »retten«, wie er es schon ein paarmal ausgedrückt hatte.

Nach so einem üblichen Bad schlüpfte sie in neckische Unterwäsche, zog sich sexy Strümpfe über die Beine und suchte sich ein passendes Kleid für den Abend aus. Alles untermalt von schöner Musik, wobei kein Abend verging, an dem sie nicht eine CD von Caterina Valente laufen ließ. Von Tante Clara hatte sie eine Menge CDs geerbt, unter anderem auch welche von der Valente, die sie bis zu diesem Augenblick nur vom Namen her kannte. Die wunderschöne Stimme der Sängerin zog sie aber so in ihren Bann, dass sie sich zumindest eine CD pro Abend anhörte.

Eines Abends rollte sie sich eben den zweiten Strumpf über das Bein nach oben und befestigte ihn am Hüfthalter, als ihr Festnetztelefon klingelte. Das stand im Vorraum, und sie besaß es eigentlich nur deswegen, weil die Kombination aus Festnetzanschluss und Internetzugang bei ihrem Betreiber unschlagbar günstig war. Eigentlich rief sie niemand über das Festnetz an. Da der Anrufer aber offensichtlich nicht auflegte, stürmte sie doch noch hinaus und nahm den Hörer in die Hand.

»Eisner.«

»Guten Abend. Paula Streifenberger am Apparat. Die Schwester Ihrer Annette.«

»Sie müssen nicht sagen, wer Sie sind. Ich erkenne Sie schon an Ihrer angenehmen Stimme.« Eben wurde Maria durch einen Blick in den Spiegel bewusst, in welchem Outfit sie sich am Telefon befand. Der schwarze Hüfthalter ließ ihre blanke Scham hervorleuchten, und der BH war nicht von schlechten Eltern.

Ein kurzer Augenblick der Stille war eingetreten. »Sie finden meine Stimme angenehm? Das ist schön, dass Sie das sagen. Ich höre gerne Komplimente. Aber Sie sollten einmal die Stimme meiner Schwester, Ihrer Annette, hören. Die klingt erst wohlig. Dagegen bin ich eine Blechtrommel.«

»Übertreiben Sie nicht. Sie sind überhaupt eine wundervolle Frau. Ich spüre doch, wie sehr Sie Ihre Schwester lieben.«

»Sie, Schwester Maria, Sie sind eine wundervolle Frau. Sie sind für mich die personifizierte Tatkraft und dabei so eine Schönheit.«

Rums. Das saß. Noch nie, noch nie hatte das irgendjemand zu Maria gesagt. »Finden Sie?« Marias Stimme war kaum zu hören.

»Ja, das finde ich. Und ich fände es ungemein schön, wenn Sie irgendwann die Möglichkeit hätten, sich ganz normal mit Ihrer Annette zu unterhalten. So wie wir zwei miteinander reden. Und sich nicht auf solche Gespräche beschränken zu müssen, wie Sie sie mit ihr führen.«

Maria war rot geworden. »Wovon sprechen Sie?«

»Seien Sie mir nicht böse, aber ich habe Sie neulich belauscht. Ich stand in der Zimmertür, und Sie haben mich nicht bemerkt, als Sie an Annette eine Generalpflege durchgeführt haben.«

Maria stieg die Hitze hoch. »Was ... was habe ich denn gesagt?«

Paula Streifenberger lachte kurz auf. »Schwester Maria, Sie wissen das doch ganz genau. Ich habe noch nie jemanden so liebevoll mit einer schutz- und hilfsbedürftigen Person sprechen hören, mit so viel Respekt und Ernsthaftigkeit wie Sie. Ich konnte gar nicht bleiben, ich musste raus.« Sie machte eine Pause. »Ehrlich. Ich habe mich ins Auto gesetzt und eine Stunde lang geweint.«

Die Röte von Marias Kopf hatte sich noch deutlich vertieft. Welch ein seltsamer Anblick im Spiegel: der vor Scham gerötete Kopf und der durchtrainierte, begehrenswerte Körper in verführerischen Dessous. Es war das erste Mal, dass Maria die Vokabel »begehrenswert« für sich selbst in den Sinn kam.

»Sind Sie noch dran?«, wollte Paula wissen.

»Ja ... ja. Sie haben mich verlegen gemacht. Das ist doch normal, dass man liebevoll ist zu seinen Patienten.«

»Sicher nicht.«

»Ich bin eben, wie ich bin.« Maria zuckte mit den Achseln.

»Ich schätze gerade das, und ich habe zufällig mitbekommen, dass Sie im Krankenhaus nicht von allen geschätzt werden, insbesondere Ihre Vorgesetzte hat es offenbar gar nicht leicht mit Ihnen, und das gefällt mir auch.« Sie räusperte sich kurz. »Schwester Maria, Frau Eisner, der eigentliche Grund meines Anrufes ist, dass ich Sie zu einem Essen zu mir einladen möchte.«

Maria zuckte zusammen. Vorgeführt zu werden als die heroische Krankenschwester und ganzabendliches Schulterklopfen, das war keine gute Vorstellung. »Ich weiß ...«

»Keine Angst«, unterbrach sie Paula, »wir sind zu zweit. So wie ich

Sie einschätze, ist das Letzte, was Sie brauchen, eine Schar Bewunderer, die Ihnen zu Füßen liegt.«

Das sah schon anders aus. »Na ja ...«

»Und ich koche selbst. Ich bin keine schlechte Köchin, wenngleich ich Ihrer Annette nicht das Wasser reichen kann, was die Kochkunst anbelangt.«

Der Satz hatte Annette derart in eine reale Gegenwart versetzt, dass Maria sie förmlich am Herd stehen sah. Das Bild war schön und basierte nicht auf einer alten Fotografie, sondern auf dem Aussehen, das Annette jetzt im Krankenbett bot. Kornthaler hatte sie wieder zu einer schönen Frau gemacht, dieser hässliche Typ mit Charakter und mit Charisma. »Dann kochen Sie halt diesmal, und bei einem der nächsten Male lassen wir meine Annette kochen. Das wäre doch eine Idee.«

Maria konnte es nicht sehen, aber Paula strahlte übers ganze Gesicht. Die Vorstellung, von ihrer Schwester eine gefüllte Kalbsbrust serviert zu bekommen, ließ ein unbeschreibliches Glücksgefühl in ihr aufkommen. »Schwester Maria, ich freue mich, wenn Sie zu mir kommen.«

»Ich komme gerne zu Ihnen. Frau Streifenberger, bitte lassen Sie die Schwester weg. Für Sie bin ich nur Maria oder Frau Eisner, wie Sie wollen. Und noch etwas: Muss ich mich irgendwie besonders kleiden, wenn ich zu Ihnen komme?«

Paula verstand nicht recht. »Was meinen Sie? Sie können kommen, wie Sie wollen. Es ist bei mir weder heiß noch kalt. Wie Sie möchten. Sie werden ja nicht in Schwesterntracht kommen wollen.«

»Ganz bestimmt nicht. Woher haben Sie übrigens diese Telefonnummer?«

»Aus dem Telefonbuch. Sie sind die einzige Maria Eisner in dieser Stadt. Hat mich eigentlich gewundert. So, ich sage Ihnen noch, wie Sie zu mir finden, und Sie sagen mir, wann Sie kommen können.«

Drei Minuten später hatte Maria aufgelegt und stand vor dem Spiegel. Wie schön wäre es doch, wenn sie den Mut hätte, mit solchen Dessous aus dem Haus zu gehen. Einfach ein schönes Kleid überzuwerfen und so zu Frau Streifenberger gehen zu können, das wäre etwas. Ob sie so etwas jemals zustande bringen würde?

Plötzlich war ihr gar nicht mehr nach Abend in Garderobe zumute. Sie zog sich wieder sorgsam aus, streifte ihr Nachthemd über und setzte sich vor den Computer. Sie surfte ein wenig herum und war bald auf Seiten mit erotischem Inhalt gelandet. Sie ließ die Hand in ihre Mitte gleiten und begann sich sanft zu liebkosen. Kurz darauf klickte sie die Seite wieder weg, legte sich ins Bett, versuchte zu lesen, doch daraus wurde auch nichts, sie war nicht in der Lage, sich zu konzentrieren.

Also löschte sie das Licht und ließ wieder eine Hand in ihre aufgewühlte Mitte gleiten. Und schon kam ihr das Bild ihrer Annette vor Augen, wie sie in der Küche stand, elegant in ein lockeres Sommerkleid gehüllt, in einer Schüssel rührend und mit einem Blick aus den wunderbaren blauen Augen auf Maria. Der Orgasmus, der Maria überrollte, war so gewaltig, dass sie sich kaum fangen konnte. Und ebenso das schlechte Gewissen und die dadurch hervorgerufene Übelkeit, dass sie sich beinahe übergeben musste. Sie weinte bittere Tränen, als ihr bewusst wurde, dass sie sexuelle Fantasien in Bezug auf eine hilfsbedürftige Person hegte. Nicht bezüglich *einer* hilfsbedürftigen Person, nein, bezüglich *der* hilfsbedürftigen Person. Das war doch das Allerletzte.

Am nächsten Tag war Maria todtraurig. Lethargisch zog sie ihre Schwesternkleidung an und trottete auf die Station. Sie war früh dran und traute sich irgendwie nicht ins Fünferzimmer, wo die Stalin sicher noch mit Annette werkte. Endlich nahm sie sich ein Herz und stahl sich ins Zimmer.

»Was ist dir denn heute über die Leber gelaufen?«, brachte es Schwester Nino gleich auf den Punkt. »Was machst du für ein Gesicht?«

»Ich habe nicht gut geschlafen.« Das entsprach der Wahrheit, war aber nicht der Grund für ihre Stimmung. Maria hatte Angst, in Annettes blaue Augen, in ihr wieder hübsches Gesicht zu sehen. Was würde sie zu Maria sagen? Plötzlich fasste sie sich Mut, stürmte zu ihrer Annette und sah ihr ins Gesicht, in die blauen Augen. Da war Nachsicht zu spüren. Es war nicht der übliche Blick, nein, der heutige war viel wärmer als sonst. Marias Laune war wie ausgewechselt. Alle Lebensgeister waren wieder da, und sie freute sich auf den Arbeitstag, obwohl sie wusste, dass sie nur wenig Zeit bei ihrer Annette würde verbringen können.

Der Stalin war der Umschwung nicht entgangen, doch sie schüttelte bloß den Kopf.

Das wiederum war Maria nicht entgangen. »Warum schüttelst du den Kopf?«

»Du liebst deine Annette. Stimmt's?«

Wham! Das war wie eine Ohrfeige. »Wie kommst du darauf?«

»Das kann ich doch mit geschlossenen Augen sehen. Deine Annette ist doch deine große Liebe. Sei doch ehrlich.«

»Nino! Was sagst du da?«

»Sei doch ehrlich! Was du da machst, macht ein Mensch nur, wenn er jemanden sehr, sehr liebt. Das macht man sonst nicht so. Auch du nicht. Dir ist zwar nichts zu dreckig, und du putzt stoisch jedermanns Scheiße und Kotze weg, säuberst ihn, pflegst ihn. Das bist du, doch was du mit deiner Annette aufführst, das kann nur Liebe sein, große Liebe.«

»Das ist aber nicht so …«

»Warum wehrst du dich dagegen? Das ist doch gar nichts Schlimmes.«

In Maria stieg die Übelkeit vom Vorabend wieder hoch. »Das ist doch das Allerletzte, wenn man sich an hilfsbedürftigen Menschen vergreift.«

»Das finde ich auch schlimm. Aber du würdest dich niemals an deiner Annette vergreifen, auch wenn du sie, wie oft beim Pflegen, im Intimbereich berühren musst. Das würdest du doch nie machen. Du würdest dich nie an der kranken Annette weiden. Nie. Du würdest vielleicht von einer gesunden Annette träumen, und das darfst du dir durchaus zubilligen.«

Konnte die Stalin Gedanken lesen? »Woher weißt du, dass ich lesbisch bin?«

»Das wusste ich nicht. Wusstest du es überhaupt selbst?«

Schon wieder ein Treffer. Langsam wurde die Stalin Maria unheimlich. »Kannst du in mich hineinsehen?«

»Nein, Maria, das kann ich nicht. Aber du bist so ein lieber Mensch und hast so ein gutes Herz unter der rauen Schale, da kann ich als nicht mehr ganz junge Frau schon meine Schlüsse ziehen. Und ich bin mir auch nicht sicher, ob du tatsächlich lesbisch bist, kann sein, dass es eben zufällig deine Annette ist, die dich so in den Bann gezogen hat, dass du dich Hals über Kopf in sie verliebt hast. Hätten wir hier einen jungen Mann, wäre der vielleicht das Ziel deiner Liebe geworden, vielleicht auch nicht.«

»Sicher nicht, Nino. Es ist schon was Wahres dran, dass ich lesbisch bin. Ich spreche das jetzt vor dir mit meinen beinahe dreißig Jahren das erste Mal aus. Wirklich das erste Mal. Unglaublich.« Sie schüttelte den Kopf. »Ich habe sogar versucht, es vor mir selbst geheim zu halten.«

»Besser jetzt als nie.« Die Antwort war knapp und wurde von einem unglaublich warmen, mütterlichen Lächeln begleitet. »Maria, lass diese Liebe zu. Wer weiß, was aus deiner Annette einmal wird. So ist sie wenigstens mit Liebe überschüttet worden. Und wenn sie nie mehr zu Bewusstsein kommt, wer weiß, dann öffnet dich diese Liebe wenigstens für eine andere, und da gibt es dann keine Eifersucht, weil es keinen Grund dafür gibt.«

»So kannst du das sehen?« Staunen breitete sich in Marias Gesicht aus. Sie war zu Annette gegangen und hatte deren Hand genommen. Die fühlte sich gut an, und Maria wollte sie nicht mehr loslassen.

Die Stalin hatte noch ein paar Sachen gesagt, merkte aber bald, dass ihr niemand mehr zuhörte, packte ihre Tasche und war dahin. Sie war müde, doch sie lächelte beim Gedanken an ihre junge Kollegin, die es so schwer erwischt hatte.

Paula öffnete die Tür und traute ihren Augen nicht. Da stand ganz offenbar Maria Eisner. Doch wie sah sie aus? Sie erblickte eine wunderschöne Frau in einem tollen Kleid. Eine sichtlich wertvolle Goldkette um den Hals. Zarte, hauchdünne Strümpfe an den Beinen und dazu die passenden Stöckelschuhe. »Guten Abend, Frau Eisner, kommen Sie herein, Sie sehen fantastisch aus. So kenne ich Sie ja gar nicht.«

»Guten Abend, Frau Streifenberger, danke für die Einladung. Ehrlich, ich bin selten in so einem Outfit unterwegs. Es ist ein wenig ungewohnt für mich.«

»Ungewohnt? Das sollten Sie durchaus pflegen. Wissen Sie das? Es steht Ihnen ausgezeichnet. Im Dienst können Sie so etwas natürlich nicht tragen, also sollten Sie die übrige Zeit dazu nutzen.«

Paula nahm Maria am Arm, hakte sich bei ihr unter und führte sie in das große Speisezimmer. Und damit begann ein Abend, wie ihn Maria noch nicht erlebt hatte.

Der Esstisch war mit viel Liebe für zwei Personen gedeckt. Bevor Paula ihren Gast aber zu Tisch bat, kredenzte sie ihr einen Aperitif auf der Terrasse. Ursprünglich wollte Paula das Essen auf der Terrasse servieren, warm genug wäre es schon gewesen, doch der starke Südostwind hatte sie dazu gebracht, den Abend doch in der Ruhe des Esszimmers zu verbringen. Der Wind war tatsächlich böig, und beide Frauen standen sich kurz gemeinsam mit hochgewehten Röcken gegenüber. Beide mit blank erstauntem Gesicht, was sie gleich ein Lachen kostete.

»Sie tragen Strumpfhalter? Das hätte ich nicht von Ihnen erwartet«, kommentierte Paula die Situation.

»Sie ja auch. Finden Sie es schlimm?«

Paula lachte. »Würde ich so etwas tragen, wenn ich es schlimm fände? Ihre Annette hat auch eine Schwäche für solche hübschen Sachen.« Sie sah Maria an. »Soll ich Ihnen von ihr erzählen? Sie kennen Sie ja nur aus Ihrer Perspektive.«

Und dann begann Paula mit ihrer Schilderung. Sie legte den Beginn ihrer Erzählung in den Kinderwagen, balancierte über die Schule und das Gymnasium zum Studium. Die Familie bekam breiten Raum, und dann irgendwann war es Annettes Freundin Irene aus Studienzeiten, die in den Mittelpunkt der Erzählung rückte. Da war nun viel von gemeinsamen Exkursionen und gemeinsamen Auslandssemestern sowie vom gemeinsamen Musizieren die Rede. Und dann fiel plötzlich der Satz:

»Sie waren so ein schönes Paar. Wissen Sie, Maria, Ihre Annette ist eine Lesbe.«

Maria wäre beinahe am Kuchenstück erstickt, das sie sich eben in den Mund gesteckt hatte. Rasch hatte sie sich gefangen und das nächste Stück des saftigen Nusskuchens in den Mund genommen.

»Sie lieben Ihre Annette ja auch. Ist es nicht so?«

Diesmal verschluckte sich Maria nicht. Was war das nun für ein Überfall? »Frau Streifenberger, ich ...«, sie machte eine Pause, »wie soll ich es sagen?« Maria wusste nicht, ob nun ein Tribunal eröffnet werden sollte, irgendwie erwartete sie das jetzt. Was würde sie nun an Vorhaltungen und Beschuldigungen zu hören bekommen? Sie würde das alles mit Fassung tragen, sich dann eben entschuldigen und gehen. Warum hatte Paula Streifenberger ihr aber erst ein köstliches Essen serviert, um sie dann zur Schnecke zu machen?

»Hmh?« Paula blickte ernst auf Maria.

»Frau Streifenberger, ich möchte mich dafür in aller Form bei Ihnen entschuldigen. Gut, ich gebe zu, da gibt es ...«

»Nicht.« Paula legte ihre Hand auf die von Maria. »Nicht.« Ein

Lächeln erschien auf ihren Lippen. »Entschuldigen Sie sich niemals dafür, dass Sie jemanden lieben. Ich weiß das schon so lange, dass Sie sie lieben, ich bin mir sicher, ich weiß das länger als Sie.«

»Und finden Sie das nicht schlimm? Habe ich meine Annette nicht verraten, missbraucht?«

»Ohne Sie wäre sie schon lange tot. Und da sprechen Sie von Verrat? Von Missbrauch?«

»Ich ...«

»Sagen Sie jetzt nichts. Haben Sie Ihre Annette missbraucht, indem Sie sich monatelang täglich Sorgen um sie gemacht haben, sie täglich gewaschen und gepflegt haben, sodass nicht einmal die Gefahr im Raume gestanden ist, dass sie sich wundliegen könnte? Ich habe diesbezüglich mit Professor Kornthaler gesprochen, weil ich besorgt war. Eine Freundin hat mich da ganz verrückt gemacht mit ihren Erzählungen. Und der Professor sagt bloß: ›Sehen Sie sich doch ihren Rücken an und den Hintern. Das sieht aus wie bei einem Baby. Das macht die Schwester Maria.‹«

»Das ist gar nicht so.«

»Ach nein? Ist das nicht so? Kornthaler hat ja sicher keine Ahnung von der Sache.« Paula machte eine Pause. »Maria, Sie mögen Ihre Fehler haben, das will ich gar nicht abstreiten, aber was Ihre Annette anbelangt, brauchen Sie sich nicht zu entschuldigen, und schon gar nicht dafür, dass Sie sie lieben.«

Marias Mundwinkel bebten. »Es ist ...«

»Lieben Sie sie, oder nicht?«

Maria brach in Tränen aus. »Ich kann es doch gar nicht ausdrücken. Ich hab sie so lieb. Sie ist mein großer Schatz geworden.« Sie schluchzte nun hemmungslos. »Ich weiß nicht, was ich tun soll. Am liebsten wäre ich immer bei ihr. Verstehen Sie mich? Ist das nicht verrückt? Ich habe mich in eine Frau verliebt, die mich nicht versteht, mich nicht hören und sehen kann ...«

»Sind Sie sicher?«

»Wie meinen Sie das?« Maria war alarmiert.

»Ich will damit nur sagen, dass möglicherweise doch etwas davon hängen bleibt, was man zu ihr sagt, und dass vielleicht ein freundliches Lächeln ihr das Leben in ihrem Zustand mehr erleichtert als eine Infusion.«

Maria schüttelte den Kopf. »Ich weiß es nicht. Manchmal habe ich auch den Eindruck, doch dann sage ich mir immer, dass das nur Wunschdenken ist.« Sie schüttelte nochmals den Kopf. »Ich liebe meine Annette über alles.«

Paula nahm Marias Hand fest in die ihre. »Das soll so bleiben«, flüsterte Paula. »Was würden Sie sich wünschen für die Zukunft?«

»Darf ich Ihnen ganz offen etwas erzählen?«

»Nur zu.«

»Also, an dem Tag, als Sie mich eingeladen haben, war ich ganz aufgekratzt nach dem Telefonat. Ich konnte nicht lesen, nicht im Internet surfen. Da habe ich mich ins Bett gelegt, und das Bild von meiner Annette kam in mir hoch. Aber nicht in einem Bett, bewusstlos. Nein, sie stand am Herd und kochte. Das hat mich so erregt, dass ich mich streicheln musste, und der Orgasmus war so gewaltig wie noch keiner in meinem Leben. Verstehen Sie mich? Wissen Sie, was ich damit sagen will?«

»Ja, ja. Sie drücken es drastisch aus, aber ich weiß, was Sie meinen. Sie wollen eine lebendige Annette erleben, die sich im Alltag wie jede andere Frau bewegt, die für Sie kocht und mit der Sie Freude und Lust verspüren können.«

»Sie haben mich verstanden.«

Das Gespräch versiegte kurz, doch dann ließ sich Paula aus Marias Leben erzählen. Sie tat dies voller Humor, ließ immer wieder eine kleine Anekdote einfließen, eben einfach kurzweilig. Irgendwann saßen beide lachend beieinander. Immer häufiger rutschte Paula ein vertrauliches Du heraus, bis sie Maria das Du-Wort endgültig anbot. Es war ihr ein Bedürfnis. Maria ging es genauso.

Knapp vor Mitternacht machte sich Maria auf den Weg nach Hause. Auch Paula hatte noch von ihrem Leben erzählt, und Maria konnte sich ein recht gutes Bild von der Beziehung der beiden Schwestern machen. Nun standen beide an der Tür. Paula drückte Maria bereits das dritte Küsschen auf die Wange.

»Komm gut nach Hause, Maria. Bist du morgen wieder bei meiner Schwester, bei deiner Annette?«

»Ganz sicher. Wir haben sicher wieder viel miteinander zu arbeiten.«

Das war auch so. Der Vormittag war das reine Chaos. Dabei war in der Früh alles so ruhig gewesen. Die Stalin war sehr zufrieden mit Annette. Irgendwie kam sie auf die Idee, dass man versuchen könnte, Annette daran zu gewöhnen, reflexartig Harn und Stuhl abzusetzen. Sie hätte da eine Idee, doch Maria müsste da mitmachen. Das klang richtig gut. Am Abend, wenn die Stalin wieder hier sein sollte, wollte man damit anfangen, und Maria würde wohl eine halbe Nachtschicht einschieben.

Kaum war Maria aber allein, ging es schon los. Die Pflege und die Bewegungsübungen, mit denen Maria nun schon vor längerer Zeit begonnen hatte, mussten warten. Schwester Pia wurde dringend auf der Normalstation gebraucht. Schwester Kathrin hatte die unangenehmsten Arbeiten für sie reserviert. Die Schikanen, so sahen das in der Zwischenzeit auch ihre übrigen Kolleginnen, prallten jedoch allesamt von ihr ab.

Die Arbeit war aber auch schon wieder vorbei, denn Professor Kornthaler war mit Dr. Hartmann aufgetaucht, und die beiden konnten Maria nicht finden. Als Schwester Kathrin auf Nachfragen nicht verstehen wollte, wer mit Maria gemeint war, und Hartmann, um der Sache ein Ende zu machen, eben einmal nach Schwester Pia fragte, platzte Kornthaler der Kragen. Er machte die Stationsschwester lautstark zur Schnecke und meinte, dass sie genau fünfzehn Sekunden Zeit hätte, Schwester Maria herbeizuzaubern, andernfalls müsste sie mit schwerwiegenden Konsequenzen rechnen. Zum Glück für Schwester Kathrin tauchte Maria von selbst auf. Sie hatte sich eben eine frische Schürze umgebunden und Handschuhe übergestülpt, so wollte sie zum nächsten Patienten gehen, um ihn zu putzen und zu waschen. Daraus wurde aber nichts, da sie Hartmann nicht mehr gehen ließ. Nochmals kam es zu einem Disput mit Schwester Kathrin, an dessen Ende Hartmann vorschlug, dass Schwester Kathrin sich doch selbst um die wenigen Patienten, die sie Maria zugeteilt hatte, kümmern und ihnen den Arsch auswischen sollte, wenn es doch bloß so wenig Arbeit wäre.

Maria hatte keinen Ton gesagt, hatte nicht einmal innerlich reagiert, und wartete nur darauf, dass man ins Fünferzimmer gehen konnte, um nach ihrer Annette zu sehen.

Im Fünferzimmer blieb Kornthaler gleich nach der Tür stehen und sah Maria tief in die Augen. »Hat das System, was da mit Ihnen geschieht, Schwester Maria?«

»Natürlich hat das System! Das ist ja nicht mehr zu übersehen«, antwortete Hartmann unwirsch für Maria.

Maria selbst nickte. »Ja, ja, da ist schon etwas Wahres dran. Ich muss es nur ehrlich zugeben, ich bin schon in vielerlei Hinsicht selbst daran schuld.«

Kornthaler hatte Maria nicht aus den Augen gelassen. Jetzt schüttelte er energisch den Kopf. »Du meine Güte!«, entfuhr es ihm. Ein breites Grinsen war über sein Gesicht gezogen. »Kommen Sie, Schwester Maria, lassen wir Ihre Annette nicht weiter warten.«

Kornthaler schritt voraus ins Zimmer und blieb mitten im Raum stehen. Maria hätte ihn beinahe umgerempelt, weil sie nicht aufgepasst hatte. Sie und Hartmann waren ans Bett getreten und warteten auf Kornthaler. Der stand aber immer noch regungslos da und war in Gedanken versunken.

»Wird das jetzt eine Betstunde?« Maria wurde ein wenig ungeduldig.

»Ich geh nur noch einmal alles durch«, lautete Kornthalers knappe Antwort.

Hartmann zwinkerte Maria zu und hatte einen schelmischen Blick aufgesetzt. »Der Guru versetzt sich jetzt in Trance«, flüsterte er.

»Ich bin kein Guru.« Kornthaler besaß offenbar ein ausgezeichnetes Gehör. Nun hatte er sich aus seiner Starre gelöst. »Gut, legen wir los. Wir sehen uns die Patientin von Kopf bis Fuß an, machen uns ein genaues Bild von allen Eingriffen, die wir bereits durchgeführt haben, machen von allem Fotos, damit wir die mit den alten Fotos vergleichen können, und sehen uns an, was noch zu tun ist. Maria, bitte machen Sie Ihre Annette mal frei. Kalt ist es ja nicht hier im Zimmer. Ich will nicht, dass ihr kalt ist.«

»Glauben Sie, dass sie es merkt, wenn es kalt ist?«

»Keine Ahnung, Maria. Aber wenn es so ist, kann sie es sicher nicht sagen, das ist fix.«

Die Inspektion begann am Kopf. Die Rissquetschwunden dort waren alle gut verheilt. Die Narben eigentlich zart und allesamt unter dem kurzen dunkelblonden Haar versteckt, das die Stalin gemeinsam mit

Maria regelmäßig sorgsam schnitt und welches sie dem zarten Duft nach ganz offenbar in der Früh noch gewaschen hatte. Eine der Narben war überhaupt nicht zu finden. Die hatte Kornthaler vor Wochen korrigieren müssen, und nun konnte er sie nicht mehr finden.

»Wenn die Narbe nicht zu finden ist, ist das doch auch wurscht, dann muss sie ja sowieso in Ordnung sein. Oder?«

Kornthaler suchte noch immer am Kopf herum. »Das schon, aber sie muss ja noch immer irgendwo sein. Unglaublich, wie schön alles verheilt bei Ihrer Annette.« Er gab die Suche auf und widmete sich dem Gesicht.

»Das Gesicht war Ihr Meisterwerk, Herr Professor«, kommentierte Maria schon wieder. »Ich habe Fotos von früher gesehen. Die Nase war vor dem Unfall nicht so perfekt. Das hätte einiges gekostet, sie so herzurichten.« Immer, wenn Maria Annettes Gesicht in letzter Zeit betrachtete, stieg ein Gefühl der Euphorie in ihr hoch, gerade so wie jetzt.

»Falsch und richtig.« Kornthalers Antwort war kurz.

»Wie bitte?« Maria hatte nicht verstanden.

»Falsch ist, dass das Gesicht das Meisterwerk war, das waren oder sind die Beine. Richtig ist, dass die Nase viel gekostet hätte.«

»Die Beine?« Hartmann hatte sich eingeschaltet.

»Ja, die Beine. Dass man die nun wieder so bewegen kann, grenzt an ein Wunder. Aber wie gesagt, bei der jungen Frau heilt alles so schön ab.«

»Wird sie selbst die Beine auch wieder bewegen können?« Diese Frage brannte auf Marias Seele.

»Wer weiß? Wenn sie zu Bewusstsein kommt, wird sie es können, wenn nicht, wird es wohl bei passiver Beweglichkeit bleiben. Dafür sollten Sie weiter sorgen.«

»Die Dame vom Team der Physiotherapeuten ist äußerst zufrieden mit Maria.«

»Wer ist das nicht«, bestätigte Kornthaler knapp.

»Da kann ich Ihnen hier im Haus ein paar Leute aufzählen.« Maria schien im Kopf zu zählen.

Nun waren sie an den Beinen angelangt. Die waren von langen und kurzen Narben nur so übersät. So manche Delle war dort auch zu sehen, und vor allem um das rechte Knie gab es eine breite, teilweise ein wenig wulstartig vorspringende Narbe. Sie lief unter der Kniescheibe von einer Seite zur anderen und war in ihrer Symmetrie so unglaublich anzusehen, dass man denken konnte, jemand hätte sie zur Zierde dorthin gemacht. Scarification nannte man das in abgefahrenen Insiderkreisen.

»Diese Ziernarbe ist mir noch ein Dorn im Auge«, ließ Kornthaler wissen. »Die möchte ich noch sanieren, aber das wird nicht ganz einfach, weil es sein könnte, dass das Bein nicht mehr ganz gebeugt werden kann.«

»Dann bleibt das so. Meine Annette wird im Notfall blickdichte Strümpfe tragen. Sie wird das schon verstehen, dass wir uns so entschieden haben.«

»Wir?« Kornthaler lächelte. »Sie haben das entschieden.« Er blickte Maria tief in die Augen. »Ihre Entscheidung: Narbe lassen, Narbe korrigieren? Ihre Annette wird Sie zur Verantwortung ziehen.«

»Ich werde sie ein Leben lang mit blickdichten Strümpfen versorgen, wenn sie das wünscht.«

»Das wird teuer«, warf Hartmann ein.

»Das würde ich mit Freude tragen.«

Kornthaler hatte sich wieder ein wenig vom Bett entfernt und war in seinen tranceartigen Zustand zurückgekehrt. Plötzlich nickte er und kam ans Bett zurück. »Gut!«, verkündete er, »eine Operation wird noch gemacht. Da werden wir die Unebenheiten am linken Oberschenkel glätten, und dann ist Schluss. Den Rest müssen die blickdichten Strümpfe schaffen. Befehl ist Befehl.«

»Dann hat die Quälerei, Gott sei Dank, ein Ende. Ja!« Maria konnte es gar nicht glauben. Sie erinnerte sich an den Tag, als Kornthaler das erste Mal aufgetaucht war und sie stark befürchtet hatte, dass ihre Annette bloß als Versuchskaninchen missbraucht werden könnte. Dann allerdings fiel ihr ein, dass das alles zwar recht schön anzusehen war, doch zu welchem Zweck? Dass sie und die Stalin beim Pflegen einen schöneren Anblick hatten? Das konnte wohl nicht Sinn und Zweck der Übung gewesen sein.

Drei Tage später war die geplante Operation über die Bühne gegangen. Annette wurde wieder ins Fünferzimmer gebracht, und Maria beendete ihre Tätigkeit auf der Station. So, wie mit der Oberin ausgemacht. Das Operationsgebiet war recht groß gewesen, und Kornthaler hatte Maria aufgetragen, gut auf die Wunde zu achten. Bisher konnten Wundinfektionen weitgehend vermieden werden, und so sollte das auch bleiben.

Kornthalers Wunsch war Maria natürlich ein Befehl, und so warf sie Schwester Kathrin kurzerhand aus dem Zimmer, als diese am übernächsten Tag ohne anzuklopfen im Fünferzimmer auftauchte und sich wie eine Furie aufführte. Maria wechselte gerade den Verband und hatte für ihre Chefin im Augenblick kein Ohr. Sie hatte Schwester Kathrin wortlos bei den Schultern genommen und hinausgeschoben. Völlig erstaunt war sie dabei, wie wenig Kraft diese besaß, denn sie versuchte, sich zu wehren, wie es schien, mit allen Kräften, doch Maria spürte den Widerstand kaum. Die tägliche schwere Arbeit, das tägliche Fahrradfahren und das Training im Fitnessstudio hatten Maria so kräftig gemacht, dass Welten zwischen den Frauen lagen. Maria war sich ihrer Kraft noch nie so bewusst gewesen wie in diesem Augenblick.

Sie hatte sich eben frische Handschuhe übergestreift und wollte weitermachen, da stand Schwester Kathrin auch schon wieder im Zimmer. Mit Verstärkung. Die Oberin war an ihrer Seite.

Maria drehte sich um und musste lachen. »Endlich! Jetzt bekomme ich hoffentlich die tatkräftige Unterstützung, auf die ich seit Monaten warte.«

»Sie haben Schwester Kathrin tätlich angegriffen?«

»Ich habe sie bloß rasch hinausbegleitet, da ich beschäftigt bin.« Sie zeigte auf die ausgedehnte frische Wunde am Bein, die offen dalag. »Ich hätte das alles schon fertig machen können, wenn ich nicht immer durch unerwünschten Besuch gestört worden wäre.«

»Sparen Sie sich Ihre Frechheiten.« Die Oberin war sichtlich zornig. »Von Hinausbegleiten kann keine Rede sein. Sie müssen doch gemerkt haben, dass sich Schwester Kathrin Ihrem Tun widersetzt hat.«

»Ah? War das so? Ich habe nichts gemerkt.«

Die Oberin schüttelte den Kopf. Sie gab es auf. »Hätten Sie nicht fragen können, was Schwester Kathrin von Ihnen wollte? Wäre das zu viel verlangt gewesen?«

»Wie viele Tage sind seit der letzten Operation an meiner Annette vergangen? Hmh, Schwester Kathrin? Es geht bloß ums Zählen bis fünf. Frau Oberin, Sie und ich haben das so ausgemacht. Ich kann mich jedenfalls daran erinnern. Ich weiß nicht, wie das bei Ihnen ist, wie auch immer. Wir haben ausgemacht gehabt, dass ich fünf Tage nach Operationen an meiner Annette unabkömmlich bin. Und das wurde Schwester Kathrin von Ihnen selbst mitgeteilt. Auch daran kann ich mich erinnern. Es war ohnehin die letzte Operation. Also, was soll der Auftritt hier? Was soll der ganze Scheiß!«

»Die Frau Dr. Weiß wäre für ein paar Stunden auch ohne Sie ausgekommen …« Schwester Kathrin kam nicht weiter, da sie von Maria unterbrochen wurde.

»Das ganze Krankenhaus würde ohne Sie auskommen, Schwester Kathrin. Sie braucht hier in Wirklichkeit niemand.«

Der Hauch eines Schmunzelns huschte über das Gesicht der Oberin, doch gleich hatte sie wieder eine starre Maske aufgesetzt. »Frau Eisner, passen Sie auf, was Sie sagen. Sie spazieren auf meinen blanken Nerven herum. Überspannen Sie den Bogen nicht. Es könnte sonst sein, dass ich jemanden anderen mit der Betreuung Ihrer Annette betrauen müsste. Leute, die nicht in einem Arbeitsverhältnis mit diesem Krankenhaus stehen, dürfen das nämlich nicht tun.« Sie machte eine kurze Pause. An Schwester Kathrin gewandt fuhr sie fort: »In zwei Tagen wird Ihnen Schwester Pia wieder zur Verfügung stehen. Sie können Sie dann nach Ihren Vorstellungen einsetzen, sind aber dafür verantwortlich, dass sie auch genug Zeit für Frau Dr. Weiß zur Verfügung hat.« Ohne auf Antwort zu warten, war sie schnellen Schrittes aus dem Zimmer gestürmt, und Schwester Kathrin folgte ihr schleichend nach.

Endlich konnte Maria die Arbeit beenden, und maßloser Zorn stieg in ihr hoch. Sie hatte die Wunde nicht so lange offen liegen lassen wollen. Nicht, dass das besonders gefährlich gewesen wäre, nein, sie hatte es so einfach nicht geplant gehabt.

Kapitel 3

Die nächsten drei Monate verliefen völlig ereignislos. Maria betreute ihre Annette mit viel Liebe und verbrachte jeden Augenblick damit, sie zu umsorgen und zu pflegen. Physikalische Maßnahmen waren das A und O der Behandlung. Maria wurde von einer erfahrenen Dame von der Abteilung für physikalische Medizin tatkräftig unterstützt und wurde von dieser ständig über den grünen Klee gelobt. Maria hatte schon so viel von der alten Grete, so wurde die »Physikalistin« von allen genannt, gelernt, dass sie begonnen hatte, auch andere Patienten in einfacher Form zu betreuen, was bei diesen auf großen Zuspruch stieß. Bei den Patienten war sie dadurch noch beliebter geworden, bei Schwester Kathrin führte das zu weiterer Ablehnung, da sie dies eindeutig als Überschreiten der Kompetenzen ansah. In Wahrheit machte Maria aber nichts, ohne vorher die alte Grete zu kontaktieren und sich deren Zustimmung einzuholen.

Dann kam der letzte Freitag im Monat, der Tag, an dem üblicherweise die grobe Diensteinteilung der Schwestern stattfand. Maria war meist nur mit halbem Ohr dabei, es interessierte sie eigentlich nicht weiter, wo sie arbeiten musste. Ob Frauenstation oder Männerstation, das war ihr vollkommen egal. Sie gehörte nicht zu denjenigen im Team, die sich nur auf speziellen Positionen wohlfühlten und die diesen Freitag am Ende des Monats tatsächlich fürchteten. Die fürchteten, dass sie von Schwester Kathrin von ihren geliebten Plätzen entfernt werden könnten, auf denen sie es sich vielfach bequem gemacht hatten. Über die Jahre waren manche Positionen fix besetzt worden. Das wurde von manchen Kolleginnen jedes Mal nur mit Murren hingenommen. Maria fand das hingegen gut, und es war die einzige Sache, die sie an Schwester Kathrin Schenck schätzte. Die wusste in Wahrheit genau, was wer im Team konnte und wer wo am besten eingesetzt wurde. Doch die Schenck wusste auch ganz genau, und das wieder fand Maria wirklich widerlich, dass sie mit der Einteilung ein Druckmittel in der Hand hatte. Nicht selten wurden Kolleginnen in der Form gemaßregelt, und so hatte es sich bei einigen im Team eingebürgert, alles nach Schwester Kathrins Geschmack zu machen, damit man nicht unerwartet beim Ärscheputzen landete.

Beinahe hätte es Maria überhört, dass sie auf die Männerstation kommen würde. Ab Montag. Ganztägig.

»Äh, Schwester Kathrin. Wie soll das gehen? Ich habe nichts gegen die Männer. Aber ganztägig? Wie soll ich meine Annette betreuen? Wie stellen Sie sich das vor?«

»Ihre Annette wird am Montag entlassen, da braucht sie Sie dann nicht mehr.« Schwester Kathrin sagte dies mit einem süffisanten Lächeln.

»Was?« Maria war bleich geworden. »Wer hat das beschlossen?«

»Vor einer halben Stunde haben der ärztliche Direktor und die Oberin das bei einer Besprechung so bestimmt. Der Herr Doktor Hartmann hatte sich mit seiner Meinung nicht durchsetzen können, dass das zu früh wäre. Er hatte keine Argumente dafür, was ein weiterer Aufenthalt hier noch bringen würde. Die Schwester der Patientin wurde bereits informiert. Sie hat versprochen, sich um eine Hausbetreuung zu kümmern. Wenn das nicht funktionieren sollte, würde sie sich nach einer Heimbetreuung umsehen. Unterstützung von unserer Seite wollte sie keine annehmen. Ich weiß das, weil ich vor der Diensteinteilung noch selbst mit ihr gesprochen habe.«

»Hinterhalt und Überfall. Das ist die Art von Kriegsführung, die Sie perfekt beherrschen, Schwester Kathrin. Gratuliere. Hinterhalt üben Sie ja täglich bei uns allen im Team, und Überfall ist ein probates Mittel, mit Angehörigen umzugehen, damit die gar nicht irgendwie reagieren können, sich gar nicht wehren können gegen Ihre Entscheidungen. So eine miese Haltung. Es ist zum Kotzen.«

Stille war eingekehrt. So hatte noch niemand mit Schwester Kathrin gesprochen. Eine unglaubliche Spannung lag in der Luft. Viele im Team konnten dem nur zustimmen, was Maria eben gesagt hatte, doch keine wagte es, das laut zu äußern. Es war nicht klug, sich auf Marias Seite zu stellen, Kathrin saß einfach am längeren Hebel, und das auch noch ganz, ganz sicher.

Die Stille schien schier unendlich lange zu währen, und alle warteten schon auf einen Ausbruch von Kathrin, der jedoch unterblieb. Stattdessen lächelte sie nur. »Ja, Schwester Pia, Sie werden sich mit der Situation abfinden müssen. So wichtig sind Sie für die Anni Weiß auch wieder nicht, dass die nicht auch ohne Sie überleben könnte. Spielen Sie sich also nicht so auf. Sie geben sich in der letzten Zeit überhaupt so aufgeblasen, das ist schon lachhaft.«

»Für Sie, Schwester Kathrin Schenck, heißt die Patientin noch immer Dr. Annette Weiß. Das habe ich Ihnen schon einmal gesagt, und daran hat sich nichts geändert.« Sie erhob sich, stellte ihren Stuhl zurecht. »Ich gehe zur Oberin. Das kann man nicht so einfach hinnehmen.« Schon war sie unterwegs.

Schwester Kathrin folgte ihr auf den Fersen. »Ich habe Ihnen nicht erlaubt, sich aus der Diensteinteilung zu entfernen. Kommen Sie sofort wieder zurück.«

So waren die beiden Frauen zum Zimmer der Oberin gelangt, Maria hatte kurz angeklopft, aber kein Herein abgewartet, und war gleich in den Raum gestürzt.

»Was haben Sie sich dabei gedacht? Hätte man das nicht gemeinsam besprechen können?«

Die Oberin drehte sich um, und der blanke Zorn stand ihr ins Gesicht geschrieben. »Was fällt Ihnen ein, hier einfach so hereinzuplatzen! Und was maßen Sie sich überhaupt an, unsere Entscheidungen infrage zu stellen. Es geht nicht immer alles nach Ihrem Kopf, Schwester Pia. Sie benehmen sich wie ein kleines Kind, dem man das Spielzeug weggenommen hat. Raus jetzt aus meinem Zimmer. Ich habe zu arbeiten.«

»Das würde Ihnen jetzt so passen, dass ich den Schwanz einziehe, wenn die große Frau Oberin spricht. Aber das ist nicht der Fall. Ich verlange, dass man die Entscheidung augenblicklich zurücknimmt und das mit der Entlassung meiner Annette genau plant, damit Frau Streifenberger alle nötigen Maßnahmen in Ruhe treffen kann.«

»Frau Eisner, Sie sind tatsächlich die personifizierte Frechheit. So eine impertinente Person ist mir hier beim Personal in all den Jahren noch nie untergekommen.«

»Das ist doch schnurzegal. Was interessiert das irgendwen, ob ich zahm bin wie die Übrigen hier oder nicht. Hier geht es um eine arme junge Frau, die man nicht so behandeln kann wie einen Spielball.«

»Die Unsummen gekostet hat und immer noch Unsummen kostet.

Die man hätte in Ruhe sterben lassen können, schon vor Monaten, aber das konnten Sie ja nicht zulassen in Ihrer Arroganz.«

Maria entwich jegliche Farbe aus dem Gesicht. »Ich hätte sie sterben lassen sollen, meine Annette, damit sich das Haus eine Menge Geld hätte sparen können? So sehen Sie das?« Nun kehrte die Farbe wieder in Marias Gesicht zurück, und eine innere Ruhe umfasste sie.

»Genau so sehe ich das. Hätte man die Frau Dr. Weiß sterben lassen, hätte das viel Geld gespart, und Sie sind in Wahrheit verantwortlich für all das, was da in der letzten Zeit sinnlos aufgeführt wurde.«

Die schallende Ohrfeige, die die Oberin traf, war so präzise ausgeführt und für die Oberin so unerwartet gekommen, dass es sie vom Stuhl warf und sie benommen zu Boden ging.

»Frau Oberin, Frau Oberin!«, kreischte Schwester Kathrin, die dem Disput bis zu dem Zeitpunkt sprachlos beigewohnt hatte.

»Halten Sie den Mund, Schwester Kathrin!«, die Oberin hatte sich aufgerappelt und hielt sich die Wange, »und Sie, Schwester Maria Eisner, Sie sind fristlos entlassen! Fristlos entlassen! Haben Sie das mitbekommen, Schwester Kathrin? Frau Eisner hat mich tätlich angegriffen. Das kann ich nicht mehr tolerieren. Irgendwann ist Schluss.«

»Das war es dann wohl.« Maria war immer noch ruhig. Sie hatte die Oberin nicht im Affekt geschlagen. Sie hatte den Schlag gezielt ausgeführt. Er war ihres Erachtens ganz sicher notwendig gewesen. Und sie hatte einen Volltreffer gelandet. Die Wange der Oberin schien geschwollen zu sein, und Marias Finger zeichneten sich deutlich als rote Streifen ab. So würde sie sich sicher nicht gerne öffentlich zeigen, dachte Maria mit Wohlwollen.

»Das war es für Sie möglicherweise noch nicht. Das war eine Tätlichkeit, und es könnte durchaus sein, dass Sie sich vor Gericht dafür werden verantworten müssen.«

»Gerne, Frau Oberin. Klagen Sie mich an. Zerren Sie mich vor Gericht. Dann kann ich nämlich erklären, warum ich die Oberin eines derart heiligen Krankenhauses habe züchtigen müssen. Machen Sie nur. Schwester Kathrin wird die Zeugin abgeben. Sie wird erklären, wie es zu der Situation gekommen ist. Und Sie werden doch keinen Meineid schwören, Schwester Kathrin, das mag Ihre Mutter Gottes, zu der Sie immer so fromm beten, nämlich gar nicht.«

»Frau Eisner, Sie haben ab sofort Hausverbot. Außer der Garderobe haben Sie keinen Raum mehr zu betreten. Ihre persönliche Habe wird Ihnen beim Pförtner zur Abholung bereitgelegt. Alle Schlüssel geben Sie auch gleich bei der Pforte ab. Ich werde das kontrollieren. Sollten Sie dem nicht Folge leisten, werden Sie mit juristischen Folgen zu rechnen haben. Und jetzt raus!«

Maria atmete kräftig durch. Dann machte sie sich auf den Weg zur Umkleide. Eine tiefe Traurigkeit umfing sie nun. Warum hatte sie so handeln müssen? Jetzt konnte sie sich nicht einmal mehr von ihrer Annette verabschieden. Das machte ihr unheimlich zu schaffen. Kurz nachdem sie all ihre dienstlichen Schlüssel wie verlangt beim Portier abgegeben hatte, brach sie in Tränen aus.

Weinend fuhr sie nach Hause, nahm eine Dusche, warf sich ins Bett und stand an diesem Tag nicht mehr auf. Alles war so trostlos und Maria in ein tiefes Loch gefallen.

Kapitel 4

Das Festnetztelefon läutete. Maria zog sich das Kissen über den Kopf. Sie wollte und konnte nicht aufstehen. So elend hatte sie sich schon jahrelang nicht mehr gefühlt. Die Nacht war der Horror gewesen. Nur stundenweise hatte sie schlafen können. Immer wieder lag sie wach und wurde von ihrem schlechten Gewissen geplagt. Warum nur hatte sie so dumm gehandelt? Es hätte ihr klar sein müssen, dass man eine Tätlichkeit nicht so einfach hinnehmen konnte. Und jetzt durfte sie nicht mehr zu ihrer Annette.

Wenn Maria einmal ermattet eingeschlafen war, so suchte sie immer derselbe Traum heim: ein leeres Bett in einem großen, kalten Raum. Zerwühlte Bettwäsche. Und niemand wollte Maria sagen, wo Annette hingebracht worden war. »Es tut mir leid, aber du hast Hausverbot, da kann ich dir das nicht sagen.« Alle hatten den Satz im Mund und lächelten bloß milde, wenn Maria flehentlich nach Annette fragte.

Jedes Mal schreckte sie panisch aus diesem Traum hoch. Doch schlimmer als der Traum war bloß die Realität. Da lächelte sie nicht einmal jemand an.

Wieder läutete das Festnetztelefon, nachdem es kurz Stille gegeben hatte. Wer war da nur so hartnäckig? Wieder zog sie sich das Kissen über den Kopf, doch es half diesmal nicht. Das Klingeln drang vehement zu ihr durch.

Zornig sprang Maria in den Vorraum. So eine Zumutung! Wer lässt es denn so lange läuten? Können manche Leute nicht akzeptieren, dass man nicht zu Hause ist? Kaum am Telefon angelangt, stach Maria das Ziffernblatt der Wanduhr ins Auge: fünf Uhr zwanzig. Ihr Zorn wuchs ins Unendliche. So eine Frechheit, so eine Rücksichtslosigkeit!

»Eisner! Was fällt Ihnen ein! Wissen Sie nicht, wie spät es ist?«

»Entschuldige, Maria, ich weiß, dass es eine unchristliche Zeit ist, aber ich weiß weder ein noch aus.«

»Paula? Warum hast du mich nicht am Handy angerufen? Da hätte ich am Klingelton schon erkannt, wer an der Strippe ist. Was gibt es denn?« Kaum hatte sie die Frage ausgesprochen, wusste sie auch schon, dass diese dumm war. Natürlich ging es um Annette. Um wen denn sonst.

»Es geht um Annette. Ich muss auf die Schnelle ein Pflegeheim für sie organisieren. Doch niemand will sie. Ich habe schon alles versucht. Man will sie nicht nehmen, solange sie keine fixe Magensonde hat. So einen Aufwand, wie ihr, also du und Schwester Nino, betrieben habt mit der Ernährung etc., das will keiner in der Form machen. Maria, kannst du es vielleicht durchbringen, dass Annette wenigstens so lange bleiben kann, bis die Sonde gelegt worden ist und alles damit passt? Die muss durch die Bauchdecken gehen, so hat man mir das erklärt. Ich habe Angst, dass, wenn jetzt alles so schnell gehen muss, irgendetwas schiefgehen könnte. Herrgott, ich weiß einfach nicht weiter.«

Maria wurde noch einmal schwerer ums Herz. »Paula, ich kann dir nicht helfen.«

»Wieso denn nicht? Kannst du nicht bei Herrn Dr. Hartmann ein Wort für deine Annette einlegen?«

»Nein, das kann ich nicht. Sie haben mich gestern rausgeworfen. Fristlos entlassen.«

»O Gott, weshalb denn?«

Maria seufzte. »Paula, ich habe der Oberin eine geknallt. Ich musste es einfach tun.«

»Wie bitte? Maria! Jetzt ist die Annette beim Übersiedeln schon ohne dich. Nein, wie soll denn das gut gehen!«

Maria flossen die Tränen in Strömen über die Wangen. »Es tut mir ja so leid. Ich habe das einfach nicht bedacht. Aber die Oberin hat gesagt, es wäre viel billiger gewesen, hätte ich meine Annette sterben lassen. Da musste ich es tun. Kannst du mich verstehen?«

Paula war mit Marias Worten das erste Lächeln über die Lippen gehuscht, seit das Telefon geläutet hatte und der ärztliche Direktor des Krankenhauses persönlich am Apparat gewesen war. Mit sehr freundlichem Ton hatte er ihr gleichsam ein Ultimatum gestellt, bis wann Annette woanders unterzubringen wäre. Sie hatte sofort gespürt, dass da kein Platz für Diskussionen war. Bloß der Papst hätte es geschafft, da noch etwas zu ändern.

Paula hatte keine Minute ungenutzt verstreichen lassen. Alle bekannten Pflegeheime der Stadt hatte sie kontaktiert. Wohlwollend, so schien es ihr zumindest, hatten alle zugehört und dann ein paar Zwischenfragen gestellt. Die musste Paula alle abschlägig beantworten und bekam darauf hin prompt eine Absage. Sollten sich die Voraussetzungen ändern, wäre man durchaus bereit, auch rasch einen Platz zur Verfügung zu stellen.

Beinahe die ganze Nacht war sie wach geblieben, und im Morgengrauen wusste sie sich nur mehr mit einem Telefonat mit Maria zu helfen.

»Was sollen wir tun?«

Der Satz traf Maria wie ein Blitz. »Was sollen wir tun?«, sagte sie laut. »Wir, Paula, wir! Wir werden das in die Hand nehmen, wenn du das willst. Wir werden sie nach Hause bringen. Wir pfeifen auf die Pflegeheime, wir pfeifen auf die beschissene Dauersonde, wir legen sie nicht wieder in eine Windel, wir werden sie nicht herumliegen lassen, bis ihr Arsch wund ist. Nein! Wir werden etwas tun.«

Paula hatte genau verstanden, was Maria meinte. »Willst du dir wirklich das antun?«

»So eine blöde Frage! Paula, ach wirklich! Wie kannst du das nur fragen?«

»Und wie stellst du dir das vor?«

»Frau Streifenberger, ich stelle mir gar nichts vor. Ich komme in einer halben Stunde bei dir vorbei, und dann besprechen wir das in Ruhe. Da macht man keine Schnellschüsse, das macht man gut geplant. Einverstanden?«

»Darf ich dir ein gutes Frühstück herrichten?« Paula klang irgendwie gerührt.

»Du darfst. Ich freue mich darauf. Sicherlich habe ich einen riesigen Hunger.«

Paula riss die Tür beim ersten Läuten auf. Im ersten Augenblick schrak sie zurück. Sie hatte Maria nicht gleich erkannt. Die war nach einer ausgiebigen Dusche in eine frische Fahrradkluft geschlüpft und auf ihren Drahtesel gesprungen. Der Weg war Maria diesmal viel kürzer erschienen als an den Tagen, an denen sie immer per Bus oder per Taxi gekommen war, und es waren nun schon einige Male gewesen, dass Paula sie zum Essen eingeladen hatte. Und stets war sie in einem eleganten Kleid und wunderbaren Dessous gekommen. Der Wind hatte Paula und auch deren Freund Richard, den Maria nun auch schon recht gut kannte, nicht noch mal einen Blick darauf werfen lassen wie beim allerersten Mal, doch Maria hatte sich in diesen Sachen immer so wohlgefühlt, dass sie bereits überlegt hatte, auch bei anderen Gelegenheiten außer Haus so zu erscheinen.

»Huch! Ich hab dich fast nicht erkannt. In so einem Outfit warst du noch nie bei mir.«

Maria nickte. »Ja, ja, da hast du schon recht. Du kennst mich nur in eleganten Kleidern mit neckischen Sachen darunter, natürlich auch in meiner Schwesternkluft. Andere kennen mich nur so, wie ich jetzt vor dir stehe. Die würden das niemals glauben, dass die Frau Eisner ein Faible für Hüftgürtel und Strümpfe hat.« Sie sah Paula nun schmunzelnd an. »Aber, Paula, heute ist in meinem Kopf kein Platz für Dessous und Kleider. Heute ist mein Kopf schon besetzt.«

»Hoffentlich ist dein Magen nicht auch schon blockiert. Ich habe ein wenig übertrieben mit dem Frühstück, glaube ich. Komm weiter, ich habe gleich in der Küche aufgedeckt.«

Sie verloren keine Sekunde und kamen sofort zur Sache. Keine zehn Minuten waren vonnöten, ehe es Maria dämmerte, dass ihr eine Geschäftsfrau gegenübersaß, die es gewohnt war, zu planen und zu organisieren. Sie wusste zwar in der Sache selbst nicht Bescheid, das überließ sie gerne Maria, doch wenn es Hindernisse zu geben schien, dann räumte sie Paula schnell aus dem Weg. Sie fegte durch das Internet, fand dies und das auf die Schnelle, konnte schnell Vergleiche anstellen, hatte immer in wenigen Minuten alles genauestens notiert, damit man später nicht nochmals suchen musste, wenn man auf eine Sache zurückkam. Derart ging Paula zu Werke.

Welches Bett Annette brauchen würde, das war Marias Sache. Ein rascher, zielgerichteter Blick ins Internet offenbarte, wo man ein solches in zwei Tagen herbeizaubern konnte. Und so ging es weiter, bis Maria tatsächlich beinahe alles aufgegessen hatte, was zum Frühstück serviert worden war. Paula hatte das belustigt verfolgt, war aber dennoch stets konzentriert bei der Sache gewesen.

Das letzte Brötchen war vertilgt, und Maria stellte zufrieden fest, dass man das durchaus so machen könnte, wie sie sich das vorgestellt hatten. Nichts sprach dagegen. Oder doch?

»Paula, das könnte auf Dauer ein teurer Spaß werden. Werden wir das geregelt bekommen?«

»Liebe Maria, es wird sich sicher ausgehen, auch wenn wir die liebe Annette noch Jahre hier über die Runden bringen müssen. Und ich sage dir eines: So, wie wir das geplant haben, ist es nicht teurer, wenn nicht gar billiger, als irgendeines der Pflegeheime.«

Dem konnte Maria etwas abgewinnen. »Letzter Punkt, Paula: Ich sehe schon, was die Aufgabe für mich sein wird, aber wer soll die restliche Zeit auf Annette aufpassen? Wer wird den Nachtdienst übernehmen?«

Paula dachte angespannt nach. »Wie wäre es mit Schwester Nino Dschugaschwili?«

»Die Stalin bringst du nicht mehr aus dem Krankenhaus. Die geht von dort in den Ruhestand. Und das verstehe ich auch. In dem Alter würde ich das genauso machen.«

»Ist sie schon so alt?«

»Über fünfundfünfzig. Sieht man ihr nicht an, oder?«

Über Paulas Gesicht huschte eine Idee, das war unverkennbar. »Könntest nicht du die Nächte mit übernehmen? Schau, Maria, Annette werden wir in ihrem Bereich unterbringen, und der ist groß. Richtig groß. Du kennst das alles noch nicht. Da wäre auch wirklich viel Platz für dich. Du hättest ein eigenes Zimmer, eigenes Bad, sogar eine eigene kleine Küche. Das stünde dir alles zur Verfügung. Du könntest dich auch einmal zurückziehen, müsstest nicht immer bei deiner Annette hocken. Hättest die Möglichkeit, es so zu machen, wie du es für richtig und notwendig erachtest. Freie Kost und Logis. Du könntest immer mit mir essen, wenn du es wolltest. Was sagst du dazu?«

»Das klingt so, als sollte ich hier einziehen, Paula.«

»Daran hatte ich eigentlich gedacht. Ich gebe es ehrlicherweise zu. Für Annette wäre es sicher das Beste.«

Maria wiegte nachdenklich den Kopf. »Ich denke darüber nach.«

»Ja, selbstverständlich, das musst du nicht jetzt im Augenblick entscheiden.«

»Darf ich die Räume sehen? Ist Annettes Bereich ganz abgetrennt von deinem hier?«

»Halb, halb.« Paula war schon auf den Beinen. »So, Frau Eisner, jetzt zeige ich dir einmal, wie sich eine wohlhabende Geschäftsfrau, da meine ich meine Mutter, das Leben in einer Großfamilie vorgestellt hat. Eine Großfamilie hat hier nie gewohnt, hätte es aber gekonnt. So sind Annette und ich eben in den Genuss eines riesigen Hauses gekommen. Komm, ich führe dich herum.«

Paula zog Maria mit sich hinaus in die Bibliothek, die sie zwar kannte, in der sie sich aber noch nie länger aufgehalten hatte. An einer Wand entlang führte eine offene Treppe nach oben. Das war ihr bisher entgangen.

Paula steuerte zielstrebig darauf los. »Da geht es rauf in Annettes Reich. Ich habe dir das noch nie gezeigt. Du wirst sehen, es ist sehr persönlich eingerichtet. Ich habe nichts, aber gar nichts verändert. So hat sie gelebt, und da soll sie sich nun wieder aufhalten können. Vielleicht hilft ihr die gewohnte Umgebung sogar wieder beim Gesundwerden.«

Maria kam aus dem Staunen nicht heraus. Tatsächlich war hier ein eigener Bereich, nicht abgeschlossen vom übrigen Haus, dennoch als eigene Einheit gut erkennbar. Die Einrichtung war ganz anders als sonst im Gebäude. Sehr eigenwillig, wie Maria fand, und sehr, sehr hübsch. Alles wirkte unglaublich feminin. Es gefiel Maria auf Anhieb.

»Da lässt es sich tatsächlich leben. Paula, das ist ja eine Wucht hier oben!«

»Zu viel versprochen?«

»Und da könnte ich meine Annette betreuen?«

»Maria, ich bitte dich inständig darum. Wirklich. Versuch's doch zumindest eine Weile. Wenn du es nicht aushältst, kannst du es immer noch beenden.«

Sie waren in die kleine Küche gelangt, die sichtlich wenig benutzt worden war, die an Ausstattung aber nichts zu wünschen übrig ließ. Sogleich hatte Maria wieder das Bild einer kochenden Annette vor sich, und ihr wurde ganz warm ums Herz.

»Hat sie hier gekocht?«

»Hier und unten in der großen Küche. Sicher öfter unten als hier.«

Marias Blicke streiften wehmütig über all die Kleinigkeiten, die sie entdeckte. Flaschenöffner, Eieruhr, Kochbücher, Notizblöcke, Messerblock, Kaffeemaschine, vielerlei kleiner Ramsch.

»Ich ziehe hier ein. Ich will es so. Punkt.«
Paula fiel ihr stürmisch um den Hals.

Die Planungen hatten augenblicklich ein anderes Niveau erreicht. Es galt nun, auch Marias Alltagsleben hier einzuplanen. Sie sahen sich in den Räumen um, und Maria begann schnell, sich auszumalen, wie sie hier den Tag verbringen könnte.

Plötzlich hielt sie inne. »Sag mal, Paula, du bist doch die Tatkraft in Person. Würdest du es wollen, dass ich dich auch in die Pflege einschule, damit du mich einmal den einen oder anderen Tag ersetzen kannst? Sollte ich mal wirklich Urlaub brauchen oder krank werden, dann könnten wir für die Tage sicher die Stalin organisieren, damit nicht alles an dir hängen bleibt.«

»Du meinst, so mit Waschen und Bettenmachen und Hinternputzen? Ich habe das noch nie gemacht. Traust du mir das zu?«

Maria lachte. »Dir traue ich noch viel mehr zu, so flott und zielstrebig, wie wir beide hier geplant haben. Viel mehr!«

»Na dann, gerne. Bloß ohne Instruktionen mache ich nichts.«

Maria nickte. »Das sollst du auch gar nicht.«

Sie waren wieder in die kleine Küche zurückgekehrt. Schon war geklärt, welchen Bereich Maria für sich selbst in Anspruch nehmen sollte, und auch, dass sie die Küche, wenngleich sie klein war, als Zentrum des Alltags ansehen wollte.

Paula hatte gleich festgehalten, dass Kühlschrank und Vorräte noch an diesem Tag aufgefüllt werden würden.

Maria zog einen der Notizblöcke aus einem Stapel hervor, um eine Einkaufsliste aufzustellen. Unwillkürlich zuckte sie zusammen. Die erste Seite war voll beschrieben mit einem Rezept. Einem Rezept für Cantuccini, einem italienischen Mandelgebäck. Es waren nicht nur die Zutaten aufgelistet, es stand auch ziemlich genau geschrieben, worauf man bei der Zubereitung besonders achten musste. Offenbar war das von Annette geschrieben worden, und das hatte Maria im ersten Augenblick erschreckt. Solche Zeichen bewussten Lebens war sie von ihrer Annette einfach nicht gewohnt. Doch gleich zerfloss ihr Gesicht in einem breiten Grinsen.

»Sag, Paula, das hat doch sicher Annette geschrieben.«

Paula sah kurz hin und nickte.

»Und Annette hat tatsächlich ihr Wirtschaftsstudium mit dem Doktorat abgeschlossen?«

»Ja. Warum fragst du?«

»Mit dieser Schrift?« Maria lachte. »Mit dieser schrecklichen Schrift! Das kann doch kaum einer lesen. Das sind doch Hieroglyphen, die alten Ägypter hätten ihre Freude an ihr gehabt.«

»Erinnere mich nicht daran. Du glaubst nicht, was meine Mutter während der Schulzeit mit Annette für Kämpfe ausgefochten hat, da gab es so manchen Eklat. Gib den Zettel einmal her.«

Maria reichte Paula den Notizblock, und die schüttelte den Kopf. »Schlimm, was? So eine elegante Frau, und dann so eine Schrift.«

»Das macht sie noch liebenswerter.«

Paula sah Maria schief an. »Ich weiß nicht, Maria, was du für einen Narren an ihr gefressen hast. Na ja, was Besseres hätte der armen Haut gar nicht passieren können.«

»Sie ist eben meine Annette.«

Paula zückte ihr Mobiltelefon, das sie in ihrer Jackentasche hatte, um offensichtlich jemanden anzurufen. Ehe sie dies jedoch in die Tat umsetzte, hielt sie kurz inne. »Maria, was meinst du, kann ich im Krankenhaus anrufen, um die Überstellung in Gang zu setzen?«

»Ruf an! Wir werden das schaffen. Lass Dr. Hartmann ausrichten, er möge nochmals umfangreiche Laboruntersuchungen durchführen, damit wir eine aktuelle Basis haben, wenn wir hier mit Annette beginnen.«

»Okay!« Paula wählte die Nummer, und schon wurde der Anruf angenommen. »Streifenberger am Apparat. Guten Tag, Schwester Kathrin. Es ist so weit. Wir können Annette transferieren.« Sie machte eine Pause und hörte angestrengt zu, schüttelte bloß den Kopf, ehe sie wieder weitersprach: »Das ist für Annette alles irrelevant, sie kommt in kein Heim, sie kommt nach Hause, und da ist es mir so was von egal, ob sie mit irgendeinem Bakterium besiedelt ist, von dem bei ihr ohnehin noch nie die Rede war.« Wieder schwieg sie kurz, strich sich durchs Haar und begann zu lächeln. »Danke, Schwester Kathrin, dass Sie sich um mich sorgen. Ich denke aber, ich habe das alles im Griff. Es wäre aber nett, wenn Sie mich mit Herrn Dr. Hartmann verbinden könnten, mit dem hätte ich noch etwas zu besprechen … steht neben Ihnen. Umso besser …« Paula atmete kräftig durch. »Guten Tag, Herr

Dr. Hartmann, Streifenberger am Apparat. Ich gebe Ihnen die betreuende Schwester von Annette. Die hätte ein Anliegen, wie ich das so mitbekommen habe.« Sie reichte den Hörer an die neben ihr schmunzelnde Maria weiter.

»Eisner.«

»Schwester Maria! Sie betreuen Ihre Annette weiter. Das ist ja genial!« Der Ausbruch war auch von Paula deutlich zu hören, obwohl sie sich ein Stück weit von Maria entfernt hatte.

»So ist es. Alles ist bestens durchgeplant. Wir hätten nun noch ein Anliegen an Sie.« Maria konferierte nun eine gute Viertelstunde mit Hartmann und machte sich vielfach Notizen, hörte die meiste Zeit zu und stellte nur ab und zu einige Fragen.

»Ist das alles so weit klar, Frau Eisner?« Mit diesen Worten wollte er seine Ausführungen schon beenden, ehe ihm noch etwas einfiel: »Äh, wie wäre es, wenn ich einfach einen Sprung bei Ihnen vorbeikomme, wenn Ihr Pflegling bei Ihnen angekommen ist? Vielleicht haben Sie noch Fragen an mich, und überdies möchte ich mir gerne ein Bild davon machen, wie Sie die Sache angehen wollen. Hätten Sie etwas dagegen?«

»Sicher nicht. Sie sind hier herzlichst willkommen. Wir nehmen jede wohlwollende Unterstützung gerne an.«

Paula, die gar nicht genau wusste, um was es da ging, nickte demonstrativ.

Zwei Tage später, es war am Vorabend von Annettes Überstellung, stand Maria ermattet vor dem Kleiderschrank in ihrer eigenen Wohnung. Neben ihr hatte Paula eine offene Tasche hingestellt und wartete darauf, dass Maria ihre Wäsche hineinlegte.

»Was zögerst du, Maria? Rein mit den Sachen. Zu viel kann es gar nicht sein. Nimm die schönen, neckischen Stücke doch mit. Vielleicht willst du einmal ausgehen und sie anziehen. Wer weiß. Rein damit.«

Maria nickte und räumte ein. Es stimmte schon, Platz hatte sie in ihrem neuen Domizil ausreichend zur Verfügung. Ein paar Sachen wollte sie dennoch in der alten Wohnung lassen, denn die sollte ihr weiter als Rückzugsort für stille Stunden dienen, wenn sie einmal Abstand brauchte.

Sie hatte bereits an eine Vermietung gedacht, doch Paula hatte ihr davon abgeraten und gleich auch darauf bestanden, die laufenden Kosten zu übernehmen, als Zuschlag zum bereits ausgehandelten Gehalt, den Paula für ihre Dienste zahlen würde.

Die Frage der Entlohnung erwies sich als gar nicht so einfach. Maria wollte erst überhaupt nichts nehmen, und Paula hatte einige Mühe, sie davon zu überzeugen, dass eine ausgeführte Arbeit auch entlohnt werden müsste. Erst der Hinweis, dass es Annette, bei aller Liebe, die Maria ihr entgegenbrachte, sicher auch so gewollt hätte, ließ Maria Paulas Vorschlägen zustimmen. Gegen den Zuschlag mit der Wohnung hatte sich Maria dann nicht mehr gewehrt. Paula war so bestimmt aufgetreten, dass es ihr sinnlos schien, diesbezüglich nochmals eine Diskussion zu beginnen.

Die Tasche mit der Wäsche war jedenfalls der allerletzte Bestandteil der Utensilien, die die Übersiedlung mitmachen sollten. Maria ging nun zufrieden durch alle Räume. Es sah gar nicht so nach Auszug aus, und das war ihr sehr recht. So schnell wollte sie die lieb gewordene Wohnung nicht räumen, da müssten sich schon ganz andere Möglichkeiten auftun, und von denen war im Augenblick nichts in Aussicht.

Die erste Nacht im noch ungewohnten Bett verlief ruhig und erholsam, lediglich eine unbestimmte Einsamkeit, die sie sonst nie fühlte, hatte Maria vor dem Einschlafen erfasst.

Und dann war da noch ein Traum gewesen, der Maria nach dem Erwachen schmunzeln ließ: Annette war aus dem Krankenhaus überstellt worden und hatte sofort damit begonnen, in der Küche zu werken. Paula und Maria versuchten, ihr das auszureden, indes ohne Erfolg. Emsig huschte sie hin und her und hatte bald ein Blatt Papier mit Notizen vor sich. Plötzlich beschwerte sie sich bitter, dass man das, was da geschrieben stand, bei dieser unmöglichen Schrift überhaupt nicht lesen könne. Und da war Maria aufgewacht. Mit bester Laune. Sie konnte sich gut vorstellen, dass Annette sicher bereits so manches Mal am eigenen Schriftbild gescheitert sein musste. Eine amüsante Vorstellung, wie sie fand.

Der Traum war aber auch schon wieder vergessen, als Paula an der Tür klopfte.

Als Maria sie ins Zimmer gebeten hatte, legte sie nach einem kurzen

»Guten Morgen« sofort los: »Annettes Bett ist da. Die wollen es gleich aufstellen. Kannst du es kontrollieren, wenn sie fertig sind?«

Maria schwang sich aus dem Bett, völlig nackt, was sie gar nicht bedacht hatte.

»Du siehst einfach toll aus, Maria, du hast eine unglaublich sportliche Figur, das kommt nackt noch deutlicher zur Geltung.«

»Danke für das Kompliment, ich verschwinde ins Bad, Zähne putzen, duschen und so weiter. Ich bin gleich so weit.«

»Lass dir ruhig Zeit.« Paula war Maria ins Bad gefolgt und vor der Duschkabine stehen geblieben. »Die haben das Bett in vielen Teilen zerlegt gebracht, das haben die sicher nicht in fünf Minuten wieder zusammengebaut.« Unverwandt schaute sie durch die Glaswand und betrachtete Maria, wie diese sich die Scham rasierte. »Du bist auch komplett glatt. Annette hatte das auch so, Beine und alles andere, eigentlich seit ich mich erinnern kann, besser gesagt, als wir einmal eine schwesterliche Diskussion darüber geführt haben. Damals war ich noch verwundert darüber, als ich sie das erste Mal so gesehen habe. Sie hat das damals nicht nur verteidigt, sondern hat es mir auch dringend empfohlen. Ich trage seit der Zeit nur noch einen schmalen Streifen über der Klit.«

»Geschmäcker sind verschieden«, kam es aus der Kabine. »Meinst du, ich sollte Annettes Pflege dahin gehend erweitern? Denkst du, sie würde das wollen?«

Paula lachte. »Sicher. Wenn sie aufwacht und Haare an den Unterschenkeln bemerken sollte, na, dann können wir uns auf etwas gefasst machen.«

»An den Beinen habe ich ohnehin schon ein paarmal etwas getan, aber sonst natürlich nicht. Ich hatte ja keine Ahnung davon. Ist aber keine Mühe. Wird ab heute alles säuberlich ausgeführt.«

Maria war aus der Dusche gestiegen und sah Paula amüsiert an, lachte still vor sich hin und schüttelte den Kopf.

»Was ist? Warum lachst du?«

»Paula, ich sage dir jetzt mal was. Als du damals ins Fünferzimmer gerauscht bist, richtig zornig, weil ich das mit meiner Annette angezündet hatte, da hätte ich mir nicht im kühnsten Traum vorstellen können, dass wir jemals so ein lockeres, vertrautes, freundschaftliches, ja beinahe intimes Verhältnis zueinander haben würden. Du schaust mir locker beim Duschen zu, und ich fühle mich in keiner Weise belästigt.« Maria schüttelte den Kopf. »Dafür möchte ich dir wirklich danken. Ich bin ja doch eher eine gehemmte Person.«

»Du bist was?«

»Ein Mensch voller Hemmungen. Schau mich doch an. Bin schon um die dreißig und habe noch nie eine richtige Beziehung gehabt. Ist das nicht schlimm? Ich denke, ich bin auf dem Gebiet ordentlich gestört. Bei dir aber ist das gar nicht so. Du hast ja sogar Verständnis für meine ›Amour fou‹, wie ich das so sagen möchte. Und ich glaube, du hättest sogar Verständnis dafür, wenn Annette nicht deine Schwester wäre.« Sie machte eine Pause, stand in ihr Badetuch gehüllt vor Paula, die sie mit unverhohlener Sympathie betrachtete. »Aber dann hätte ich einen Menschen wie dich sicher nie kennengelernt.«

Paula nahm Maria in den Arm. »Maria, du bist so ein lieber, gutherziger, wertvoller Mensch.« Sie hielt kurz inne. »Versteh mich nicht falsch, ich teile Menschen nicht nach wertvoll oder wertlos ein, das würde ich mir nie anmaßen, doch du besitzt so außergewöhnliche Fähigkeiten, die dich in vielen Belangen weit über andere Menschen stellen, und ich will aber auch nicht übersehen, dass du beim Fach Diplomatie nicht gerade eine Leuchte der Menschheit bist.«

»Kann man so sagen«, seufzte Maria.

»Noch etwas, Maria«, Paula nahm sie jetzt ganz fest in den Arm, »glaub nicht, dass du nicht fähig wärst, richtig zu lieben, bloß weil du noch nie in einer richtigen Beziehung gesteckt bist. Du bist eben so, wie du bist. Du musstest dir halt erst darüber klar werden, wohin es dich zieht. Eben zu Frauen. Und nun bist du in eine Frau verliebt, der du nur Pflege zukommen lassen kannst. In eine Frau, die von dir in allem abhängig ist und dich dabei nicht einmal kennt.« Paula seufzte, drückte Maria noch fester an sich. »Ach, Maria, zu beneiden bist du nicht gerade, was die Liebe angeht, und ich hoffe, dass du irgendwann einmal dafür wirklich belohnt wirst, wenn ich mir auch nicht recht vorstellen kann, wie diese Belohnung aussehen könnte.«

Maria hatte sich aus der Umarmung gelöst. »Paula, bist du eigentlich glücklich mit Richard? Ihr pflegt so einen liebevollen und innigen Umgang miteinander, und dennoch lebt ihr nicht unter einem Dach. Das könnte ich mir für mich selbst nicht vorstellen. Gar nicht vorstellen.«

Paula nickte. »Ich bin da ein wenig geschädigt, was Beziehungen angeht. Enges Zusammenleben ist nichts mehr für mich.« Sie sah kurz in die Ferne und schien ein wenig traurig zu werden. »Hast du dich eigentlich noch nie gefragt, warum ich Streifenberger heiße und nicht Weiß, so wie meine Schwester? Weißt du, mein Mädchenname war auch Weiß. Doch dann kam der Herr Dr. Streifenberger in mein Leben. Hat mich im Sturm erobert. Nach vier Monaten waren wir verheiratet. Damals habe ich gerade die Geschäftsführung der Firma von meiner Mutter übernommen, die aber Gott sei Dank weiter im Betrieb arbeiten wollte und das auch getan hat. Zwei Monate nach der Hochzeit begann dann eine Art Horrortrip, an den ich nicht gerne zurückdenke. Heimo, so heißt mein Exmann, hat mich immer mehr erdrückt. Er hat versucht, mein Leben in allen Belangen zu lenken und zu kontrollieren. Er ist in einer kleinen Privatbank tätig und sah sich immer schon als wahren Wirtschaftsspezialisten. Wahrscheinlich tut er das heute noch.« Sie schüttelte den Kopf. »Ich konnte nicht gleich schwanger werden, so wie er das für mich vorgesehen hatte – Gott sei Dank, so sehe ich das heute –, und das war das erste Problem, das für ihn in unserer Beziehung auftrat. Das machte ihn rasend. Was ihn aber noch viel rasender machte, war, dass ich ihm keinerlei Einfluss auf die Firma zugebilligt habe.«

»Hat er in der Firma gearbeitet?«

»Hätte er gerne. Er, der große Wirtschaftsspezialist. Nein, ich habe ihn immer rausgehalten, trotz aller Verliebtheit am Anfang. Ich war aber von meiner Mutter von Jugend an darauf gedrillt worden, niemanden in die Firma zu lassen, der nur irgendwie verwandt oder bekannt oder sonst wie eng mit mir verbunden wäre. Das war ein Grundsatz, und ich war dann sogar ein wenig erstaunt, als meine Mutter zu mir kam und für Heimo intervenierte. Ich musste sie erst selbst an ihre eigenen Grundsätze erinnern. Sie hat es akzeptiert und später, nach dem großen Krach und der hässlichen Scheidung, hat sie mich zu meiner Weitsicht beglückwünscht.«

»Großer Krach?«

»Er hat mich immer mehr erdrückt, bis ich es nicht mehr ausgehalten habe und nur noch an Flucht dachte. Da hat er mich zwei Tage zu Hause, wir haben damals in seinem Haus im Zentrum der Stadt gewohnt, eingesperrt. Offiziell war ich krank, so hatte er es meiner Mutter jedenfalls erzählt. Aufgeflogen ist alles, als sie mich dann nach drei Tagen besuchen wollte. Erst hat er sie nicht zu mir lassen wollen. Doch er hat sie offenbar nicht gut genug gekannt. Meine Mutter konnte man nicht so einfach abspeisen, und dann musste er sie doch zu mir führen. Ich kann dir nur sagen, es war eine Erlösung für mich – und auch das Ende der Ehe.«

»Wieso dann noch hässliche Scheidung? Da war doch alles klar.«

»Hast du eine Ahnung. Was mir da vorgeworfen worden ist, war unglaublich: seelische Grausamkeit, mutwillige Geringschätzung der Person oder so ähnlich. Da wurde aufs Tapet gebracht, dass ich einmal ein wenig darüber gelacht hatte, als er nicht in der Lage war, eine Steckdose zu montieren, und lauter so Blödsinn.«

»Traurig, wie sich Dinge entwickeln können, oder?«

»Ja, traurig. Kannst du verstehen, dass ich eine enge Verbindung meide? Ich liebe meinen Richard, aber er muss nicht mit mir zusammenleben.«

»Übrig geblieben ist dir dein Name. Interessant. Wieso hast du den nicht wieder geändert?«

»Das wäre das Letzte gewesen, woran ich gedacht hätte. Heute bin ich meinen Namen gewohnt. Er gehört zu mir, und ich verbinde ihn nicht mehr mit meinem Ex.«

Maria war in ihre Arbeitskleidung, einen bequemen weißen Sportanzug, geschlüpft. »Ist schon interessant, Paula, wir kennen uns nun doch schon eine Weile, doch das habe ich noch nicht gewusst. Irgendwann möchte ich auch etwas von deiner Firma erfahren. Ich bin mir sicher, dass es da Interessantes zu hören gibt.« Sie nahm Paula an der Hand. »Komm, wir sehen nach Annettes Bett.«

Die zwei Frauen kamen gerade rechtzeitig. Das Bett war fertig zusammengestellt, und der Monteur ließ nach einer vorgegebenen Liste die zahlreichen Funktionen in einer Art Test ablaufen. Maria war gleich mit Eifer bei der Sache, und der Handwerker nutzte die Gelegenheit, das Bett genauestens zu präsentieren. Maria kannte das Vorgängermodell, hatte im Krankenhaus damit bereits öfters gearbeitet. Das nun hier stehende Bett hatte noch einige Innovationen zu bieten, die die Arbeit erleichtern sollten und vermutlich auch für Annette von Vorteil sein würden. So genau konnte man das aber nicht abschätzen, das wagte nicht einmal Maria.

Der Monteur und sein Helfer waren bald außer Haus, und Maria hatte mit dem Sanitärfachgeschäft telefoniert, das die meisten für die Pflege notwendigen Utensilien liefern sollte. Maria hatte befürchtet, dass es ein, zwei Tage dauern könnte, bis die Lieferung eintreffen würde, doch zu ihrer Überraschung sagte man ihr eine Lieferung in zwei Stunden zu und entschuldigte sich höflich dafür, dass man nicht früher kommen könne. Man wäre derzeit an den Grenzen der Kapazität angelangt, da wäre eine zügigere Lieferung nicht möglich. Maria gab sich gnädig, erwähnte aber nicht, dass sie mit ganz anderen Wartezeiten gerechnet hatte.

Den Rest wollte sie in der Apotheke und in der Parfümerie besorgen. Beide Läden lagen keine zwei Minuten von Paulas Haus entfernt in einer Seitenstraße. Es waren nicht die wichtigsten Sachen, die Maria hier kaufen wollte, es beruhigte sie aber, dass das Sortiment in der Parfümerie unglaublich groß war und die Leute in der Apotheke sie sehr freundlich bedienten.

Paula hatte später ein kleines Mittagessen herbeigezaubert, welches sie sich schmecken ließen. Richard war ebenfalls dazugestoßen und bot seine Dienste an. Und dieses Angebot wurde von den beiden Frauen freudig angenommen.

Kapitel 5

Um drei Uhr läutete es an der Tür. Zwei Milchgesichter standen davor. »Sind wir hier richtig bei Streifenberger? Wir sollen die Patientin Dr. Annette Weiß hierher bringen.« Ganz offensichtlich Zivildiener, die den Auftrag übernehmen hatten müssen. Ganz wohl schien ihnen nicht zu sein, mit der jungen, nun wieder sehr hübschen Frau im Krankentransporter allein fahren zu müssen. Mit einer Frau, die so gar nicht bei Bewusstsein war, sie dennoch manchmal mit tiefblauen Augen angesehen hatte.

»Bringen Sie sie herein.« Maria hatte das Kommando übernommen, das war Paula sofort klar. Und es war ein gutes Gefühl.

Die Milchgesichter trugen Annette behände über die Treppen nach oben. Den geübten Händen unterliefen keine Unsicherheiten. Gemeinsam mit Maria betteten sie Annette um und wollten schon wieder abziehen. Das aber ließ Paula nicht zu. Erst drückte sie ihnen ein fürstliches Trinkgeld in die Hand, dann mussten sie noch ein Stück Kuchen essen. Beide hatten offenbar einen riesigen Hunger, so wie sie die Stücke vertilgten. Es gab Nachschlag, und die zweiten Stücke fielen bei beiden deutlich größer aus als die ersten.

»Sagen Sie, ist es nicht schwierig, so eine Patientin über die Treppen zu hieven?«

»Die hübsche Frau? Gar nicht. Die ist doch ein Leichtgewicht. Wenn wir bloß immer so einfache Aufträge hätten. Das ist ja beinahe Erholung. Seltsam war nur, dass sie nicht bei Bewusstsein war und uns trotzdem manchmal so angesehen hat, dass wir dachten, jetzt ist es so weit, jetzt ist sie erwacht. Da war aber nichts. Ja, ja ... das war schon etwas seltsam.«

Während Paula mit den Zivildienern beim Kuchen saß, war Maria bei ihrer Annette und bereits voll in ihrem Element.

Zur Begrüßung drückte sie ihrer Annette einen dicken Kuss auf die Stirn. Wenngleich die Umstände nicht die günstigsten waren, so war

Maria doch unglaublich glücklich, ihren Pflegling wieder unter ihren Fittichen zu haben. Alles wurde inspiziert und kontrolliert, ein wenig da herumgetan, ein wenig dort. Alles in allem war Maria äußerst zufrieden. Nora, die die Betreuung nach Maria wieder hatte übernehmen müssen, und die Stalin hatten brav gearbeitet. Es gab rein gar nichts zu bekritteln. Maria ging ferner zügig die mit übersandten Unterlagen durch. Sie fand zwar einen Abschlussbrief, den Dr. Hartmann geschrieben hatte, doch alles andere, was ausgemacht gewesen war, fehlte. So stürmte sie schnell hinunter in die Küche zu Paula, in der vagen Hoffnung, die beiden jungen Männer noch anzutreffen, und wurde nicht enttäuscht. Die hatten allerdings keine weiteren Unterlagen mehr dabei. Da fiel dem einen der beiden Zivis ein, dass ein Arzt heute am frühen Abend selbst noch vorbeischauen wollte. »Ein Herr Dr. Hartberg oder so.«

Maria war sogleich beruhigt. Das waren gute Nachrichten. Sie winkte den beiden Männern nochmals kurz zu und ging wieder hinauf zu ihrem Pflegling.

Erneut begrüßte sie Annette mit einem Kuss auf die Stirn. Dann begann Maria mit den Bewegungsübungen. Sie ließ sich Zeit bei der Tätigkeit. Passive Bewegungen der Muskeln hatten einige positive Effekte. Das war unbestreitbar. Annettes Arme und Beine waren gut zu bewegen, und die Muskulatur war niemals völlig schlaff gewesen. Maria kam es ferner so vor, als würde Annette nicht unbedingt immer schwächer werden. Man erkannte immer noch Muskeln, die zwar sicherlich nicht so ausreichend trainiert waren, dass man von einer aktiven Sportlerin sprechen konnte, das war auch nicht gefragt. Hingegen fragte sich Maria immer öfter, wie lange Annette wohl brauchen würde, wieder auf eigenen Beinen stehen zu können, sollte sie wieder zu sich kommen. Würden sich in diesem Fall noch weitere Ausfälle manifestieren? Sicher wäre viel Arbeit zu leisten, doch das wollte Maria gerne in Kauf nehmen. Wäre es doch nur schon so weit. Würde es überhaupt jemals dazu kommen? Die Frage stellte sich unbarmherzig. Wie ein Stehaufmännchen kam sie mehrmals am Tage hoch.

Wenige Minuten nach fünf Uhr klopfte es leise an der Tür. Paula steckte den Kopf ins Zimmer. »Besuch ist da, Maria. Ich habe Herrn Dr. Hartmann mitgebracht.«

Freudig erregt sprang Maria aus ihrem bequemen Lehnsessel, in dem sie eben mit Genuss gelesen hatte. Seit langer Zeit hatte sie wieder einmal ein Buch in die Hand genommen und mit Ruhe darin geschmökert. Dabei hatte sie immer auch ein Auge auf ihre Annette werfen können. Ein äußerst zufrieden stellender Zustand, wie sie fand. Jetzt aber freute sie sich auf Dr. Hartmann. Flink lief sie auf ihn zu, umarmte ihn und drückte ihm ein Küsschen auf die Wange. »Guten Abend, lieber Herr Dr. Hartmann, es ist uns eine große Freude, Sie in unserem schönen Domizil in Empfang nehmen zu dürfen.«

Ullrich Hartmann hatte mit so einer Begrüßung nicht gerechnet und war kurz perplex über die Herzlichkeit, die ihm entgegengebracht wurde. Es wurde ihm allerdings richtig warm ums Herz, als er Maria so sah, in ihrem weißen Sportanzug, der hier offenbar die Schwesterntracht des Krankenhauses ersetzte. Maria, die über das ganze Gesicht strahlte und offenbar stolz war auf das, was da so ablief, nahm ihn am Arm und führte ihn zu Annette.

»Das ist ja unglaublich schön hier. Besser hätte es Ihre Annette ja gar nicht treffen können.«

»Und es ist Annettes wahres Zuhause. Ist das nicht toll? Ich bin so froh, dass mir Paula, ich meine Frau Streifenberger, die Möglichkeit gegeben hat, meine Annette hier zu pflegen.«

»Was höre ich da?«, mischte sich Paula ein. »Das ist ja eine nicht ganz korrekte Sicht der Dinge. Ich bin froh, dass du deine Annette hier im Haus pflegst, dass du mir die Möglichkeit gegeben hast, sie hierher zu holen.«

»Ach Paula, ist ja egal, wie man das sehen will, Hauptsache, Annette ist hier bei uns, in unserer Obhut. Und jetzt sind Sie, Herr Dr. Hartmann, auch noch hier, um nach dem Rechten zu sehen. Ehrlich, ich finde das einfach fantastisch, dass Sie da sind.«

Hartmann war ein wenig verlegen geworden. »Das ist doch selbstverständlich …«

»Überhaupt nicht! Überhaupt nicht!«, unterbrach ihn Maria sofort. »Nennen Sie mir nur einen Patienten oder eine Patientin, die Sie zu Hause besucht haben, nachdem man ihn oder sie aus dem Krankenhaus entlassen hat. Wenn es jemanden gegeben haben sollte, so war das sicher eine gewaltige Ausnahme, und Ihre Kollegen machen das gewiss auch nicht anders. Hab ich recht?«

Hartmann nickte nachdenklich. »Es ist tatsächlich nicht selbstverständlich oder besser gesagt, es ist nicht die übliche Routine, aber was Ihre Annette anbelangt, so kommt es mir tatsächlich selbstverständlich vor, dass ich jetzt hier bin.«

Dafür fiel ihm Maria um den Hals. »Danke. Ich weiß, Sie mögen meine Annette auch, ich weiß das schon lange.«

»Nicht nur Ihre Annette, Frau Eisner, nicht nur Ihre Annette. Sie sind doch auch ein Schatz. Ich habe mich so gefreut, dass Sie das hier übernommen haben, ich kann es Ihnen gar nicht sagen. Jetzt ist nicht alles umsonst gewesen, was Sie bzw. was wir aufgeführt haben mit unserem Schützling.« Er wandte sich nun an Paula. »Frau Streifenberger, wenn Sie nichts dagegen haben, würde ich Annette hier bei Ihnen gerne weiter betreuen. Wissen Sie, zurzeit arbeite ich nur im Krankenhaus, habe noch keine Ordination, die mir die Möglichkeit geben würde, Patienten auch außerhalb der Anstalt zu behandeln. Doch das wird sich schon mit nächster Woche offiziell ändern. Ich habe nämlich eine Idee geboren. Nicht zuletzt wegen der Situation mit Annette. Ich werde eine Ordination eröffnen, in der ich mich beinahe ausschließlich mit Patienten und Patientinnen wie Annette beschäftigen möchte. Mit Fällen, die langwierig sind, mit Fällen, in denen Angehörige in Wahrheit mehr Hilfe benötigen als die Patienten selbst. Ich werde dorthin gehen, wo die Menschen ratlos vor Pflegeproblemen stehen. Ich denke, das könnte gefragt sein. Und wenn das einmal läuft, so werde ich meine Präsenz im Krankenhaus immer mehr reduzieren.«

Maria nickte. »Wenn das läuft, werden Sie gar keine Zeit mehr haben für das Krankenhaus. Solche Langzeitfälle werden doch immer häufiger. Sicher, selten sind so junge Menschen wie meine Annette betroffen, meist sind es alte Leute, die an was weiß ich alles leiden. Und die brauchen auch Hilfe, kompetenten Rat und jemanden, der kommt, tatsächlich kommt, wenn es einmal notwendig ist.«

Dr. Hartmann nickte. »So stelle ich mir das tatsächlich grob vor.« Er trat jetzt an Annettes Bett. »Sehr luxuriös, kann ich nur sagen. Woher haben Sie auf die Schnelle so ein Hightech-Bett her? So eines habe ich noch nie zuvor gesehen.«

»Da staunen Sie, was? Paula, ich meine Frau Streifenberger …«

»Maria«, Paula war Maria ins Wort gefallen, »du musst nicht immer von Frau Streifenberger sprechen, wenn du mich meinst. Herr Doktor, Sie können gerne Paula zu mir sagen.«

»Von mir aus könnten wir alle per Du sein, das wäre doch ohnehin viel einfacher. Steif könnten wir woanders immer noch sein, wenn uns danach ist, hab ich nicht recht?« Maria hatte ihre Meinung kundgetan, erwartete aber in Wahrheit nicht, auf Zustimmung zu stoßen.

Doch weit gefehlt. »Von mir aus gern«, kam es von Ullrich Hartmann. »Jetzt, wo keine Schwester Kathrin mehr auf den nötigen Abstand zwischen den Berufsgruppen achtet, spricht doch gar nichts dagegen. Ich kann das natürlich nicht bestimmen. Sie sind die Damen, daher haben Sie die Entscheidung.«

»Ach Gott!« Maria schüttelte den Kopf. »Ullrich, darf ich dich duzen? Bitte. Und sag nicht, dass immer wir Frauen solche Entscheidungen treffen sollen und müssen.«

Paula lachte. Das war typisch Maria. »Ja, ja, ich bin auch dabei. Könnte ja sein, dass wir uns regelmäßig sehen und vielleicht auch ab und zu am Telefon hören. Da spricht es sich schon leichter, wenn man einen vertrauteren Ton anschlagen kann.«

Nun standen alle um Annettes Bett herum. Stille war eingetreten. Für einige Minuten. Alle hatten Annette im Auge, die ruhig dalag. Die Stalin hatte ihr offenbar noch einmal die Haare ordentlich gekürzt. Typisch, wie Maria fand. Sicher hatte sie überlegt, dass Annette nicht so bald wieder in die Gelegenheit eines Haarschnitts kommen würde. Und man musste ihr zugute halten, dass sie mit der Schere wirklich gut umgehen konnte. So lag Annette da, hatte die Augen geschlossen und atmete ruhig. Die kurzen Haare ließen ihr Gesicht ein wenig mehr hervortreten, und Maria musste feststellen, dass wahrlich eine schöne Frau vor ihr lag.

»Sie ist wieder eine schöne Frau, jetzt, wo der Kornthaler sein Werk vollendet hat. Findet ihr nicht auch?« Ullrich hatte Marias Gedanken laut ausgesprochen.

Paula war ein wenig traurig. »Ihr habt ja keine Ahnung, wie hübsch sie ist, wenn sie eine lebhafte Mimik hat, wenn sie wirklich wach ist, wenn sie einen mit ihren leuchtend blauen Augen und einem zarten Lächeln fixiert. Dann ist sie erst eine schöne Frau. Ich würde es euch wirklich gönnen, das einmal zu erleben.«

»Ja. Ja, das würde ich schon gerne miterleben. Glaubst du mir das,

Paula?« Maria hatte Paula an der Schulter gepackt und fest an sich gedrückt. »Gerne würde ich das miterleben.«

Ullrich stand kurz ein wenig lethargisch am Bett. Er hatte keine Vorstellung, wie sich das hier entwickeln würde. Es könnte auch den Bach runtergehen. Komplikationen könnten auftreten, wie zum Beispiel eine Lungenentzündung, hervorgerufen durch das untätige Liegen. Na, untätiges Herumliegen, das würde Maria nicht zulassen. Die Patientin würde nun auch in Zukunft konsequent bewegt und alles nur Erdenkliche aufgeführt werden, dass sie keine Lungenentzündung oder Druckstellen oder Ähnliches bekam. »Ich würde auch gerne einmal mit Annette ein paar Worte wechseln. Das ärztliche Gespräch ist doch ein wesentlicher Bestandteil jeder Behandlung, und dem hat sich unsere Patientin bisher entzogen. Das ist ja beinahe ein Skandal.«

»Ja, skandalös.« Maria nickte und lächelte belustigt.

Am kommenden Tag wollte Maria beginnen, Paula in die Grundzüge der Pflege einzuweihen. Um halb vier am Nachmittag sollte Paula wieder aus der Firma zurück sein. Geschäftliche Dinge ließen sich nicht ewig hinausschieben, und Paula war auch gerne ins Büro gefahren. Ein wenig Abwechslung würde ihr allerdings guttun. Und tatsächlich war das so gewesen. Alles lief wie am Schnürchen, sie selbst und auch ihre Mitarbeiter waren hoch motiviert, und man kam in allen Belangen zügig weiter.

»Das ist Genuss pur, mit euch zu arbeiten. Ihr habt es wirklich heraus, wie ihr mir den Rücken freihalten könnt, wenn ich jetzt ein wenig anderwärtig belastet bin, wo doch Annette wieder zu Hause eingezogen ist.«

Klara, Paulas Sekretärin, die über alles bestens Bescheid wusste, nickte bloß.

»Ich sehe das nicht als selbstverständlich an, Klara, das bleibt gut in meinem Kopf verankert. Das ruft schon nach einer angemessenen Anerkennung. Mir fällt da sicher etwas ein. Wart's nur ab.«

Klara kannte das bereits. Paula hatte das schon öfters so gesagt, und es war ihr tatsächlich immer etwas Besonders eingefallen. Nie hatte sie es vergessen.

Paula kam gut ausgeruht und bestens gelaunt zu Hause an. Sie zog sich geschwind um, hatte auch zwei Sportanzüge hervorgekramt, in einen war sie nun hineingeschlüpft und war schon unterwegs zu ihrer ersten Stunde in Sachen Pflegeunterricht.

Maria saß lesend da und hatte ganz leise Musik gehört. »Hallo Paula, du bist aber pünktlich. Willst du loslegen? Gehen wir es an mit der Einschulung?«

»Hallo Maria. Ich bin bereit.« Sie zögerte kurz. »Sag, wenn du Musik hörst, warum machst du das so leise?«

»Na hör mal, Paula. Stell dir vor, Annette bekommt da was mit von der Musik, und dann findet sie das möglicherweise schlimm, furchtbar schlimm, wie arg muss das sein, wenn man nichts dagegen tun kann.«

Paula war völlig von den Socken. »Das glaubst du doch nicht. Oder?«

»Sagen wir so: Ich weiß es nicht wirklich. Vorsichtshalber mache ich es aber so, als ob sie etwas mitbekommen könnte.« Sie seufzte hörbar. »Komm ans Bett, mach sie einmal frei. Ich bin gleich bei dir, ich hole bloß etwas.«

Paula trat ans Bett und zog vorsichtig die Decke beiseite. Das kurze Nachthemd von Annette war ein wenig hochgerutscht, und Paula konnte erkennen, dass Maria Annettes Beine und Scham blank rasiert hatte. Und noch etwas stach ihr ins Auge: Das Leintuch unter Annettes Po war voller Blut.

»Maria, was hast du gemacht? Annette blutet. Hast du sie beim Rasieren geschnitten? Ist dir das nicht aufgefallen?« Paula klang aufgeregt, und Maria war alarmiert, als sie wieder zurückkam. Dass sie Annette so hätte schneiden können, dass diese nun im Blut lag, das konnte sie ausschließen. Vielleicht war es auch nur ein Tröpfchen Blut, das Paula aufgeregt hatte, doch sie wollte das gleich einmal begutachten.

Doch es war nicht nur ein Tröpfchen Blut, nein, schon eine ordentliche Menge. Maria dachte nochmals an die Rasur. Nein, das konnte es nicht gewesen sein. Aber was war es dann? Die Antwort fiel ihr auch schon ein.

»Du meine Güte, du meine Güte!«

»Was ist das? Hast du sie verletzt?«

»Aber nein! Paula, was kann das wohl sein, wenn eine junge Frau blutet? Und das nicht aus der Nase. Nein, da zwischen den Beinen. Hast du irgendeine Idee?«

Paula ging ein Licht auf. »Glaubst du das wirklich? Sie hatte doch seit dem Unfall nie mehr ihre Periode.«

»Du sagst es, Paula. Seit ich sie kenne, hatte sie niemals auch nur ein einziges Mal ihre Tage. Nie. Jetzt sind sie aber da. Vielleicht ist das ein gutes Omen.«

»Wieso das denn?«

»Na ja. Wenn sich das normalisiert, warum nicht auch etwas anderes? Auf alle Fälle werden wir sie gleich versorgen, und du wirst mir dabei zur Hand gehen.«

»Ja, Frau Chefin!«, rief Paula laut aus. So hatte sie sich noch nie über eine Regelblutung gefreut wie gerade eben.

Rasch war Maria mit allem zur Stelle, was gebraucht wurde. Waschzeug, frisches Leintuch, frisches Nachthemd, ein kleiner Behälter mit Binden und Tampons. »So, Paula, du sagst mir, ob meine Annette eine Tampon- oder Bindenträgerin war. Hast du eine Ahnung davon? Schwestern wissen das oft.«

»Hm, Tampons hat sie verwendet, soweit ich das weiß. Hat mir manchmal meine gestohlen und nicht wieder zurückgegeben. Wieso warst du übrigens so weitsichtig, dass du das alles bei der Hand hast? Hast du damit gerechnet?«

»Überhaupt nicht«, Maria lachte, »ich habe bloß auch gerade meine Tage. Ich finde es übrigens ganz toll, dass meine Annette und ich gleichzeitig die Periode haben.«

»Maria, ein bisschen verrückt finde ich dich ja schon. Was du als toll und wunderbar empfindest, das kann ich nicht immer nachvollziehen, und ganz sicher nicht, was daran toll sein soll, dass man gemeinsam die Tage hat. Das klingt für mich schon ein wenig pervers.«

»Findest du?« Maria schaute ein wenig verunsichert. »Vielleicht hast du recht. Vielleicht ist es bloß deswegen, weil ich so gerne wirklich mit Annette das Leben teilen würde.« Nun wirkte sie traurig und verzagt. »Du hast recht, ich klammere mich an seltsame Dinge, aber so bin ich eben.«

Paula nahm Maria in den Arm. »Kopf hoch, Maria, vielleicht wird wirklich alles noch viel besser.« Sie kniff ihr jetzt in die Rippen. »Und bis dahin menstruiert halt schön gemeinsam, wenn es so sein soll.«

»Ach Paula, wie das klingt! So wie: singt halt schön gemeinsam ein Lied, oder: flaniert schön gemeinsam durch die Stadt.«

»Ja, so ähnlich.« Paula konnte sich das Lachen nun nicht mehr verkneifen, und Marias Traurigkeit war wieder wie weggeblasen.

Kapitel 6

Drei Monate waren seit Annettes Rückkehr ins Haus vergangen. Der Alltag verlief völlig problemlos. Paula war eine sehr gelehrige Schülerin gewesen und nun auch sehr stolz darauf, ihre Schwester betreuen zu können. Anfängliche Hemmungen beim Anfassen der Patientin waren verflogen, und so wusste sie schon recht gut, was zu tun war. Über allem jedoch wachte Maria, und unterstützt wurden sie durch Ullrich Hartmann, der tatsächlich eine Ordination eröffnet hatte, genau in der Form, wie er es im Kopf gehabt hatte. Langsam wurde diese immer lukrativer, und er dachte immer öfter darüber nach, wie er sich Schritt für Schritt immer mehr aus dem Job im Krankenhaus zurückziehen könnte. Reduziert hatte er diesen bereits. Das war nicht gerade auf viel Verständnis gestoßen, und das Erste, was ihm passierte, war, dass er auf allen Linien degradiert wurde. Man hatte ihm alle Kompetenzen entzogen, weshalb er nur mehr eine sehr gut qualifizierte Hilfskraft war. Das störte ihn indes nicht mehr. Vor wenigen Monaten hätte ihn das noch ganz anders getroffen, möglicherweise wäre sein damals ohnehin wackeliges Selbstwertgefühl in sich zusammengebrochen und er in eine massive persönliche Krise geschlittert. So aber machte es ihm den geplanten Abschied eher leichter.

Regelmäßig schaute er bei Annette vorbei und betreute ganz nebenbei auch Paula und Maria mit. Er hatte ein wachsames Auge auf die beiden Frauen geworfen, ließ es sie aber nicht merken. Dass er dies konnte, war ihm bis zu diesem Zeitpunkt gar nicht bewusst gewesen. Er freute sich über seine Fähigkeit, denn es war ihm sehr wichtig, zu gewährleisten, dass sich Maria und Paula an Annette nicht aufrieben und an der Betreuung kaputt gingen.

Davon waren die beiden allerdings weit entfernt. Dazu trug auch Richard, Paulas Freund, das Seine bei. Er hatte sich zu einer wertvollen Hilfskraft entwickelt. Maria hatte ihn auch ein wenig in die Pflegekunst eingewiesen, diese Kenntnisse nutzte er jedoch eher selten. Seine Aufgabe fand er in Hilfsdiensten im Haus, beim Einkaufen und manchmal beim Organisieren von Dingen. Und er war zu einer Art Mentalcoach der beiden Frauen geworden. Die Wochen völliger Ereignislosigkeit waren nicht einmal für Maria so einfach zu tragen, wie sie sich das vorgestellt hatte. Phasenweise wallte schon eine Art der Depression in ihr hoch. Richard hatte ein Auge dafür. Doch er erkannte das Ganze nicht nur, er wusste es auch zu behandeln. Mitnichten hatte er irgendeine psychologische Schulung aufzuweisen, war er doch in Wahrheit ein einfacher Handwerker. Als einfachen Handwerker bezeichnete er sich selbst, was niemandem sonst in seiner Umgebung eingefallen wäre. Er war von Beruf Tischler, und er war ein Künstler auf diesem Gebiet. Seine Werkstatt florierte, und über die hatte er auch Paula kennen- und lieben gelernt.

Er hatte also immer Ideen, wie er schlechten Stimmungen begegnen konnte. So sorgte er etwa für Betätigung im Haus außerhalb der Pflege, setzte Maria gezielt für kleine kreative Tätigkeiten ein, die sie nicht von Annettes Pflege ablenkten, doch eine ganz andere Herausforderung boten, der sie sich mit Eifer stellte. Eines Tages schien er trotzdem mit seinem Latein am Ende zu sein. Maria lief seit einer Woche mit einem Gesicht herum, dass es zum Weinen war. Paula versuchte liebevoll, sie aus der Lethargie zu reißen, doch es wollte ihr nicht gelingen.

»Du brauchst dringend Urlaub, Maria. Du musst raus hier«, platzte Richard ansatzlos heraus, als Paula die Suppenschüssel beim Abendessen auf den Tisch stellte.

»Ich glaube nicht, dass ich das kann«, kam es eher kläglich von Maria zurück.

»Doch, du kannst. Ich habe bereits alles organisiert.« Paula und Maria starrten ihn ein wenig verständnislos an. »Ja, ich habe alles organisiert«, setzte er nach.

»Und was genau hast du organisiert?«, wollte Paula nun wissen, die einerseits neugierig war, andererseits ein wenig beleidigt, weil Richard offenbar hinter ihrem Rücken etwas ausgeheckt hatte.

Richard zerschmolz beinahe in einem Lächeln. »Na, hört mir einmal zu. Maria, du hast doch in vierzehn Tagen Geburtstag. Ich habe mir vorgenommen, dich irgendwie zu beschenken. Und das Geschenk sollte schön sein und in deiner Erinnerung bleiben.«

»Wie kommst du darauf, mich zu beschenken?« Maria runzelte die Stirn.

»Ist das so abwegig? Sollte man einem Menschen, der so viel zu geben hat, nicht auch einmal etwas zukommen lassen? Also ich finde das ganz selbstverständlich. Und dann kommt dazu, dass es mir persönlich ein unglaubliches Bedürfnis ist.« Er blickte Maria nun ernst und fest in die Augen. »Ist das klar?«

»Ja, ja.« Maria war immer noch erstaunt. Dass Richards Ansinnen nicht mehr abzuwehren war, stand fest, auch für sie.

»Was hast du dir denn nun ausgedacht? Spann uns nicht so auf die Folter!« Paula konnte ihre Neugier nicht mehr zähmen.

»Ich habe drei Ideen. Alle drei sind etwas ungewöhnlich, aber nicht völlig verrückt und abgedreht.«

»Richard!«

»Jetzt lass mich ausreden, Paula. Also, die erste Version wäre eine vierzehntägige Reise nach Barcelona …«

»Was soll Maria denn vierzehn Tage allein in Barcelona tun?«

»Paula! Lass mich doch aussprechen. Also, vierzehn Tage Barcelona. Aber nicht allein. Nein, es gibt da so geführte Kulturreisen in kleinen Gruppen. Und der Clou dabei ist, dass man nicht von einer Kirche in die andere geführt wird, sondern dass das mit einem Crashkurs für Katalanisch gekoppelt wäre. Nicht dass Katalanisch eine der Pflichtweltsprachen wäre, aber einmal in so eine Kleinsprache hineinzuriechen, das wäre doch was. Oder?« Richard sah gebannt auf Maria.

»Ich will gar nicht wissen, was du sonst noch auf Lager gehabt hättest. Ich mach das. Das Geschenk nehme ich gerne an.« Maria war ganz aus dem Häuschen. Die Idee war ganz nach ihrem Geschmack.

»Der hiesige Kulturradiosender in der Stadt veranstaltet solche Reisen. Beim Autofahren habe ich davon erfahren«, führte Richard nun erklärend an. »Übrigens heißt blau auf Katalanisch auch blau. Die Sprache kann daher nicht so schwer sein.«

»Dann sitzt Maria die ganze Zeit über in einem Klassenzimmer, muss büffeln und hat nichts von der schönen Stadt …«

»Gar nicht«, warf Richard ein, »Unterricht ist überall. In Kirchen, Schulen, in Cafés oder Tapas-Bars. Am Tibidabo oder auf dem Montjuïc. So haben es mir die Leute vom Sender erklärt. Und es gibt keine Abschlusstests.«

»Die würden mich nicht stören«, warf Maria ein, zögerte dann aber plötzlich. »Wie soll das aber in meiner Abwesenheit mit Annette funktionieren?«

Richard hob siegesgewiss seine Hand. »Das ist auch bereits geregelt. Es gibt zwei Termine, die infrage kommen. An beiden kann Schwester Nino Dschugaschwili, die Stalin, wie ihr sie im Krankenhaus immer genannt habt, kommen und dich zumindest stundenweise vertreten. Sie macht das mit großer Freude, hat sie mir gesagt. Den Rest der Zeit werden Paula und ich auf deine Annette schauen.«

»Schafft ihr das?« Maria fragte dies mit einem breiten Grinsen. Dann sprang sie auf, stürzte sich auf Richard und umarmte ihn. Mit Müh und Not konnte Paula die Suppenschüssel retten, die nun bereits die längste Zeit unbeachtet auf dem Tisch stand.

Kapitel 7

Als Ullrich Hartmann nun wieder einmal an der Haustür läutete, war Maria gerade vor zwei Tagen von ihrem ersten Urlaub seit langer Zeit zurückgekommen. Vierzehn Tage war sie in Barcelona gewesen, eigentlich in erster Linie, um einfach auf andere Gedanken zu kommen und um auszuspannen, die Kultur zu genießen. Tatsächlich war von Ruhe und Erholung wenig übrig geblieben. Die Gruppe, mit der sie unterwegs war, fünf Männer und sieben Frauen, sie eingeschlossen, waren bereits nach einem Tag zu einem unzertrennlichen Team zusammengewachsen. Begeistert hatte Maria Richard und Paula von ihren Eindrücken erzählt und es nicht unerwähnt gelassen, dass sie tatsächlich die meiste Zeit ihren Kopf von der Situation mit Annette freibekommen hätte. Und dann kamen Richard und Paula auch noch in den Genuss von Marias jüngst erworbenen Kenntnissen der katalanischen Sprache. Die ließen sie geduldig über sich ergehen, anfangen konnten sie nichts mit dem Geplapper, das Maria da entfuhr.

Maria machte mit Annette gerade Bewegungsübungen, als Ullrich und Paula ins Zimmer kamen. Maria war irgendwie außer Atem und begrüßte die beiden auf Katalanisch.

Ullrich Hartmann war verwundert, wusste er zu dem Zeitpunkt doch noch nichts von Marias Urlaub, von dem wurde ihm erst viel später einmal berichtet.

»Du bist ja völlig verschwitzt, Maria, geht's dir nicht gut?« Ullrich hatte die Begrüßung bereits wieder vergessen und betrachtete die Haut der jungen Frau.

»Doch, doch, mir geht es bestens, es ist bloß so anstrengend. Schon gestern habe ich bei der Arbeit ordentlich geschwitzt. Na ja, das gehört sich doch so, dass Arbeit schweißtreibend ist.«

»Aber du hast doch sonst nie geschwitzt, wenn du diese Übungen durchgeführt hast. Ich habe dir so oft zugesehen, das wäre mir bestimmt aufgefallen.«

»Stimmt«, erwiderte Maria, nun nachdenklich. »Da ist irgendetwas anders. Aber ich weiß nicht genau, was es ist. An mir liegt es nicht.«

»Dann liegt es an der Patientin«, zog Ullrich den messerscharfen Schluss. »Denk nach, was es sein könnte.«

»Mhm, was weiß ich …«, Maria schüttelte den Kopf, »wie soll ich es sagen, sie leistet einfach mehr Widerstand.«

»Sie leistet mehr Widerstand?« Ullrich war alarmiert. »Dem müssen wir nachgehen, sodass wir ja nichts übersehen. Wann war denn das letzte Mal ein Neurologe bei Annette?«

Paula und Maria sahen sich an, zuckten bloß die Achseln.

»Hier war noch nie einer«, begann Paula, »und wie das im Krankenhaus zuletzt gewesen ist, kann ich auch nicht sagen. Keine Ahnung.«

»Also im Krankenhaus kam regelmäßig einer vorbei. Einmal in der Woche. Der hat aber nie etwas getan. Hat sich bloß berichten lassen und gemeint, alles wäre unverändert. Den Eindruck hatten wir ja auch immer alle.«

Ullrich Hartmann hatte bereits sein Handy gezückt und eine Nummer gewählt. »Guten Tag, Hartmann hier. Guten Tag, Frau Mahler … Ja, ich würde gerne mit ihm sprechen … Ist heute zu Hause, aha. Gut, dann probiere ich es über das Mobiltelefon. Die Nummer habe ich.« Er legte wieder auf und wählte eine andere Nummer. Mit dem Telefon am Ohr wandte er sich an die Frauen: »Niki Hochner, ein guter Bekannter und sehr guter Neurologe, den versuche ich zu erreichen. Vielleicht kann er vorbeischauen und uns ein wenig helfen.« Es läutete immer noch, und Ullrich schien schon aufgeben zu wollen, als doch noch abgehoben wurde.

»Hallo Niki, schön, dass ich dich erreiche …« Zwischen den Ärzten entwickelte sich ein kurzes Gespräch. Dr. Hochner hatte zwar vor, an diesem Tag zu seinem Weinbauern zu fahren, um die Vorräte im Keller aufzufüllen, wollte aber rasch noch vorbeikommen, denn später und in den kommenden Tagen würde er nur sehr schwer dafür Zeit finden.

So läutete eine halbe Stunde später erneut die Glocke. Ein dünner, drahtiger Mann mit dunklen Augen stand vor der Tür.

»Niki Hochner«, stellte er sich vor, »bin ich hier richtig …«

»Sind Sie. Kommen Sie bitte rein.« Paula lotste ihn ins Haus und streckte ihm dann die Hand entgegen. »Guten Tag, mein Name ist Paula Streifenberger, ich bin die Schwester der Patientin. Folgen Sie mir bitte.«

Paula huschte über die Treppe nach oben, und Niki Hochner folgte ihr auf dem Fuß. Erst begrüßte er Maria, die ihm gleich von Paula vorgestellt worden war, und dann umarmte er Ullrich Hartmann überschwänglich.

Nachdem die herzliche Begrüßung vorbei war, stellte er sich ans Fußende des Bettes und betrachtete Annette, wie sie so dalag. »Ullrich, du wirst mir bitte alles erzählen müssen, was du weißt. Auch alles über erhobene neurologische Befunde, sofern sie dir bekannt sind. Und dann werde ich mir die hübsche Frau einmal ansehen.«

Ullrich Hartmann legte los. Maria war völlig von den Socken, als sie mitbekam, was er alles auswendig wusste. Minutiös listete er alles auf, was ihm wichtig erschien. In genauer chronologischer Abfolge, und auch die Zeiträume selbst hatte er genauestens im Kopf, beinahe auf den Tag genau. In diesem Moment wurde Maria wieder einmal bewusst, dass die Situation mit ihrer Annette nun bereits gut eineinhalb Jahre andauerte und dass die Zeit unglaublich schnell verronnen war. Dieses Aufzählen der Fakten machte Maria ebenfalls klar, wie sehr Annette bereits ihr Leben bestimmte, und das verschaffte ihr ein seltsam angenehmes Gefühl. Sie war ganz in Gedanken, als Ullrich plötzlich schwieg.

Der Neurologe sagte vorerst gar nichts. Er hatte einen Reflexhammer aus seiner kleinen Tasche gezogen, war ans Bett getreten und begann Annette zu untersuchen.

Irgendwann sah er mit fragendem Blick auf. »Die Reflexe sind alle normal. Wann haben Sie das letzte Mal versucht, Ihre Patientin zu wecken?«

»Zu wecken?« Maria wäre das im Traum nicht eingefallen. »Noch nie.«

»Sie müssen doch versucht haben, Sie zu wecken, mit ihr in Kontakt zu treten. Ullrich, sag was. Wann hast du es das letzte Mal versucht?«

Der schüttelte bloß den Kopf. »Ich kann mich nicht erinnern. Ist lange her. Seit damals hat sich nichts verändert.«

Niki Hochner lachte. »Das glaube ich dir nicht.« Er nahm nun seinen Reflexhammer und klemmte ihn so an Annettes Handgelenk, dass er den Stiel fest gegen den knapp unter der Haut liegenden Knochen pressen konnte. Und das tat er dann auch.

Annette begann sich zu wehren. Sie bewegte sich plötzlich in einer Art, die Maria noch nie an ihr gesehen hatte.

»O Gott, Paula, siehst du, was ich sehe?« Maria war bleich geworden und nahe der Ohnmacht.

»Au, au, au«, war nun das Erste, das sie jemals von ihrer Annette zu hören bekam.

»Na, die Bewusstlosigkeit kann nicht mehr sehr tief sein«, merkte Niki Hochner an. Er stellte sich nun vor Annette und knallte ihr links und rechts eine.

»Au, au!« Sie riss die Augen auf und traf Paula mit ihrem Blick. »Paula, was machen die Leute mit mir, so hilf mir doch bitte!«

Maria stürzte aus dem Zimmer, warf sich auf den Boden, rollte sich ein und weinte bitterlich.

Ullrich folgte ihr, nahm sie hoch und schloss sie in seine Arme. »Komm rein zu deiner Annette, sie muss dich doch jetzt kennenlernen.«

Es brauchte aber noch zwei Minuten, bis Maria tatsächlich so weit war. Als sie das Zimmer wieder betraten, saß Dr. Hochner an Annettes Bett.

»Geht es Ihnen gut, Frau Dr. Weiß?«, fragte er die Patientin.

Annette nickte.

Paula stand jetzt dicht daneben. »Hast du keine Schmerzen?«

Ein Kopfschütteln war die Antwort. »Ich habe Durst«, kam es dann ganz leise aus dem Bett.

Maria hätte vor Freude an die Decke springen mögen. »Das erledige ich.« Schon war sie unterwegs in die Küche. Aus irgendeinem Grund hatte sie im Sanitärfachgeschäft eine Schnabeltasse bestellt, weniger weil sie die Hoffnung gehabt hatte, Annette könnte in der nächsten Zeit tatsächlich eine brauchen, eher schon deswegen, weil im Krankenhaus auf allen Nachtkästchen schwerkranker Leute Schnabeltassen gestanden hatten. Das war immer so, keiner wusste, warum. Sie hatte noch über sich selbst gelächelt, als sie die Packung mit der Schnabeltasse geöffnet hatte, und jetzt das. Jetzt würde sie gleich verwendet werden. »Ja!!!«

Maria füllte die Tasse mit frischem Wasser, ging zurück ins Zimmer und setzte sich neben Annette. Die hatte die Augen wieder geschlossen, und für den Bruchteil einer Sekunde erschien es Maria, als wäre das alles nur Einbildung gewesen. »Ich habe hier Wasser«, sagte sie leise.

Da schlug Annette wieder die Augen auf und sah Maria zum ersten Mal tatsächlich mit ihren blauen Augen ins Gesicht. Natürlich war da kein Erkennen, keine Erinnerung, doch der Blick wirkte interessiert und nicht ängstlich. Maria musste sich am Riemen reißen, um nicht alles zu verschütten. Sie ließ das Kopfteil von Annettes Bett mit der Fernbedienung ein wenig hochfahren, setzte sich zur Patientin und half ihr beim Trinken. Das funktionierte ohne Probleme. Kein Verschlucken, kein Würgen, alles verlief reibungslos. »Das ist ja unglaublich«, flüsterte sie.

»Wieso?«, fragte Annette flüsternd.

Eine neue Ära hatte begonnen.

Kapitel 8

Aufregung, pure Aufregung herrschte in den ersten zwei, drei Stunden im Hause Weiß-Streifenberger. Maria musste sich einige Male fest zusammennehmen, um nicht irgendeinen Blödsinn zu machen. Vor allem ihren Überschwang musste sie bremsen. Paula ging es nicht viel anders, und auch Ullrich Hartmann war nicht unberührt geblieben. Niki Hochner war das aufgefallen, und so hatte er im Stillen beschlossen, den Wein für diesen Tag beim Weinbauern zu lassen und ein anderes Mal für Nachschub zu sorgen. Diesen aufgeregten Hühnerstall konnte man nicht allein zurücklassen, das wäre unverantwortlich gewesen. Außerdem hatte er vor, die Patientin doch noch ein wenig genauer unter die Lupe zu nehmen, jetzt, wo man sogar mit ihr sprechen konnte.

Als ihn Paula kurz zu einem Kaffee in die Küche holte, war ihm Maria gefolgt. Sie stürzte sich auf ihn, umarmte ihn, küsste ihn übers ganze Gesicht. Dann drehte sie sich wortlos um und war wieder verschwunden. Er war vollkommen perplex. Irgendwie durchschaute er die Verhältnisse hier in diesem Haus nicht.

Paula konnte das aus seinem Gesicht lesen. Sie bat ihn, Platz zu nehmen, und begann, ihm die Sache zu erläutern.

»So ist das hier bei uns im Haus«, endete bald darauf ihr kurzer Monolog.

»Ach, Frau Streifenberger, schön, dass Sie mir das erzählt haben. Wissen Sie, schon beim Hereinkommen war da irgendetwas anders als sonst, wenn ich zu ähnlichen Fällen gerufen werde. Und ich habe es nicht durchblicken können. Na, wie auch.« Er lächelte. »Wissen Sie, es wird jetzt eine gar nicht so leichte Zeit auf Sie zukommen. Auf Sie und natürlich auch auf Frau Eisner. Sie werden viel Fingerspitzengefühl brauchen, um das Leben Ihrer Schwester wieder in normale Bahnen zu lenken.«

»Glauben Sie, dass Annette wieder in die Bewusstlosigkeit fallen wird?«

»Das wohl nicht. Da würde ich mir keine Sorgen machen. Ich glaube auch, dass sie in den nächsten Tagen auch ohne meine drastischen Mittel aufgewacht wäre. Verzeihen Sie mir bitte, dass ich so brutal vorgegangen bin.«

Paula lächelte. »Eben gerade mal noch so. Aber wenn Sie sie wieder verhauen, so werde ich einschreiten und Sie verprügeln, Herr Doktor. Ist das klar?«

»Ich werde es mir merken.« Er nippte an dem wundervoll duftenden Kaffee. »Es wird nicht leicht sein, das Loch in der Existenz Ihrer Schwester aufzufüllen. Das können Sie vermutlich nur gemeinsam schaffen. Ich denke, dass Sie Frau Eisner einbinden sollten. Die Patientin wird viel Verständnis und viel Nähe brauchen.«

Paula nickte versonnen. »Noch dazu weiß sie gar nicht, dass ihre geliebte Freundin tot ist.«

»Da müssen Sie bitte mit viel Gespür vorgehen, um den richtigen Zeitpunkt zu finden, es ihr beizubringen. Und wenn ich das richtig sehe, wird auch Frau Eisner erst lernen müssen, mit der neuen Situation umzugehen. Vor allem mit der Situation, dass ihre Zuneigung, die sie im Laufe der Zeit zur Patientin gefasst hat, keinen Widerhall finden könnte.« Er machte eine Pause. »Sehr wahrscheinlich keinen Widerhall finden wird«, fügte er sehr nachdenklich hinzu.

Spät am Abend waren die Ärzte endlich, wie Paula es empfand, außer Haus, und Annette war wieder eingeschlafen. Paula hatte in der kleinen Küche für Maria und sich gekocht. Es gab sehr leichte Kost. Maria hatte darauf gedrängt, denn sie wollte gleich mit Normalkost beginnen, was Annettes Ernährung anbelangte, und schon ein wenig vom Abendessen abzweigen. Die Ernährung durch den Schlauch, wie sie es nannte, sollte nun ein Ende haben.

So saßen die beiden Frauen erschöpft, aber glücklich am Tisch und schwiegen. Richard wollte noch vorbeikommen, hatte jedoch kurz vor dem Abendessen absagen müssen. Paulas Hinweis, dass Annette nun ohnehin wieder schlafen würde, machte ihm die Absage um einiges leichter. Er war in der Werkstatt unabkömmlich. So aber kündigte er sich gleich für den kommenden Vormittag an, was allen Beteiligten nur recht war.

Maria brach irgendwann das Schweigen, das sich nun schon viele

Minuten lang hinzog. »Es beginnt eine neue Zeit mit Annette. Ich bin ja so froh, dass sie wieder das Bewusstsein erlangt hat, ich kann dir das gar nicht beschreiben.« Sie sah in eine unbestimmte Ferne, und ein zartes Lächeln umspielte ihren Mund. »Obgleich es für mich nun nicht unbedingt einfacher wird. Ich kann ja nicht erwarten, dass sie in Liebe zu mir verglüht. Ich werde daher lernen müssen, sie loszulassen, nicht zu klammern.« Sie seufzte hörbar. »Das wird für mich schwer werden. Ich darf ja nun auch nicht grob zu ihr sein. Muss liebevoll bleiben, ihr alles weiterhin geben, aber den Blick für die Realität nicht verlieren.«

Paula wurde schwer ums Herz. Einerseits war sie natürlich froh, dass Annette überhaupt wach geworden war und Maria ihre eigene Situation so einschätzte, wie sie es eben dargelegt hatte, auf der anderen Seite sah sie auch das Ende der Dauerbetreuung kommen und damit auch das Ende des Kontakts zwischen Annette und Maria. »Du wirst das schon richtig machen. Davon bin ich überzeugt.« Mehr fiel ihr im Augenblick dazu nicht ein, doch sie glaubte selbst fest an das, was sie eben gesagt hatte.

»Ich bin mir da nicht so sicher. Bei meinen Fähigkeiten in Sachen Diplomatie …« Maria klang ein wenig traurig. Dann erhob sie sich abrupt. »Ich muss nun nach meiner Annette sehen … nach Annette sehen.«

Paula hatte den Nachsatz mitbekommen. »Ist sie denn jetzt nicht mehr deine Annette?«

Maria schüttelte den Kopf. »Nein, das ist sie nun nicht mehr. Gott sei Dank ist sie wieder bei sich. Da kann sie nicht mehr meine Annette sein. Das müsste sie jetzt schon selbst entscheiden. Und davon sind wir meilenweit entfernt.«

»Willst du sie denn nicht mehr umsorgen?«

»Paula!« Maria war entsetzt. »Wie kommst du denn darauf? Ganz im Gegenteil. Sie wird mich vermutlich noch eine Weile benötigen. Ich bleibe auch noch hier im Haus, so lange das gewünscht wird. Ich werde doch nicht gerade dann abhauen, wenn es ans Eingemachte geht. Wir müssen sie jetzt wieder in den Alltag zurückführen.«

Maria war in Annettes Zimmer geschlichen und hatte sich ans Bett gesetzt. Annette schien tief zu schlafen. Gedankenverloren strich ihr Maria durchs Haar. Wo sollte sie jetzt beginnen? Zuerst einmal musste Annette raus aus dem Bett. Das war angesagt. Ganz langsam, aber bestimmt wollte sie dieses Ziel verfolgen. Maria spielte mit einer Haarsträhne, wickelte sie ganz sanft um ihren Finger.

»Ich habe Durst und Hunger«, kam es leise aus dem Bett hervor. Annette hatte die Augen wieder geöffnet und sah Maria unverwandt an. »Wer sind Sie eigentlich? Und warum kümmern Sie sich so nett um mich?«

»Mein Name ist Maria Eisner, und sagen Sie bitte Maria zu mir. Eigentlich bin ich Krankenschwester. Ich kümmere mich, na ja, wie soll ich sagen, schon recht lange um Sie. Die Geschichte ist nicht gerade kurz, ich werde Sie Ihnen in der nächsten Zeit erzählen. Jedenfalls habe ich Sie schon vor einiger Zeit ins Herz geschlossen und versuche, Sie so gut wie möglich zu betreuen. Bitte sagen Sie mir, wenn Sie etwas brauchen. Ich helfe, wo ich kann.«

»Ich bin Annette Weiß, sehr angenehm. Es tut mir leid, aber ich habe keinerlei Erinnerung an Sie. Es ist mir peinlich. Seien Sie mir deswegen bitte nicht böse.«

»Das bin ich nicht, dafür gibt es ja gar keinen Grund. Und jetzt bringe ich Ihnen etwas zu trinken und zu essen. Paula, Ihre Schwester, hat gekocht.«

»Ja, danke, das wäre schön.«

»Müssen Sie vielleicht vorher noch auf die Toilette, Frau Dr. Weiß?«

»Dr. Weiß ... Dr. Weiß. Bitte sagen Sie Annette zu mir.«

»Das ist mir auch lieber so. Ich bin das gewöhnt.«

»Sie sind das gewöhnt?« Annette sah Maria mit ihren leuchtend blauen Augen erstaunt an.

»Das werde ich Ihnen alles bei Gelegenheit erklären. Müssen Sie nun auf die Toilette?«

Annette nickte.

»Wollen Sie die Bettpfanne, oder sollen wir versuchen, Sie tatsächlich auf eine richtige Toilette zu bringen? Das könnte allerdings noch sehr anstrengend für Sie sein.«

Annette schien kurz zu überlegen. »Richtige Toilette, das mit der Bettpfanne kenne ich nicht.«

Maria musste schmunzeln. Annette war eine wahre Meisterin der Bettpfanne geworden. Die Stalin und sie hatten Annette darauf getrimmt. Sie hatten schnell herausgefunden, wie man sie stimulieren musste, um das entsprechende Geschäft zu verrichten. Maria hatte das am Anfang gar nicht glauben können, doch die Stalin hatte konsequent daran gearbeitet, und bald waren Windeln und verschmutzte Wäsche eine Sache der Vergangenheit. »Gut, dann richtige Toilette.« Maria war froh, dass ihr Annette die Entscheidung abgenommen hatte, wann sie sie das erste Mal aus dem Bett holen sollte.

Jetzt war der Zeitpunkt gekommen. Rasch lief sie den Weg zum Bad ab, denn sie wollte nicht in die abgeschlossene Toilette, die ebenfalls vorhanden war, sondern zu jener, die im Bad integriert war. Dort würde sie es viel einfacher haben, Annette zu versorgen. Kurz darauf war Maria klar, dass die Entscheidung tatsächlich richtig war. Annette kam zwar besser aus dem Bett, als sich Maria das je hätte träumen lassen, doch der Kräfteverschleiß auf den ersten Metern war gewaltig. So trug Maria ihre Patientin mehr oder minder ins Bad. Dort machte sie alles, was notwendig war, und führte Annette anschließend wieder ins Bett.

Die junge Frau war völlig erschöpft. Sie schwitzte und war ein wenig kurzatmig. So ließ sie sich wieder ins Bett fallen, das Paula zwischenzeitlich hergerichtet hatte.

»Danke, Maria. Ich bin völlig fertig. Was ist mit mir, dass ich so schwach bin? Ich fühle mich doch sonst gar nicht so krank. Was ist denn mit mir los?«

Paula setzte sich ans Bett und fuhr Annette über die Wange, streichelte sie sanft. »Komm, Maria, setz dich bitte her zu uns. Ich glaube, dass es Zeit ist, schon einmal mit einem kleinen Bericht zu beginnen.«

Paula schilderte Annette alles Nötige. Dabei beschönigte oder verfälschte sie nichts, sondern ließ einfach ein paar Dinge aus. Genau genommen sehr viele Dinge. Maria, die Paula zuhörte, war voller Bewunderung für die Art und Weise, wie Paula die Tatsachen darlegte. An ihr war doch glatt eine Politikerin verloren gegangen. Denn eben dies war ja in der Politik so gefragt: die gezielte Selektion von Informationen. Keine Lügen, keine Kommentare, kein Verdrehen der Tatsachen, bloße Selektion, ja, so hatte es Paula nun mit Annette gehandhabt.

Sie berichtete von dem Unfall vor längerer Zeit, der zu einem Bewusstseinsverlust geführt hätte. So wäre Annette eine Zeit lang in einem Krankenhaus zu einem Pflegefall geworden. Dort hätte sie

Maria zur Betreuung übernommen. Nach einiger Zeit wäre es möglich geworden, die Pflege nach Hause zu verlegen. Maria hätte diese nun dankenswerterweise auch hier übernommen. Niemand wäre dafür besser geeignet. Und jetzt würde sie sie in den nächsten Wochen wieder auf die Beine bringen. Dann wäre wieder alles beim Alten.

Annette war vollkommen zufrieden mit dem, was sie nun wusste. Sie wandte sich an Maria: »Sie werden mir dabei helfen, wieder ganz auf die Beine zu kommen?«

Maria wäre ihr am liebsten um den Hals gefallen und hätte sie geküsst. Stattdessen nickte sie nur. »Wir werden das gemeinsam durchziehen. Das Training wird manchmal hart sein. Sie müssen mir unbedingt sagen, wenn es Ihnen zu viel wird.«

»Das werde ich.« Annette strahlte Maria mit ihren leuchtend blauen Augen an. »Ich werde eine folgsame Patientin sein.«

»Ich möchte keine folgsame Patientin, ich möchte eine Patientin, die mit Köpfchen bei der Sache ist, die mir immer sagt, ob ihr das gut tut, was ich mit ihr mache. Wird das funktionieren?«

Annette strahlte noch mehr. »Das wird vielleicht noch leichter möglich sein.«

Kapitel 9

Die ersten zwei Wochen nach dem Erwachen waren anstrengend. Anstrengend natürlich für Annette. Die musste ihre Kräfte sammeln, Muskeln aufbauen. Die vielen Übungen, die Maria an ihr vollführt hatte, machten sich nun wunderbar bezahlt.

Und anstrengend war es auch für Maria. Sie hatte Annette genauestens im Auge. Ullrich Hartmann hatte ihr aufgetragen, sie am Anfang möglichst nicht unbeaufsichtigt herumgehen zu lassen. Überdies hatte er verlangt, dass sie auf irgendwelche Ausfälle bei Annette achten müsse. Stets sollte sie beobachten, ob irgendetwas Alltägliches nicht funktionieren würde. Doch da war nichts. Gar nichts.

Bis zu dem Zeitpunkt, als Annette bei Maria in der Küche saß und Maria sie bat, die Einkaufsliste zu schreiben. Annette hatte einen großen Schreibblock vor sich liegen und den Bleistift in der Hand. Sie freute sich insgeheim, etwas Sinnvolles machen zu dürfen. Nicht dass das Training, das Üben hier und das Üben da, irgendwie sinnlos gewesen wäre, nein, es zeigte bereits deutlichen Erfolg. Aber vom Alltag fühlte sich Annette ein wenig ausgeschlossen. Sie hatte keine Pflichten zu erfüllen. Die erste Aufgabe, die sie, wenn es auch keine wahre Pflicht war, von Maria eines Tages übertragen bekommen hatte, war das Schreiben eines Einkaufszettels. Maria schaute in den Kühlschrank, sagte Annette dabei an, was zu besorgen wäre, und genauso machte sie es mit dem Vorratsschrank und gleich darauf mit dem Putzschrank. Als sie fertig war, setzte sie sich zu Annette, die an diesem Tag sehr zufrieden mit sich wirkte.

Maria erschrak, als sie den Notizblock sah. Also doch ein Ausfall. Das Schreiben war verloren gegangen. Sie hatte davon schon gehört. Es sollte Störungen im Gehirn geben, die es dem Patienten unmöglich machen, etwas Sinnvolles aufzuschreiben. Sie würden zwar alles verstehen, was man ihnen sagen würde, wären in der Lage, auch alles zu lesen, doch sie könnten nichts zu Papier bringen, obgleich Arme und Hände durchaus bewusst bewegt werden konnten. So etwas hatte also Annette getroffen.

»Was haben Sie?« Annette waren der Schrecken in Marias Gesicht und die plötzlich auftretende Blässe nicht entgangen. Was war nur los? Annette blickte vor sich auf den Tisch, dann an sich selbst herab. Sie konnte nichts erkennen außer der unverkennbaren Sorge. Ein beinahe panischer Ausdruck in Marias Gesicht war nun nicht mehr zu übersehen. Diese Frau machte sich im Augenblick wirklich Sorgen um sie. Annette spürte mit einem Mal, dass das nicht nur mehr reines Mitgefühl war, was da im Gesicht von Maria zu sehen war. »Was haben Sie, Maria? Bitte, sagen Sie es mir. Was ist mit Ihnen?«

»Sie haben Ihre Schrift verloren. Aber keine Angst, das werden wir wieder in den Griff bekommen.«

Annette schaute verständnislos auf das Blatt Papier, das vor ihr lag. »Was habe ich verloren? Butter, zwei Liter Milch, vier Becher Joghurt, zweimal mager, zweimal fett. Ein Kilogramm Zucker. Feinkristallzucker habe ich in Klammer hinzugefügt. Sie wollten es so. Was wollen Sie also? Habe ich etwas überhört? Wenn ja, so schreibe ich es eben noch dazu. Verzeihen Sie mir bitte.«

»Geben Sie her!«

Maria riss Annette den Block aus der Hand. Tatsächlich, das war wirklich eine Schrift. Und jetzt fiel es Maria auch wieder ein. Wie hatte sie das vergessen können. Die Schrift war zwar noch hässlicher als vor dem Unfall, vermutlich fehlte es da auch an Übung, doch es war unverkennbar eine Schrift, wenn man es genau betrachtete, und Maria war sogar im Stande, alles zu lesen. Das meiste jedoch nur deswegen, weil sie genau wusste, was es bedeuten sollte.

Annette war immer noch besorgt und auch etwas verwundert über Marias Reaktion. »Hab ich etwas vergessen?«

»Nein, nein, ich hatte bloß vergessen, wie Ihr Schriftbild aussieht, und da dachte ich …«

»Was haben Sie an meiner Schrift auszusetzen?« Annette riss nun ihrerseits den Block wieder an sich. »Sie sind ja bald wie meine Mutter, die hatte an meiner Art zu schreiben auch immer etwas auszusetzen. Ich frage mich heute noch, wieso.«

Maria hatte sich nun vollends entspannt und einen unheimlich verliebten Ausdruck im Gesicht. »Verzeihen Sie mir bitte, ich wollte Ihnen auf keinen Fall zu nahe treten.«

Annette war der Stimmungsumschwung nicht entgangen. *Ganz*

offenbar mag mich die Frau. Ganz bestimmt. Der Gedanke drängte sich in Annettes Kopf. Sie ließ die letzten Tage Revue passieren. Das Engagement, das Maria an den Tag gelegt hatte, war doch weit über dem Üblichen gewesen. Mit so viel Eifer hätte keine normale Krankenschwester mit ihr gearbeitet. Niemals. Sie nahm sich vor, das in Zukunft genau zu beobachten. Und sie nahm sich auch vor, noch aktiver bei allem mitzumachen. Darin sah sie die einzige Möglichkeit, sich für die unglaublichen Mühen erkenntlich zu zeigen.

Kapitel 10

»Warum kommt denn Irene nie zu Besuch?« Die Frage kam so unerwartet wie Marias Ohrfeige für die Oberin vor nun schon langer Zeit.

Paula verschluckte sich beinahe. Sie löffelte gerade mit Genuss ihre Zucchinicremesuppe, als Annettes ansatzlose Frage sie völlig überrumpelte. Kurz blickte sie hilfesuchend zu Maria. »Ich muss mit dir nach dem Essen darüber sprechen.«

Annette schien es ebenfalls zu schmecken. Sie nahm sich noch einen Schöpfer nach und blies kurz ganz leicht in die dampfende Suppe. »Warum kannst du nicht gleich darüber sprechen, Paula?« Annette schien nicht besonders bewegt zu sein.

Maria war ein wenig nervös geworden. »Ich glaube, wir sollten jetzt erst einmal essen, und anschließend werden wir uns zu einem Kaffeeplausch zusammensetzen. Ist das nicht eine gute Idee?«

»Ist recht«, war Annettes Reaktion. Schon schlürfte sie wieder ganz leise die heiße Suppe vom Löffel.

Fieberhaft dachten Paula und Maria nach, wie sie die Situation meistern sollten. Jede für sich, denn sie konnten sich nun nicht verständigen. Maria ärgerte sich darüber, dass sie nie mit Paula über eine Strategie gesprochen hatte, wie man Annette vom Tod ihrer geliebten Irene erzählen sollte, wie man ihr das schonend beibringen könnte. Noch dazu schien es Maria nicht besonders günstig zu sein, in dieser Phase der Wiederherstellung die Patientin mit so einer Keule unvorbereitet zu treffen. Schon dachte sie darüber nach, Annette einfach anzulügen. Auf die Schnelle fiel ihr aber keine plausible Geschichte ein. Sie konnte sich schließlich auch nicht dazu überwinden, ihrer Annette ein dummes Märchen aufzutischen. Maria gab sich einen Ruck, nun war sie bereit, die unangenehme Aufgabe zu übernehmen. Sie würde Annette das jetzt beibringen.

Die Nachspeise, ein Stück Apfelstrudel, aßen sie schweigend, und danach schickte Maria Annette mit einem fadenscheinigen Grund ins

Schlafzimmer. Sie sollte dort nach einem Messer suchen, das Maria unbedingt noch in den Geschirrspüler stecken wollte. Sie wusste genau, wo das Messer lag, beschloss aber, Annette suchen zu lassen. So konnte man Zeit gewinnen und sich ein wenig absprechen.

Kaum war Annette aus dem Zimmer verschwunden, legte Paula los: »Bitte, bitte, Maria, nimm mir das ab. Ich weiß nicht, was ich machen soll.«

»Paula, genau das habe ich vor. Es wäre schön gewesen, wenn wir das noch ein paar Wochen hinauszögern hätten können. Ich glaube jedoch, dass das nun nicht mehr möglich ist. Annette will es einfach wissen.«

»Ich bin mir nicht sicher …«

»Ich mir schon. Du wirst sehen, sie wird das aufs Tapet bringen, sobald sie wieder hier ist.«

»Hier ist das Messer, Maria, ich konnte es nicht gleich finden, es lag auf dem Boden.« Annette war wieder erschienen, legte das Messer zum übrigen Geschirr und setzte sich zu Paula und Maria an den Tisch. »Was ist nun mit Irene? Erzählt doch. Lasst euch nicht so bitten.« Sie sah Paula und Maria abwechselnd fragend ins Gesicht.

»Ich habe es dir gesagt.« Der Satz war beinahe geflüstert und für Paula bestimmt gewesen, die nur leicht nickte. Annette wusste mit dem Gesagten nichts anzufangen und beachtete es auch nicht weiter. Sie wollte nun wirklich wissen, was mit ihrer Irene los war. Warum ließen sich die zwei Frauen bloß so bitten?

Maria hatte also recht behalten. Noch einmal zögerte sie kurz, ehe sie dann doch loslegte. Sie hatte sich keinen Plan zurechtgelegt. Sie setzte sich an Annettes Seite und begann zu erzählen. Paula stand wie erstarrt bei ihnen. Ohne Ausschmückungen, doch auch ohne irgendetwas auszulassen, schilderte Maria den Unfall, wie er ihr selbst geschildert worden war.

»Dich hat man schwer verletzt im Straßengraben gefunden, und Irene war auf der Stelle tot. Sie hat ganz sicher nicht leiden müssen.« So schloss sie ihren Bericht. Blanke Angst vor Annettes Reaktion durchfuhr sie nun vom Scheitel bis zur Sohle.

Doch da kam nichts. Nichts war indes nicht ganz der richtige Ausdruck. Annette begann still zu weinen. Und das tat sie mit kurzen Unterbrechungen tagelang.

Kapitel 11

Das stille Weinen war für Maria beinahe unerträglich geworden. Sie hatte kein Rezept dagegen parat. Alles Mögliche hatte sie bereits versucht. Spaziergänge in fremder Umgebung, Arbeit im Garten, kleine Shoppingtouren. Jedes Mal begann es vielversprechend, doch bereits nach einer knappen Stunde weinte Annette wieder vor sich hin. Sie schien das vor Paula und Maria auch geheim halten zu wollen. Wurde sie direkt angesprochen, konnte Annette das Weinen durchaus unterbrechen, um jedoch anschließend sofort wieder den Tränen freien Lauf zu lassen. Annette war in eine eigene Welt abgeglitten. Maria konnte das spüren, und Paula musste ihr da beipflichten, als ihr Maria diesen Eindruck vermittelte. Alle anderen waren von dieser Welt ausgeschlossen. Kein Zutritt für Unbeteiligte, so stand es auf einem imaginären Schild vor Annettes Kopf.

Diese Verbotstafel konnte erst Richard beiseiteschieben. Er war nach vier Wochen endlich wieder aus der Schweiz zurückgekehrt, wo er einen Großauftrag zu erfüllen hatte, der ihn an die Grenzen seines Betriebes führte. Paula hatte ihm zwar täglich telefonisch einen Bericht gegeben, doch von der Ferne aus konnte er die Sache nicht durchblicken, und der Arbeitsauftrag blockierte zusätzlich seine Gedanken.

So saß er am Tag seiner Rückkehr spätabends mit Maria und Paula am Tisch im Esszimmer und machte ein ernstes Gesicht. Einerseits war er stark übermüdet, andererseits wusste er nun, was Paula mit ihren Erzählungen gemeint hatte. Annette war zwar beim Abendessen anwesend und aß gar nicht so wenig, doch sie war bloß körperlich vor Ort. Mit ihren Gedanken war sie meilenweit entfernt in einer eigenen Umgebung, und diese Umgebung konnte ihr nichts Erfreuliches bieten, da die meiste Zeit still Tränen über ihre Wangen rollten. Nach dem Abendessen verabschiedete sie sich bald und ging zu Bett.

Sie schlief bereits tief und fest, das konnte Maria bei einem kleinen Kontrollgang feststellen.

»Wart ihr schon auf dem Friedhof mit ihr? War sie schon am Grab ihrer Irene?«

»Bist du verrückt, Richard? Wie stellst du dir das vor? Da bekommt sie erst recht einen Nervenzusammenbruch.«

»Das denke ich nicht. Ganz im Gegenteil. Da bekommt die Trauer eine konkrete Kontur. Versteht ihr, was ich meine?«

Während Paula verständnislos den Kopf schüttelte, nickte Maria. »Wir müssen diese große Trauer in Bahnen lenken, die es Annette möglich machen, von ihrer Irene tatsächlich Abschied zu nehmen. Dazu gehört ein Besuch am Friedhof. Ebenso wie ein Gespräch mit Irenes Angehörigen.« Sie machte eine Pause. »Gibt es da jemanden?«

»Natürlich«, warf Paula ein, »eine Mutter und eine Schwester. Du kennst beide vom Sehen her. Sie haben mich öfters bei meinen Besuchen im Krankenhaus begleitet.«

»Stimmt, du bist ja oft in Begleitung gekommen. Aber da waren viele Leute, die du da im Schlepptau hattest. Auch jüngere und ältere Frauen.«

»Eine kleine, dürre Grauhaarige, das war die Mutter, und eine große, eher dicke und dennoch unglaublich hübsche junge Frau, das war Irenes Schwester.«

Maria lächelte. Sie konnte sich tatsächlich erinnern. Die Tochter war ihr aufgefallen. Sie war eine ungewöhnliche Schönheit gewesen. Nicht zu übersehen. Zwar passte sie so gar nicht in das Schema der Hochglanzmodels, bot allerdings eine eigenwillige Schönheit, die ihresgleichen suchte. Trotz der »Mängel« war das Bild stimmig vom Kopf bis zum Fuß.

Paula war das Lächeln nicht entgangen. »Du lächelst. Kannst du dich an die Schwester erinnern?«

»Wie könnte man den Anblick vergessen, Paula? So eine Frau sticht aus Tausenden hervor.«

Paula nickte. »Da ist was dran ...«

»Wollen wir über die Schönheit von Irenes Schwester philosophieren, oder wollen wir uns eher überlegen, wie wir Annette aus der seelischen Sackgasse befreien?« Richard wurde allmählich ungeduldig. »Maria, ich gebe dir recht, dass ein Treffen mit Irenes Angehörigen eine wirklich gute Idee wäre. Da könnten sich Leute austauschen, die die Trauer um eine gemeinsam geliebte Person verbindet.«

Paula atmete kräftig durch. Sie konnte sich solche Besuche auf dem Friedhof und gemeinsame Trauerstunden mit Irenes Familie nicht recht vorstellen.

»Ich nehme das in die Hand«, preschte Richard gleich wieder vor. »Morgen fahre ich mit ihr auf den Friedhof. Wer ist dabei?«

Paula schüttelte den Kopf.

Maria nickte.

Als Richard am kommenden Tag zum Mittagessen erschien, hatte Maria Annette bereits in seinen Plan eingeweiht. Sie hatte mit Widerstand gerechnet. Nichts dergleichen war zu spüren gewesen. Im Gegenteil, Annette, die wieder ein Gesicht wie sieben Tage Regenwetter machte, nickte und schien an der Idee Gefallen zu finden.

Es waren nun nicht eben sieben Tage Regenwetter vorübergegangen, dennoch war dieser Tag der erste mit ungetrübtem Sonnenschein nach zwei trüben und tristen Wochen. Möglicherweise trug das schöne Wetter auch einen erdenklichen Teil dazu bei, dass Annette am Abend wie ausgewechselt nach Hause kam.

Die Fahrt zum Friedhof war für sie noch mit Tränen garniert gewesen. Maria hätte sie am liebsten in die Arme genommen, sie getröstet und nie mehr losgelassen. Der Fußweg zum Grab erfolgte dann noch in allgemeinem Schweigen.

Kaum waren sie jedoch am wunderschön gepflegten Grab angekommen, änderte sich Annettes Stimmung. Sie zündete die Kerze an und stellte sie unter den Windschutz, von wo aus sie ein warmes Licht ausstrahlte, das nun wohl gut zwei Tage leuchten würde. Anschließend fegte sie mit ihren Händen geschäftig Erde und Sand von der Steinumrandung, zupfte ein wenig an den schönen Blumen herum, die in einer großen Steinschale angepflanzt worden waren.

»Ich habe sie so lieb. Ich habe sie so lieb gehabt.« Annette sprach die Worte mit fester Stimme. Ein zartes Lächeln umspielte nun ihre Lippen.

Maria sah sie erstaunt an. So schön wie in diesem Augenblick war Annette noch nie gewesen. Fortgeblasen schien der Trübsinn zu sein. »Sie haben sie wirklich sehr geliebt. Stimmt der Eindruck, den ich habe?«

»Ja, ja …« Annette hielt kurz inne. »Ich kann Ihnen sagen, sie hat mich auch geliebt. Meine Güte, hatten wir herrliche Zeiten miteinander.«

»War sie tatsächlich so ein sonniges Geschöpf, wie mir das ihre Mutter am Telefon heute Morgen geschildert hat?«

»Sonniges Geschöpf, das trifft es genau.« Annette wiegte versonnen ihren Kopf. »Und sie war frech, eine freche Person. Ich liebe freche Menschen. Nicht dass man glauben soll, sie hätte eine verletzende Art an den Tag gelegt, doch mit Autoritäten zum Beispiel hatte sie nicht viel am Hut. Ihre spontanen Aussagen zur rechten Zeit haben ihr im Studium so manchen Rüffel eingebracht. Da waren schon so manche kernige Sprüche dabei. Was ich da oft gelacht habe.«

»Das hatte ihre Mutter auch erwähnt.«

Annette sah Richard erstaunt an. »Warum hast du mit Irenes Mutter telefoniert?«

»Ich habe einen Termin mit ihr ausgemacht.«

»Wieso das?«

»Weil ich denke, dass das für dich eine gute Sache wäre, wenn ihr euch ein wenig austauschen könntet.«

Annette lachte hell auf. »Keine schlechte Idee. Ja, wir könnten unsere Gedanken austauschen.«

»Du lachst? Wieso?«

»Ach, Richard. Das ist eine lange Geschichte. Es gab Zeiten, da hätte ich mit Irenes Mutter keine Silbe sprechen können. Da herrschte völlige Funkstille. Ich finde das heute noch kurios. Erst dachte ich, dass sie etwas gegen das lesbische Verhältnis ihrer Tochter hätte und natürlich ich die Schuldige hergeben müsste. Doch weit gefehlt. Aus irgendeinem Grund dachte sie, ich könne sie nicht leiden. Irene musste da irgendeinen Blödsinn verzapft haben. In Wahrheit hatte ich gar nichts gegen sie, ganz im Gegenteil, ihre liebe Art ihren Töchtern gegenüber war mehr als sympathisch. Und als ich ihr das einmal locker ins Gesicht gesagt habe, da war das Eis gebrochen. Da hat sich später auch nichts mehr Wesentliches daran geändert.« Annette hatte in den letzten zehn Tagen nicht so viel gesprochen wie bei diesem kurzen Monolog. Maria ging das Herz auf. Insgeheim war sie Richard ungemein dankbar dafür, dass er die Idee mit dem Friedhof geboren hatte.

»Ich finde es schön, dass du schon so offen über Irene sprechen kannst«, warf Richard ein.

Nun war Annette nachdenklich geworden. »Ich glaube, ich kann es erst, seit ich hier an Irenes Grab stehe. Es war eine gute Idee, den Weg hierher zu finden. Ich werde auch bestimmt bald wieder kommen.«

Die nächsten zwei Monate brachten dann in der Tat Annettes vollständige Genesung. Maria und sie arbeiteten gemeinsam an allem, was noch nötig schien. In Wahrheit waren es nur scheinbare Probleme, die bewältigt werden wollten. Tatsächlich gelang es Maria jedoch, Annette in Form zu bringen. Die Kondition stimmte nun wieder. Atemnot bei Anstrengungen gehörte der Vergangenheit an. Annette konnte körperlich wieder alles, was sie wollte, ausführen. Zugleich schaffte es Maria, in Annette die Freude an Sport und auch so mühsamen Dingen wie gewöhnliches Konditionstraining zu wecken. Immer öfter gingen die beiden Frauen auch aus. Behutsam beobachtete Maria Annette dabei, wie sie im Alltagsleben außerhalb des Hauses zurechtkam. Und entdeckte nichts Auffälliges.

Irene war natürlich nicht aus Annettes Kopf zu bringen. Die Trauer saß tief. Dafür hatten auch alle Verständnis. Und dies wiederum tat auch Irenes Mutter gut. Das teilte sie Paula bei ihren nun beinahe regelmäßigen, wenn auch nicht allzu häufigen Treffen gelegentlich mit.

Auch regelmäßig, jedoch viel öfter gingen Annette, Paula und Maria auf den Friedhof, begleitet von Richard, sooft er die Möglichkeit dazu hatte. Das Ganze war stets ein Ritual. Annette entzündete eine Kerze, putzte ein wenig am Grab herum und hielt dann einen kurzen Monolog. Immer fiel ihr etwas zu Irene ein, das sie zu erzählen wusste. Die Mitgekommenen hörten gerne zu, denn es war nie banal oder langweilig, was Annette berichtete. Und dann herrschte eine Viertelstunde Stille. Niemand rührte sich. Annette betete still vor sich hin. Tränen flossen hingegen keine mehr. Diese waren seit dem ersten Friedhofsbesuch versiegt.

»Deine Schwester ist wieder völlig hergestellt. Und sie ist kein Krüppel, sondern eine gesunde, lebendige Frau. Ich bin überflüssig geworden. Sie braucht mich in keiner Weise mehr.«
»Und du? Brauchst du sie?«
Diese Frage versetzte Maria einen Stich. »Na sicher würde ich sie

brauchen. Doch die Frage stellt sich nicht. Sieh, Paula, meine Liebe zu Annette ist in der letzten Zeit nicht geringer geworden. Größer ist allerdings die Gewissheit, dass Annette mich zwar sehr schätzt, doch sicher nicht in Liebe zu mir entbrannt ist. Das war und ist nicht zu erwarten.« Sie seufzte laut. »Und das ist für mich schon sehr schwer zu tragen.«

Bis Sonntag sollte Maria noch bleiben. Dann wäre der Zeitpunkt für den Abschied gekommen. Sie wurde nicht mehr gebraucht. Und der Schmerz, der große Schmerz darüber, der sich in den letzten Tagen aufgebaut hatte, wurde von der gleichzeitig hochkommenden Freude mehr als wettgemacht.

Das Wochenende verging so rasch, vor allem den Sonntagvormittag hatte Maria beinahe verschlafen. Das hatte auch einen guten Grund. Die halbe Nacht war sie wachgelegen und hatte geweint. Nun musste sie ihre Annette verlassen. Die stand wieder auf eigenen Beinen, brauchte keine Betreuung mehr. Sie würde ihr fehlen. So sehr fehlen.

Dann war der Augenblick tatsächlich gekommen. Paula, die versprochen hatte, Maria nach Hause zu fahren, stand mit dem Autoschlüssel in der Hand in der Diele.

»Ich bin so weit, Maria, von mir aus können wir fahren.«

Maria nahm ihren kleinen Koffer, der Rest ihrer Utensilien war schon in der Vorwoche wieder in ihre Wohnung gewandert, und stellte ihn vor der Haustür ab. Annette stand schweigend daneben.

»Können wir?«, wollte Paula wissen.

»Dräng nicht so, Paula«, kam es von Annette. Sie umarmte Maria kurz, aber fest, legte ihr dann die Arme auf die Schultern. »Danke, Maria. Danke für alles. Ich weiß gar nicht, was ich Ihnen alles sagen sollte.«

»Sagen Sie nichts, Frau Dr. Weiß. Dass Sie so vor mir stehen, das ist das Größte, das ich je erlebt habe, und ich möchte dieses Erlebte niemals missen.«

»Warum sagen Sie Frau Dr. Weiß zu mir und nicht mehr Annette?« Annette klang ein wenig enttäuscht.

»Weil ich Sie jetzt aus meiner Obhut entlasse, und daher sind Sie nun nicht mehr meine Annette, sondern wieder Frau Dr. Weiß.«

Annette sagte nichts mehr dazu, drückte Maria bloß einen zarten Kuss auf die Stirn.

Paula griff nach Marias Koffer, und schon saßen die beiden Frauen im Auto. Ehe Paula den Motor startete, wandte sie sich an Maria: »Sag, Maria, warum bist du mit Annette eigentlich per Sie?«

»Das Du-Wort hat sich nie ergeben. Irgendwie habe ich erwartet, Annette würde es mir anbieten.« Sie schüttelte den Kopf. »Ja, es ist seltsam, was? Wir waren uns so nahe und haben uns dabei nicht geduzt. Und noch seltsamer dabei ist, dass wir beide sehr wohl per Du sind.« Nochmals machte sie eine sehr nachdenkliche Pause. »Allerdings ist es auch nicht am wichtigsten, sich zu duzen, daher habe ich auch nicht darauf gedrängt.«

»Aber du liebst sie doch! Oder hat sich da etwas verändert?«

»Da hat sich gar nichts verändert. Paula, glaub mir, wenn man jemanden liebt, ist es so was von scheißegal, ob man mit diesem Menschen per Sie oder per Du ist.«

»Soll ich ihr nicht einmal andeuten, wie du wirklich zu ihr stehst?«

»Untersteh dich, Paula! Wenn du das machst, reiße ich dir den Kopf ab. Ich habe mich so bemüht, sie das nie spüren zu lassen. Weißt du denn, was das heißt, jemanden mit Liebe zu betreuen und ihm dabei die Liebe zu verheimlichen? Das war um Ecken schwieriger, als ihr den Hintern zu waschen oder die eitrigen Wunden zu versorgen.«

Paula seufzte. »Ich meine nur, ihr wärt ein schönes Paar.«

»Paula! Du bohrst in meinen Wunden.«

»Entschuldige.« Paula startete den Wagen und reihte sich vorsichtig in den Verkehr ein.

Kapitel 12

Beinahe ein Jahr war vergangen, seit Maria wieder in ihre Wohnung zurückgekehrt war. Dort hatte sie keine Stille umfangen, allerdings das Alleinsein.

Maria hatte keine genauen Vorstellungen, wie es mit ihrer Karriere als Krankenschwester weitergehen sollte. Das erste Mal in ihrem Leben war sie arbeitslos und hatte noch nicht eine Minute darüber nachgedacht, was die weitere Zukunft bringen sollte. Und das hatte einen guten Grund. Das Erbe, das ihr Tante Clara überlassen hatte, nahm sie ungemein in Anspruch. Nicht das gesamte Erbe. Nein, bloß die beiden Häuser, die am Stadtrand in verträumten Gärten standen. Das kleinere hatte sie dabei noch gar nicht angerührt. Das benötigte eigentlich nur ein wenig Politur, um es auf Hochglanz zu bringen. Es musste vor wenigen Jahren von Grund auf erneuert worden sein. Mit großem Aufwand und viel Liebe. An einen Umbau hatte sie daher keinen Gedanken verschwendet. Zwei Monate vor Claras Tod war es frei geworden, Clara zu der Zeit bereits schwer krank gewesen, somit kam es nicht mehr zu einer Weitervermietung. Clara war einfach nicht mehr dazu in der Lage gewesen. Und Maria war sich nun nicht sicher, ob sie es wirklich wieder vergeben wollte. Beim allerersten Besuch hatte sich bereits der Gedanke in ihrem Kopf eingenistet, möglicherweise selbst dort einzuziehen. Eines Tages, eines fernen Tages, wie sie den Gedanken sofort selbst wieder abschwächte.

Beim größeren der beiden Häuser sah die Sache völlig anders aus. Es bestand aus vier Wohnungen, sehr schön angelegt, mit Balkon oder Gartenzugang. An Renovierung war hier noch einiges zu tun. Und diese hatte Maria in Angriff genommen, gleich nachdem sie von einem mehrtägigen Fahrradausflug zurückgekommen war, den sie noch in Paulas und Annettes Haus organisiert hatte.

Völlig blauäugig war sie gewesen, als sie mit der Renovierung beginnen wollte. Sie hatte nicht den geringsten Schimmer von solch einer

Aufgabe. Neue Wärmedämmung, Wärmepumpe, Solaranlage und so weiter und sofort. Sie versuchte, das alles auf die Reihe zu bringen, besuchte einen Handwerker nach dem anderen und wurde immer ganz schnell abgefertigt. Niemand hatte sich gefunden, der sie tatsächlich beraten würde. Bis sie an einen jungen Unternehmer geriet, der Hausrenovierungen nach neuesten Maßstäben anpries. Jürgen Schwall, ein Riese mit Bubengesicht.

»Das ist alles kein Problem.« So endete ein halbstündiger Monolog, in dem er Maria in blumigen Worten darlegte, wie man alles machen könnte. In Wahrheit war alles unverbindlich und nichtssagend gewesen.

Maria hatte die Nase gestrichen voll. »So eine Scheiße! Ich halte das nicht mehr aus. Warum verarscht mich jeder in dieser Baubranche? Wirke ich so dämlich? Herr Schwall, ich könnte Ihnen in Ihren fetten Arsch treten, es juckt mich ungemein. In dieser scheiß Baubranche stößt man offensichtlich nur auf vollkommen dämliche Idioten!«

Jürgen Schwall zuckte unwillkürlich zusammen, als er den Ausfall der hübschen jungen Dame über sich ergehen lassen musste. Und er ging rasch in sich, musste zugeben, dass er tatsächlich außer nichtssagenden Floskeln wenig von sich gegeben hatte. *Warum sage ich so einen nichtssagenden Blödsinn? Weil die junge Frau so hübsch ist?* Die Gedanken rasten durch seinen Kopf. »Ich bin der Mann für Sie, Frau Eisner!« Es sprudelte nun nur so aus ihm heraus. Keine Sekunde ließ er Maria zu Wort kommen, hatte bald konkrete Vorstellungen, wie man all die anstehenden Arbeiten angehen könnte, zeigte Alternativen auf, alles in allem legte er einen halbstündigen Monolog hin, wie man vorgehen könnte. Maria hing an seinen Lippen und wusste bereits nach drei Minuten, dass dies ihr Mann für das Haus sein würde.

»Hm!« Maria wiegte den Kopf, als Herr Schwall seinen Redeschwall beendet hatte. Sie wollte ihn jetzt einfach zappeln lassen, das wollte sie sich gönnen.

»Und, was meinen Sie?« Herr Schwall wurde nun unruhig. Die junge Frau machte ihn nervös.

»Sie werden das für mich schaukeln, Herr Schwall. Können wir einander duzen? Ich halt das schwer aus, wenn ich eng mit jemandem arbeite und dann Sie sagen muss.« Marias Stimme hatte einen bestimmten Ton und fegte eventuelle Einwände von Herrn Schwall einfach hinweg.

Wieder hatte ihn Maria aus der Fassung gebracht. »Heißt das, dass ich den Auftrag habe, wenn wir per Du sind? Das ist Ihre ... Deine Bedingung? Ehrlich, das ist ein wenig ungewöhnlich, wenn ich es so sagen darf.«

Maria lachte laut auf. Ihre Laune hatte sich ungemein gebessert. »Aber wo! Den Auftrag haben Sie auf alle Fälle ...«, sie zögerte kurz, »... hast du auf alle Fälle!«

Der Beginn der Geschäftsbeziehung war zwar zäh gewesen, in der weiteren Folge war aber von Zähigkeit keine Spur mehr zu spüren. Jürgen hatte bald ganz genaue Vorstellungen, was am Haus alles zu tun wäre. Seine Gabe, Maria das alles bestens vermitteln zu können und sie bei allen Aktivitäten nicht nur nicht auszuklammern, sondern fest in die Entscheidungen einzubinden, führte Maria in eine völlig neue Welt. Keinen einzigen Gedanken verschwendete sie zu der Zeit an ihren eigentlichen Beruf. Das innere Gefühl von Arbeitslosigkeit wollte sich bei ihr nicht bemerkbar machen, schlief sie doch beinahe jeden Tag nach viel, viel Arbeit völlig geschlaucht ein.

Kein Tag verging jedoch, dass Maria nicht an Annette dachte. Kaum saß sie im Bus oder auf ihrem Fahrrad, schon waren ihre Gedanken bei Annette. Der Kontakt war ja nicht abgerissen. Dafür sorgte Paula schon. Regelmäßig lud sie Maria ein, und regelmäßig verbrachten sie wunderbare Abende miteinander. Wenngleich diese immer ein wenig davon überschattet waren, dass Annette ihre Trauer um Irene so offen zeigte. Das bescherte Maria ein Wechselbad der Gefühle. Annette ging ungemein locker mit ihr um, seit Paula gleich bei einer der ersten Einladungen darauf bestanden hatte, dass sich Annette und Maria duzen sollten. Da gab es für Maria bei der Begrüßung und bei der Verabschiedung immer eine zärtliche Umarmung und ein herzliches Küsschen auf ein Ohr. Maria fand das ungewöhnlich, genoss es aber aus vollem Herzen. Das geküsste Ohr schien den gesamten Abend über zu brennen. Immer wartete Maria auch darauf, dass Annette Pläne für die Zukunft darlegen würde, doch dazu kam es nie. Das wunderte sie einerseits, andererseits gab es ihr die vage Hoffnung, dass sie selbst in Annettes Zukunft eine Rolle spielen könnte. Sobald dieser Gedanke in ihr hochkam, legte sich ein Gefühl der Schwere über ihr Herz wie ein

Stein. Es war so unrealistisch. Was sollte sie wieder zueinander führen? Noch dazu gab sich Annette eher wenig interessiert an Marias Privatleben. Sie hörte zwar scheinbar gespannt zu, wenn Maria über ihre Zusammenarbeit mit Jürgen erzählte, fragte jedoch kaum nach.

Lediglich einmal konnte sie ihre Neugier nicht zähmen, als Maria allzu sehr von Jürgen schwärmte. Das war in der heißen Phase der Sanierungsarbeiten gewesen. »Habt ihr auch privat eine Beziehung?«, fragte sie plötzlich, und in ihrer Stimme klang ein kleines bisschen Eifersucht mit, was Maria nicht entging. Auf Rücken und Armen bildete sich Gänsehaut, was wiederum Annette nicht übersehen konnte und sie völlig erstaunt in Marias Gesicht blicken ließ.

»Nein, überhaupt nicht. Er ist nicht mein Typ.« Maria machte eine kurze Pause. »Männer sind überhaupt nicht mein Fall.« Das hatte sie beinahe unhörbar von sich gegeben. Annette hatte es jedoch wahrgenommen und sah Maria weiter unverwandt an.

»So, so«, war alles, was sie dazu sagte. Und das so leise, dass es nur Paula nicht hören konnte, Maria, die an Annettes Lippen hing, allerdings sehr wohl.

Kapitel 13

Viele weitere Monate waren ins Land gezogen. Maria war nun schon tatsächlich lange arbeitslos, empfand dies aber immer noch nicht als Belastung. Die Bauarbeiten am Haus waren noch im Gange. Einige Umbauten waren genehmigungspflichtig gewesen, und die Bürokratie arbeitete sehr langsam. Die Tätigkeit als Krankenschwester ging ihr mit der Zeit zwar schon etwas ab, richtige Entzugserscheinungen machten ihr indes nicht zu schaffen. Sie wusste zudem, dass Pflegekräfte gefragt waren, bei Bedarf sollte einem schnellen Wiedereinstieg also nichts im Wege stehen.

Das eher einsame stille Leben, das sie nun wieder führte, wurde ihr nie zur Last. Sie musste sich zwar eingestehen, dass das Leben mit Annette und Paula in den letzten gemeinsamen Monaten wunderbar gewesen war, vor allem seit Annette wieder das Bewusstsein erlangt hatte und man mit ihr wirklich an einer Wiederherstellung arbeiten konnte. Das war aber nun lange vorbei, und sie bedauerte es nicht. Allerdings fehlte ihr die Fröhlichkeit der beiden Frauen, vor allem die von Annette. Die trotz ihrer fühlbaren Trauer um Irene mit ihrem Witz und Humor vor allem in den letzten Wochen alle zum Lachen gebracht hatte, sich selbst mit eingeschlossen. Ihre blauen Augen leuchteten in diesen Momenten noch mehr als sonst. Dieses Leuchten genoss Maria auch bei den weiter regelmäßig stattfindenden gemeinsamen Abendessen am allermeisten.

Maria hatte gleich nach ihrer Rückkehr in die Wohnung beschlossen, sich vierzehn Tage in den Süden abzusetzen. Sie wollte schon immer einmal nach Apulien reisen. Mit der Hausrenovierung, die sie nun durchgezogen hatte, wurde nicht gleich etwas daraus, doch das Vergnügen hatte sie sich nun endlich gegönnt. Schließlich war der Urlaub noch viel schöner gewesen, als sie es erhofft hatte. Ein wenig Bauchweh hatte sie vor dem Alleinsein im Urlaub. Davon konnte aber keine

Rede sein, lernte sie doch gleich bei der Ankunft im Hotel zwei junge Pärchen kennen, die sie auf Anhieb adoptierten und alles mit ihr gemeinsam unternahmen.

Selbst der Abschied nach den zwei Wochen fiel nicht schwer, lebten sie doch auch in Marias Heimatstadt. Die Pärchen wohnten in benachbarten Reihenhäusern am Stadtrand, und mit dem Bus war das keine große Sache, und auch mit dem Fahrrad sollte man durchaus problemlos dorthin kommen. Ein gemeinsamer Fahrradausflug war bereits geplant. Das erste Freizeitvergnügen in Sachen Fahrrad für Maria seit Jahren, das sie in Gemeinschaft verbringen würde. Die Aussicht darauf verschaffte ihr ein wahres Hochgefühl.

Die Vorfreude auf den Radausflug in fünf Tagen trieb sie auf ihr Fahrrad. Sie hatte sich eben die Klamotten übergeworfen und schon den Helm in der Hand, da läutete die Glocke der Wohnungstür.

»Die Hausmeisterin. Was will sie denn nun schon wieder?«, murmelte Maria vor sich hin, stapfte mit ihren Fahrradschuhen zur Tür und riss sie auf.

Da stand nicht die Hausmeisterin. Da stand eine andere Frau. »Hallo, Frau Eisner.«

Maria fiel der Helm aus der Hand. »Annette! Was führt dich denn zu mir?« Maria versetzte es beim Anblick der Frau, der hübschen jungen Frau, einen Stich ins Herz. Man musste schon sehr genau hinsehen, um Narben erkennen zu können.

»Ich bin heute das erste Mal ganz alleine in der Stadt unterwegs. Man glaubt es kaum. Was meinst du? Na ja, da hat es mich gleich zu dir gezogen.« Sie sah an Maria vorbei in die Diele. »Ich war ja noch nie bei dir.«

»Bei mir bist du immer herzlich willkommen. Willst du reinkommen?«

»Ich weiß nicht«, Annette deutete auf das Fahrradoutfit, »du hast, wie es aussieht, schon etwas vor.«

»Ich wollte nur eine Runde drehen, das kann ich immer noch machen. Komm doch rein.«

»Ich will dich wirklich nicht aufhalten, bloß hallo sagen. Außerdem möchte ich ans Grab meiner Irene. Ich war noch nie allein dort, und heute bei dem schönen Wetter ist es wieder einmal an der Zeit, auf den Friedhof zu fahren.«

»Darf ich dich begleiten?«

Annette sah Maria beinahe entgeistert an. »Wirklich? Willst du wirklich mitkommen?«

»Ja, gerne. Wenn es dich nicht stört. Ich müsste mir bloß etwas anderes anziehen.«

»Eigentlich wollte ich alleine dorthin.« Annette zögerte einen Augenblick. »Aber bitte, komm mit! Zieh dein hellgraues Kleid an und die zarten schwarzen Strümpfe mit dem Muster dazu, wie beim letzten Abendessen. Das steht dir so gut.« Der Nachsatz war Annette unbewusst herausgerutscht.

»Die zarten schwarzen Strümpfe ... ich weiß, welche du meinst. Annette, die trägt man mit einem Hüftgürtel.« Maria zuckte bedauernd mit der Schulter.

»Na und?«, kam es mit einem Lachen zurück. »Zieh die Sachen an. Bitte. Mach es für mich. Du siehst so wunderbar darin aus. Oder trägst du so etwas nicht gerne?«

»Ich trage die Sachen schon sehr gerne ...«

»Wo ist dann das Problem?«

»Ja. Wo ist das Problem?« Maria zuckte mit den Achseln, machte kehrt und war in fünf Minuten wieder bei Annette. »So. Wie du es gewünscht hast.« Sie machte eine Verbeugung, ehe sie sich um ihre eigene Achse drehte. Kurz hielt sie inne. »Ich möchte mich nur noch kurz ein wenig schön machen, bloß ein wenig schminken, dann können wir gehen.«

»Wir haben alle Zeit der Welt.«

Der Friedhof lag am Stadtrand auf einem sanften Abhang, der sonnendurchflutet dalag. Annette hatte unglaublich gute Laune, das fiel Maria gleich auf. Mit Freude stellte sie fest, dass sie die Einseitigkeit der Liebe, die sie für Annette empfand, nicht schmerzte. Sie hatte sich immer vor einem Wiedersehen mit Annette in solch einer oder in einer ähnlichen Situation gefürchtet. Völlig unbegründet.

Beim Betreten des Friedhofs war Annette ernst geworden. Sie hakte sich bei Maria unter und hielt sich ganz eng an ihr. So wanderten sie eine Weile in Richtung Grab, ehe sie, nach einem kleinen Umweg, den sie seltsamerweise irrtümlich nahmen, dann doch am richtigen Ort ankamen. Irenes Grab war sehr gepflegt, sogar frische Blumen standen auf einem Sims des Grabsteins. Gelbe Rosen. Keine einzige Blüte ließ den Kopf hängen. Unverkennbar das Werk von Irenes Mutter, die, das wusste Annette ganz genau, gelbe Rosen über alles liebte. Der riesige Rosenstrauß, den sie Annette bei ihrem ersten Besuch mitgebracht hatte, nach dem Wiedererlangen des Bewusstseins, war eine unglaubliche Pracht gewesen. Voller Bewunderung war Annette gewesen, als sie Irenes Mutter zu Gesicht bekommen hatte. Die erzielten Genesungsfortschritte lösten in ihr pure Freude aus. Und man konnte mit ihr so offen über Irene sprechen. Dass man den Verlust eines Kindes derart verarbeiten konnte, schien Annette nicht vorstellbar. Möglicherweise half ihr dabei aber doch die Tatsache, dass sie eine weitere Tochter hatte und mit dieser, obwohl bereits erwachsen, sowie mit einem lieben Lebenspartner in eine wunderbare kleine Familie eingebettet war, in der sich alle drei gegenseitig wunderbar zu stützen wussten.

Annette holte eine Kerze aus der Handtasche, stellte sie in die dafür vorgesehene Laterne und konnte sie nach mehrmaligen Versuchen, der Wind war eben ein wenig aufgekommen, zum Brennen bringen. Danach hakte sie sich wieder bei Maria unter.

»Da liegt also meine Irene.«

Schweigen breitete sich aus, und Maria erinnerte sich an den Augenblick, als sie Annette beibringen musste, dass Irene nicht mehr lebte. Es wäre ja eigentlich Paulas Aufgabe gewesen, dies zu tun, doch Maria hatte schnell gemerkt, dass diese damit überfordert gewesen war. So hatte sie beschlossen, Paula die Last abzunehmen, so unangenehm die Vorstellung auch war. Es war in der Tat schrecklich gewesen. Hätte es einen Ausbruch gegeben, ein Geschreie und Gejammer, so wäre Maria gut damit zurechtgekommen. Annettes ewiges stilles Weinen kam nun in der Erinnerung wieder zum Vorschein. Das hatte sie beinahe zum Verzweifeln gebracht. Maria wartete nun wieder auf dieses stille Weinen. Doch nichts geschah. Seit dem ersten Friedhofsbesuch hatte Annette nicht mehr geweint.

»Weißt du, dass Irene und ich nicht nur Studienkolleginnen waren? Wir waren ein richtiges Gespann. Wir waren ein Paar. Wir haben einander so geliebt.«

Maria sagte nichts. Sie kannte die Geschichte bereits. Eigentlich auch von Annette. Warum betonte sie das jetzt nochmals?

»Schockiert dich das?«

»Nein.«

»Es ist kein Schock für dich?«

»Nein, Annette, nein, Frau Dr. Weiß. Mir ist das alles bekannt. Alles. Ich weiß alles von dir. Mehr als von jedem anderen Menschen auf dieser Welt.«

Annette sah Maria unverwandt an. »Tatsächlich?«, fragte sie mit tonloser Stimme.

»Es ist so.« Die Antwort war nicht weniger tonlos.

»Schade, dass ich dich nicht so gut kenne wie du mich. Das bedaure ich sehr.«

Maria schwieg. Dazu fiel ihr nun gar nichts ein.

»Willst du mir die Chance geben, dich ein wenig näher kennenzulernen? Damit nicht alles so einseitig zwischen uns ist.«

Der Satz war wie ein Hieb und ein Stich gleichzeitig gewesen. Wieder schwieg Maria.

»Du sagst ja gar nichts. Willst du denn nichts mehr mit mir zu tun haben?«

Maria atmete kräftig durch und sah nun zur Seite, wo der Blick in zwei leuchtend blaue Augen fiel. »O Gott.« Maria seufzte. »O Gott.«

»Also dann willst du doch noch etwas mit mir zu tun haben. Ich glaube, ich habe verstanden.« Annette strahlte und drückte blitzschnell ein Küsschen auf Marias Stirn.

»Natürlich, Annette.« Maria zog nun Annette fest zu sich. »Meine Annette.«

Annette löste sich von Maria und sah ihr voller Freude ins Gesicht. »Ich möchte mit dir noch einen ausgedehnten Spaziergang machen«, sie sah auf ihre Beine und auf die von Maria hinab, »wenngleich unser Schuhwerk nicht gerade für eine Wanderung geeignet ist. Bist du einverstanden?«

»Also mit meinen Schuhen kann ich meilenweit gehen.«

»Ja, wenn das so ist«, plötzlich sah Annette belustigt auf, »auch mit dem Hüftgürtel, den du trägst?«

»Der ist bequem, der stört gar nicht.«

»So?«

»Ja, das kannst du mir glauben. Du solltest so etwas einfach mal probieren, dann wirst du schon sehen.«

»Ich komme darauf zurück.« Annette lachte kurz, wurde aber gleich wieder ernst. »Maria, stört es dich, wenn ich noch kurz bete?«

»Nein. Wieso denn? Wir sind am Grab deiner Irene. Da ist es doch naheliegend, dass man das tut.«

»Betest du denn auch hin und wieder?«

»Nicht oft.«

»Siehst du, Maria, jetzt weiß ich schon viel mehr über dich.«

Annette drehte sich wieder zum Grab und begann still zu beten. Sie hatte sich dabei fest bei Maria untergehakt. Es war kein kurzes Gebet und wirkte ansteckend. Maria betete nicht regelmäßig, eher selten. Immer galten ihre Gebete irgendwelchen Menschen, die ihr nahestanden. Doch noch nie hatte Maria für Annette gebetet, noch nie. Warum eigentlich nicht? Jetzt tat sie das aber mit Inbrunst und schrie im stillen Gebet ihren Dank nur so hinaus in die Tiefe des Himmels, ihren Dank, dass sie jetzt mit ihrer Annette hier stehen durfte.

Plötzlich sah Annette Maria wieder an. »Von mir aus können wir jetzt gehen. Hast du auch gebetet?«

»Ja.«

»Für wen?«

»Für dich.«

»Ja?«

»Ja.«

»Danke.« Annette zog Maria mit sich fort.

Der Spaziergang währte viel länger, als beide Frauen es ursprünglich geplant hatten. Es war auch kein reiner Spaziergang, vielmehr eine Kombination aus Schaufensterbummel, Spaziergang, Shopping und Kaffeepausen.

Annette war plötzlich so neugierig, was Maria betraf. Während der ersten Pause in einem belebten Lokal wollte sie alles über sie wissen. Von der Babyzeit bis zur Gegenwart.

Das mit der Babyzeit wurde zum Anlass für ausgelassenes Gelächter, da Annette tatsächlich wissen wollte, wie das damals für Maria so gewesen wäre, und ihr Maria dann von den wunderbaren Erfahrungen berichtete, die sie so an der Mutterbrust gesammelt hatte.

Als sie mit ihrem Bericht fertig war, brauchte Annette tatsächlich fünf Sekunden, bis ihr klar wurde, dass das alles ein Märchen war.

Zugegeben ein gutes, aber doch ein Märchen. Locker erzählt, beinahe hätte sie es selbst glauben können. Maria freute sich diebisch über die gelungene Geschichte und erntete dafür von ihrer Annette einen schmerzhaften Stoß in die Rippen.

»Annette, merke dir gut, du darfst mir nicht immer alles glauben. Ich bin zwar keine krankhafte Lügnerin, aber ich erzähle für mein Leben gerne schöne Märchen. Und du musst doch zugeben, das war ein wirklich schönes.«

»Dafür zahlst du die Zeche hier in dem Lokal.«

»Das ist mir das Vergnügen schon wert.« Sie zückte die Geldbörse, beglich die Rechnung, und schon waren sie wieder auf der Straße.

Ziellos wanderten sie weiter und gelangten in ein Stadtviertel mit zahlreichen kleinen Boutiquen. Erst bewunderten sie meist nur die wunderschön dekorierten Auslagen, später traten sie aber dann doch in das eine oder andere Geschäft ein. Immer wieder fanden sie schöne Stücke, und rasch konnten sie feststellen, dass sie in puncto Geschmack wenig trennte.

»Probier das doch einmal an. Schlüpf doch rein, wenn es dir so gefällt«, animierte Annette ihre Begleiterin, als die ein rotes Kleid mit einem unsagbar tollen Schnitt gefunden hatte. »Erst wenn du es anhast, wirst du sehen, ob es wirklich so schön ist, wie es jetzt wirkt.«

Die Verkäuferin nickte und führte sie zu einer großen Umkleidekabine, die beinahe so wie ein kleines Boudoir gehalten war. Große Spiegel an der Wand und eine bequeme Couch in der Mitte, auf die sich Annette nun fallen ließ und gleich aus ihren Schuhen schlüpfte.

»Die Modeschau ist eröffnet.«

Maria schlüpfte aus ihrem Kleid, und es kam ihr ein wenig seltsam vor, dass Annette und die Verkäuferin sie in Hüftgürtel und BH sehen konnten. Peinlich war ihr das aber ganz und gar nicht. Die Verkäuferin war gleich hin und weg von Marias edler Unterwäsche und meinte bloß kurz, dass sie sich nun auch endlich einmal so etwas zulegen würde, lange hätte sie damit ohnehin schon spekuliert. Das gab Maria zusätzlich die nötige Sicherheit, und sie schlüpfte locker erst in das rote Kleid, später in zahlreiche weitere Kleider. Keines passte. Immer gab es etwas auszusetzen. Das merkte auch die Verkäuferin. Und die merkte auch, dass das nicht an der Figur der Kundin lag, die war nämlich durchaus in Ordnung.

Maria war aber gar nicht traurig über die erfolglose Anprobe, und so zogen sie und Annette wieder weiter. Sehr weit kamen sie aber nicht, war das Nachbargeschäft doch ein Dessousladen.

Annette blieb abrupt vor der Tür stehen. »Ich will so einen Hüftgürtel, wie du ihn hast. So etwas kaufe ich mir jetzt.«

»Tatsächlich?« Maria klang ein wenig ungläubig.

»Ja, warum denn nicht? Glaubst du, du hast das Monopol auf so neckische Teile hier in der Stadt?«

»Dann rein in den Laden.«

Eine blutjunge Verkäuferin nahm sie in Empfang. Und mochte sie noch so blutjung sein, sie brachte Maria und Annette in der folgenden halben Stunde mit ihrem Fachwissen zum Staunen. Annette probierte dies und das, doch letztlich hatte sie sich gleich in das erste Stück verliebt, das man ihr gereicht hatte, und das ließ sie sich einpacken.

An der Kasse brach dann die Neugier wieder einmal bei ihr durch. »Sagen Sie, junge Frau«, so sprach sie die Verkäuferin an, als sie ihre Kreditkarte hervornestelte, »Sie sind doch keine zwanzig und kennen sich so gut bei Dingen wie Hüftgürteln aus. Werden Sie da geschult?«

»Leider nein«, kam es zurück. »Aber ich trage auch alle möglichen Dessous. Ich mag das. Dann kommt dazu, dass man schon wissen sollte, was man anzubieten hat. Und außerdem bin ich schon einundzwanzig.«

»Einundzwanzig und Hüfthalter. Na so etwas«, murmelte Annette, als sie die Kreditkarte wieder verstaute.

»Wieso nicht? Da gibt es kein Alterslimit.«

»Da haben Sie auch wieder recht«, gab Annette zurück, packte Maria am Arm und zog sie ins Freie. »Wie warst du so mit einundzwanzig, Maria? Ich will das wieder ganz genau wissen.«

Maria lachte in sich hinein. Die unbändige Neugier war ihr bei Annette noch nie aufgefallen. Aber es machte ihr Spaß, von sich zu erzählen. »Ich werde erst einundzwanzig.«

Das brachte ihr den nächsten Stoß in die Rippen ein. Sie hakte sich ein, begann wieder zu erzählen. Annette hing an ihren Lippen. Die Zeit verging wie im Flug.

Für Maria hätte die Sache noch viel länger andauern können, doch irgendwann schmerzten ihnen tatsächlich die Füße, und Annette machte den Vorschlag, noch bei Maria gemeinsam etwas zu kochen.

So waren sie bepackt mit einigen schönen Sachen und auch mit allerlei Köstlichkeiten bei Maria eingelangt. Annette fragte ein wenig scheu, ob sie sich die Wohnung ansehen dürfte. Sie streifte herum, während Maria die Lebensmittel versorgte. Es schien Annette zu gefallen.

»Maria, ich bilde mir ein, sehen zu können, dass du hier völlig allein wohnst. Täuscht der Eindruck?«

»Nein, gar nicht. Ich habe hier immer alleine gewohnt, und viele Besucher sind auch noch nicht ein und aus gegangen.«

»Du hast es wirklich schön und … und wunderbar wohnlich. Das hätte ich dir gar nicht zugetraut.«

»Wieso nicht?« Maria war erstaunt, beinahe ein wenig beleidigt.

»Weil du dich nach außen hin oft so rau gibst. Da dachte ich, du gehörst zu den Leuten, die sich zu Hause auch gegen Behaglichkeit und Wärme wehren. Ich kenne solche Leute. Bei dir ist das aber ganz und gar nicht so.«

»Gebe ich mich so rau?«

Annette lachte. »Na hör mal! Ich habe dein Gefluche und Gepolter noch im Ohr. Du hast dich in meiner Anwesenheit sicher zurückgehalten, vor allem, wenn du mit mir gearbeitet hast, aber sonst …« Annette sah nun in die Ferne und lächelte kurz still vor sich hin.

»Aber sonst?«

»Aber sonst hast du manchmal schon verbal die Sau rausgelassen, wenn man das vorsichtig formulieren möchte. Vor allem, wenn etwas nicht so gelaufen ist, wie du dir das vorgestellt hast. Ich erinnere mich zum Beispiel gut an ein Telefonat, das du im Nebenzimmer geführt hast. Es war nicht zu überhören. Da ging es um die kaputte Fernbedienung vom Bett. Na, den Gesprächspartner hast du so zur Schnecke gemacht, das war schon amüsant …« Sie unterbrach sich kurz. »Sag, bekommst du das selbst gar nicht mit, wie du da herumfuhrwerkst?«

»So schlimm ist das auch wieder nicht.«

»Ich weiß nicht …«, Annette sah in die Ferne, »dabei warst du immer so fürsorglich zu mir, hast mich behandelt wie eine Prinzessin. Wie eine Prinzessin. Ja. So rau nach außen, so fürsorglich und zartfühlend nach innen. Das bist du, Maria.«

Maria sah ihre Annette an. Am liebsten hätte sie sie geküsst. Doch sie blieb einfach stehen und blickte sie mit verträumten Augen an. Wie schön wäre es jetzt gewesen, Annette in die Arme zu nehmen, sie zu streicheln, sie zu küssen, zärtlich zu liebkosen und ihr die große Liebe zu gestehen. *Mein Gott, wäre das schön!* Dieser Gedanke begann sich nun in ihrem Kopf im Kreise zu drehen.

Das Schweigen zog wieder Annettes Blick auf sie. »Du sagst ja gar nichts. Was ist?«

»Ich kann dazu nichts sagen.«

»Doch, du kannst dazu etwas sagen.«

»Ich kann nicht.«

»Na, dann eben ein andermal.«

»Vielleicht.« Maria wirkte ein wenig verzagt.

»Sicher.« Annette bedachte sie mit einem liebevollen Blick.

Das Abendessen, das Maria mit Annette gemeinsam zügig zubereitet hatte, markierte den Beginn einer neuen Zeit für die beiden Frauen. Gemeinsames Essen wurde bald zur Gewohnheit. Manchmal luden sie auch Paula dazu ein, das war jedoch die Ausnahme. Und diese Ausnahmen ersetzten auch nicht Paulas Einladungen, die nun sogar eher häufiger ausgesprochen wurden als früher.

Schon beim ersten gemeinsamen Abendessen war Maria aufgefallen, dass Annette anders über Irene sprach als früher. Die Trauerphase schien überwunden zu sein. Das hieß nicht, dass die verlorene Geliebte aus Annettes Kopf verschwunden war. Überhaupt nicht. Doch der Schmerz des Verlustes schien überwunden zu sein. Annette war locker geworden. Und so baute sich in den kommenden Monaten eine Vertrautheit zwischen Maria und Annette auf, die Maria ungemein genoss.

In stillen Stunden des Alleinseins dachte sie oft über die seltsame Entwicklung ihrer Beziehung zu Annette nach. Ihre Liebe war weiter im Wachsen. Stetig. So umsorgte sie ihre Liebste auf dezente Weise. Sie wollte nur keinen Druck ausüben. Wenn sich die Sache zum Guten wenden sollte, dann würde das von selbst passieren. *Dräng nicht, Maria, dräng nicht!* Diese Gedanken sprach sie im Stillen immer wieder aus, wenn sie der Überschwang zu packen schien. So viele Gelegenheiten taten sich auf bei den Treffen mit Annette, wo sie am liebsten über sie hergefallen wäre, sie umarmt und geküsst hätte.

Und Maria glaubte auch, bemerkt zu haben, dass sich Annettes Verhalten ihr gegenüber verändert hatte. Als Maria Annette auf die Baustelle mitgenommen hatte, war es nicht zu übersehen gewesen. Sie hatte eine kurze, indes ernsthafte Besprechung mit Jürgen zu führen. Einige Minuten hörte Annette schweigend zu, ehe sie unvermittelt das Wort ergriff und ganz klar ihren Standpunkt darlegte. Der war gut nachvollziehbar, sodass Maria und Jürgen bloß nickten und schwiegen. Der Blick, mit dem Annette Maria danach bedachte, war von so viel Wärme erfüllt, dass Maria das Herz aufging. Einige Minuten lang konnte sie Jürgens Ausführungen nicht mehr folgen. Er fand jedoch in Annette einen würdigen, interessierten Gesprächspartner. Also schüttelte er nur den Kopf, als er mit seinen Ausführungen fertig war und Maria ihm sagte, dass sie nicht wisse, ob sie noch Fragen hätte oder nicht.

Später am Abend entschuldigte sich Annette für ihre Einmischung in die Bauangelegenheiten. Maria wehrte die Entschuldigung entschieden ab. Und erntete dafür erneut einen Blick voller Wärme.

Am kommenden Tag steigerte sich das noch deutlich. Annette hatte schon lange darauf gedrängt, dass ihr Maria das kleinere Haus zeigen sollte. Sie war jedoch bisher mit ihrem Wunsch nicht durchgedrungen. Das hatte einen besonderen Grund. Maria konnte ihn vor Annette nicht offen aussprechen, also fand sich immer irgend etwas, das eine Besichtigung verhinderte.

In Wahrheit war es allerdings die Ungewissheit, die Maria davon abhielt, Annette ins Haus zu führen. Sie selbst hatte sich schon so verliebt in das Haus, in den schönen Garten, der es umgab, die ganze Gegend der Stadt, in dem es sich befand, sodass es für sie schwer verdaulich gewesen wäre, wenn sich Annette dort im Haus, im ganzen Ambiente nicht wohlfühlen würde. Der Gedanke an sich schien ihr absurd zu sein. Was hätte es schon für Konsequenzen, wenn sie mit Annette in der Bewertung des Hauses nicht übereinstimmen sollte? Sie hatten doch keine echte Liebesbeziehung zueinander. Das war wohl wahr. Und dennoch. In ihren geheimsten Gedanken sah sie sich gemeinsam mit Annette, ihrer Annette in diesem Haus wohnen. Sie malte sich aus, wie sie die Räume gestalten würden, wie der Garten aussehen könnte, wo sich ein Pool und eine Gartenlaube platzieren ließen. Und noch viel mehr kam in ihr in diesem Zusammenhang hoch. Bei allen nur möglichen Gelegenheiten. Saß sie auf dem Fahrrad, so stellte sie sich vor, wie sie vom gemeinsamen Haus aus Radausflüge starten könnte. Im Supermarkt dachte sie über die Einkaufsmöglichkeiten nach. Und, und, und ...

Kapitel 14

Nun war es so weit. Annette stand bereits an der Bushaltestelle, die sie als Treffpunkt festgelegt hatten. Beinahe eine halbe Stunde musste sie dort auf Maria warten. Diese hatte neuerlich versucht, den Termin zu verschieben. Sie habe das Haus schon seit vierzehn Tagen nicht mehr gelüftet, es würde daher muffig sein, sehr muffig. Annette hatte zwei Tage zuvor einfach einen fixen Termin für die Besichtigung festgelegt. Marias letzten Versuch, den Besuch knapp eine Stunde zuvor per Telefon aufgrund dieser mehr als lahmen Ausrede erneut zu verschieben, wischte Annette mit dem Hinweis weg, dass es dann wohl tatsächlich an der Zeit wäre, für frischen Wind in den Hallen zu sorgen. Dem hatte Maria nichts mehr zu entgegnen. Also war sie aus ihrem Hausanzug geschlüpft, hatte wie ein Automat wunderschöne Dessous und jenes Kleid aus dem Schrank geholt, von dem sie wusste, dass es Annette am besten gefiel. Erst im Vorraum vor dem Spiegel, als sie in die Schuhe geschlüpft war und sich nochmals kurz musterte, war ihr in den Sinn gekommen, dass sie für eine Hausbesichtigung viel zu elegant gekleidet war.

Annette winkte wie wild, als sie Maria bemerkte. Sie deutete demonstrativ auf ihre Uhr, als Maria nun mit ein wenig schlechtem Gewissen in Trab verfallen war, was ihre High Heels nur beschränkt zuließen.

»Lass dir Zeit, Maria! Lauf nicht! Der Bus ist ohnehin eben abgefahren, und der nächste kommt erst in zehn Minuten.« Sie empfing Maria mit einem strahlenden Blick, nahm sie kurz in die Arme und küsste ihr Ohrläppchen, wie sie sich das in den letzten Wochen zur Gewohnheit gemacht hatte. Das brachte Maria immer eine wenig aus dem Häuschen, so auch jetzt.

»En… Entschuldige«, stammelte sie, »ich habe die Zeit übersehen, weiß gar nicht wobei.«

Annette, die einen Schritt zurückgetreten war, hob die Braue. »Na, das kann ich mir schon denken. So, wie du gestylt bist ...« Sie schüttelte den Kopf.

»Gefällt es dir nicht, wie ich gekleidet bin? Du magst doch das Kleid.« Annette lachte kurz auf, nahm Maria wieder in den Arm und presste sie kurz fest an sich. »Es ist mein Lieblingskleid. Du weißt das. Du siehst fantastisch darin aus.« Annette beugte sich wieder zu Marias Ohr, die dort ganz plötzlich ein kleines Küsschen ersehnte.

»Au!« Maria schrie entsetzt auf. Es war kein Schmerz, der sie überrascht hatte. Nein, es war das unglaublich wohlige Gefühl, das sich in Bruchteilen von Sekunden in ihr aufgebaut und über den Körper bis in ihre Mitte ausgebreitet hatte. Noch nie hatte sie Annette zuvor gebissen.

»Verzeih! War das zu fest?« Annette wirkte ein wenig verlegen, zugleich erschien jedoch ein verschmitzter Ausdruck auf ihrem Gesicht. Ihr war bereits aufgefallen, dass Maria am Ohrläppchen äußerst verwundbar war. Beim allerersten Küsschen, das sie Maria dort eher aus Versehen hingehaucht hatte, war diese wie elektrisiert gewesen. Und das hatte sich in der letzten Zeit immer wiederholen lassen. Nun, nachdem sie wie ein Hollywoodstar am roten Teppich eine halbe Stunde zu spät aufgetaucht war, hatte Annette dem Drang, über ein Küsschen hinaus weiterzugehen, nicht widerstehen können.

Maria blickte Annette entgeistert an, rieb sich völlig aufgelöst das Ohr. »Nein, es hat nicht wehgetan, nein, es ...« Es fehlten ihr plötzlich die Worte.

»Ja?«

»Nichts.« Maria war rot geworden, Gänsehaut lief über ihren Rücken, ihre Klit pochte. Noch nie hatte sie solche Gefühle an einer Bushaltestelle gehabt.

Und der Bus rettete sie aus der ungewöhnlichen Situation der Erregung. Maria hatte ihn gar nicht kommen gehört. Erst als sie Annette an der Hand nahm, bemerkte sie ihn.

Mit diesem Bus fuhren sie dann in die Vorstadt. In einen wunderschönen Stadtteil, wie Maria es empfand. Bloß sehr locker verbaut, größtenteils dominierte sattes Grün. Alleen und Parkanlagen ließen einen beinahe vergessen, dass man sich in einer Stadt befand.

Annette hatte die ganze Zeit über geplappert wie ein kleines Kind. Wie schön sie die ganze Gegend fände, dass sie als Kind schon gerne mit ihrer Tante hier gewesen sei, dass sie sich an so gute kleine Restaurants erinnern könne. Still wurde sie erst, als Maria mit unsicherem Blick und zuckendem Mundwinkel, es war Annette nicht entgangen, die Haustür öffnete und sie ins tatsächlich ein wenig muffige Innere führte. Lange Zeit schwieg sie, blickte sich neugierig um, machte sich bald selbstständig und erforschte das Haus und den Garten auf eigene Faust.

Maria war ein wenig schwer ums Herz geworden, da Annette so gar nichts von sich gab. Da stand sie nun plötzlich im Garten vor ihr. Mit ernstem Gesicht. Langsam nahm sie Marias Hände in die ihren. Noch nie hatte sie das so getan. Und dann zerfloss ihr Gesicht in einem warmen Lächeln. »Maria, du hast ja einen wunderbaren Schatz hier. Das ist ein Traum. O Gott, ich würde hier sofort leben wollen. Das findest du in dieser Stadt doch kaum ein zweites Mal. Du darfst das Haus nicht vermieten. Und schon gar nicht verkaufen. Versprich mir das.« Die Worte waren nur so aus ihr herausgesprudelt. Fest drückte sie Marias Hände. Das Lächeln war nicht gewichen. »Ich dachte schon, du willst mir das Haus nicht zeigen, weil es irgendwelche groben Fehler hat. Den Eindruck hatte ich zumindest. Du hast ja immer neue Gründe gefunden, nicht mit mir hierher zu fahren.« Sie lachte kurz auf. »Du warst ganz schön erfinderisch dabei. Das muss man dir zugutehalten. Bloß heute, Maria, das mit dem Lüften, das war eher schwach.«

»Ich ... ich hatte Angst, dass du es nicht mögen könntest.«

Das Lächeln wich nun blankem Erstaunen. »Aber ...«

»Na ja, das Haus muss nicht jedem gefallen. Ganz modern ist es nicht mehr. Darüber kann man nicht hinwegsehen.«

»Maria! Was sagst du denn da?«

»Es ist eben nicht mehr ganz modern ...«

»Quatsch, das meine ich nicht. Ich meine das mit deinen Befürchtungen. Du hattest Angst, dass es mir nicht gefallen könnte? So ähnlich hast du das eben gesagt.« Sie drückte Marias Hände nun ganz fest. »Legst du so großen Wert auf meine Meinung?«

»Ich ...«

»Ich finde es schön, dass das so ist. Ehrlich. Es ist wunderbar, dass du mich so an deinem Leben teilnehmen lässt. Ich denke, dass ich dich in manchen Belangen nun schon besser kenne als du mich.« Annette nahm Maria plötzlich fest in die Arme. »Danke.«

Annette hatte das Danke nur geflüstert. Dieses Flüstern fühlte sich an wie der Biss ins Ohrläppchen an der Bushaltestelle. Maria sprudelte schon wieder über vor Gefühlen.

Doch schon war Annette wieder unterwegs im Haus. Maria hingegen blieb wie angewurzelt stehen. Plötzlich stürmte Annette herbei, nahm Maria an der Hand und begann ihrerseits eine Führung durch Haus und Garten. Maria ließ sie gewähren. Die Rollen waren völlig vertauscht. Annette pries das riesige Wohnzimmer, das so klug gegliedert worden sei, dass man hieraus eine wahre Wohlfühloase gestalten könne. Durchs ganze Haus zog sie Maria, schließlich in den Garten. Der war liebevoll angelegt, doch äußerst verwildert. Die neuen Bewohner würde viel Arbeit erwarten.

»Maria, schau dir das an, da könnte man doch einen Pavillon aufstellen. Vielleicht sogar mit einem gemauerten Grill, hier gleich daneben. Und was hältst du von einem Schwimmbecken hier in der Ecke«, sie war weitergegangen, Maria noch immer fest an der Hand, »oder doch hier, man muss den Sonnenstand beachten.«

»Ja, den sollte man tatsächlich nicht außer Acht lassen. Stell dir vor, wir gehen am Nachmittag ins Wasser, und da ist das Schwimmbecken bereits im Schatten. Das wäre nicht so toll.«

»Wir?«

»Ja, wer auch immer. Man kann hier in Haus und Garten tatsächlich viel tun.«

Annette hatte Maria losgelassen. Versonnen blickte sie sich um. »Es ist so schön hier.« Dann nahm sie Maria fest in die Arme.

Erleichterung. Maria fühlte eine ungemeine Erleichterung, als Annette sie so innig umarmte. Verwundert nahm sie diese Gefühlsregung zur Kenntnis. Irgendwie passte sie gar nicht zur Situation. Doch zur Erleichterung gesellte sich rasch ein Glücksgefühl. Niemals war sie in Annettes Anwesenheit so glücklich gewesen wie gerade eben. Sie schmiegte sich an sie, atmete tief deren Duft ein, schwamm im Genuss der Gefühle, wollte nie mehr loslassen.

»Möchtest du mir etwas sagen, Maria?«, flüsterte Annette leise in Marias Ohr.

»Ich weiß nicht«, flüsterte Maria ebenso leise zurück. In Wahrheit war der Satz nicht ganz richtig formuliert. Maria wollte, nein, musste Annette so viel sagen, es brodelte in ihr. Die unbändige Liebe, die sie tief in sich spürte, diese ungemeine Zuneigung wollte nun raus aus ihr. Offen zutage treten. Nicht mehr im Inneren dahinköcheln. Nur, wie sollte sie beginnen, wo sollte sie den Anfang setzen?

»Was weißt du nicht?« Annettes Ton wurde immer liebevoller und immer fester ihre Umarmung.

»Ich …« Maria seufzte, atmete durch. »Ich … ich kann es nicht sagen.« Der Mut hatte sie verlassen. Sie, die sich niemals durch etwas unterkriegen ließ. Sie hatte nun das Gefühl der blanken Angst in sich. Eine Abfuhr durch Annette könnte sie sicher nicht ertragen. Ein Ausweg schien ihr unmöglich.

»Dann sage ich es.«

Maria zuckte zusammen.

»Ich sage es dir, Maria.« Annette löste sich kurz. Das Zucken war nur allzu deutlich zu spüren gewesen. Sie sah in Marias Gesicht, in dem sich Panik, blanke Panik, abzeichnete. Wieder nahm sie sie in die Arme. Und sprach es aus: »Ich liebe dich – und du liebst mich.«

Maria begann ganz still zu weinen. Annette ließ sie gewähren.

Eine halbe Stunde war vergangen, ehe sich Maria wieder gefangen hatte.

»Geht es wieder?«, flüsterte Annette und sah Maria mit ihren leuchtenden blauen Augen an.

Maria nickte stumm.

»Dann will ich dich jetzt küssen.« Annette legte ihre Lippen auf die von Maria und spürte, wie diese in ihren Händen dahinschmolz. *Raue Schale, weicher Kern*, war ihr Gedanke, ehe sie sich selbst im Kuss verlor.

Annette ließ Maria nicht los. Tränen flossen über Marias bebende Wangen. »Nicht weinen, Maria. Nicht weinen. Ist es so schlimm für dich?«

Maria schüttelte den Kopf.

»Na, siehst du«, fuhr Annette fort, »wenn es gar nicht so schlimm ist, gibt es auch keinen Grund mehr zu weinen.« Sie strich Maria durchs Haar. »Hmh?«

»Es hat mich eben überrollt«, erwiderte Maria in einem zaghaften Ton, den Annette ihr nicht zugetraut hätte. Die raue Schale hatte sich sichtlich im Nichts aufgelöst.

»Glaubst du, mich lässt das kalt?«

Maria drückte sich fest an ihre Annette. »Das glaube ich nicht.«
»Soll ich dich nochmals küssen?«
»Ja, bitte.«
»Könntest du dir in aller Zukunft Küsse bei mir abholen, ohne dazu eingeladen zu werden?«
»Wirklich?« Der Ton hatte noch immer das Verzagte an sich, doch nun schlich sich auch ein verliebter Unterton dazu.
»Wirklich.« Annette küsste Maria kurz, aber intensiv.

Als Annette losließ, umfing sie Maria mit all ihrer Kraft, zog sie zu sich und holte sich ihren ureigensten Kuss von ihrer Annette. Der blieb beinahe die Luft weg, doch sie war es, die Maria ins Haus zog, ins Wohnzimmer und dort auf eine breite, mit weichem Leder bezogene Couch.

Das war eines der wenigen Möbelstücke, das Clara noch ins Haus hatte schaffen lassen. Es musste dem Krankenbett weichen, das Clara in ihren letzten Monaten dringend benötigt hatte. Die Sitzbank war mit wunderbaren Erinnerungen verbunden. So manchen Nachmittag hatte Maria mit Clara philosophierend darauf verbracht. Clara mit ihren radikalen Standpunkten zu Gott, Natur und den Menschen streifte sich immer ihre Hausschuhe ab, ehe sie ihre Beine hochlegte. Waren die Beine nicht in der Höhe, so gab es auch keine Gespräche.

Und auf diese Bank hatte Annette Maria nun gezogen, nicht ohne sich vorher die Schuhe abgestreift zu haben. Man hätte den Eindruck haben können, beide Frauen wären außer Atem, so hektisch hoben und senkten sich ihre Brustkörbe. Erst als Annette mit unglaublicher Zärtlichkeit durch Marias Haare strich, da entspannten sie sich. Und küssten sich, flüsterten, küssten sich wieder, flüsterten. Weder Maria noch Annette wagte es in diesem Augenblick, einen Schritt weiter zu gehen. Ohne Zweifel würden sich bald weit intimere Begegnungen anschließen. Das wussten beide nur zu genau.

Es war schließlich Annette, die leise meinte, dass man eigentlich wieder nach Hause fahren sollte, um etwas zu kochen. So war es ausgemacht gewesen. Die Dämmerung war bereits zu spüren. Es war ihnen erst gar nicht aufgefallen, die Zeit war für sie stehen geblieben. Kochen – das war das Stichwort. Plötzlich knurrte Marias Magen. Sie nickte bloß und war auch schon aufgesprungen. Mit einem seligen Lächeln im Gesicht hielt sie Annette die Hand hin. »Darf ich bitten, Frau Doktor.«

Annette brauchte nicht länger als fünf Minuten, um sich in Marias Küche heimisch zu fühlen. Gut, sie hatte Maria in den letzten Wochen hier schon so oft beim Kochen beobachtet, doch niemals allein Hand angelegt. Alles war logisch und wohldurchdacht eingeräumt, die Ausstattung nicht übertrieben, doch an den wesentlichen Utensilien mangelte es nicht. Annette hatte tatsächlich große Lust, hier als Köchin das Kommando zu übernehmen. Zumindest einmal für diesen Abend. Sie wollte Maria verwöhnen, Leckerbissen zubereiten, diese mit ihr genießen. Ungeduld stieg in ihr selbst auf, denn Maria war unübersehbar hungrig. Dennoch brauchte eben alles seine Zeit. Schließlich musste Maria doch nicht verhungern. Das Gemüse war bald gegart, sodass die Lammkoteletts nicht lange warten mussten, ehe sie in der Bratpfanne landeten.

»Soll ich den Tisch decken?«

»Ja, wir können bald anrichten. Vergiss den Rotwein nicht, die Flasche hätten wir bereits öffnen sollen.«

Flink ging Maria ans Werk, denn sie wollte Annette noch ein wenig beim Kochen zusehen. Davon hatte sie nicht einmal zu träumen gewagt, als sie ihre Annette im Krankenhaus betreut hatte. Nein, das war nicht die ganze Wahrheit. Plötzlich entsann sie sich der Fantasien, die sie gesponnen hatte, Fantasien, die sie dermaßen erregt hatten, dass der Katzenjammer danach beinahe nicht zu ertragen gewesen war. Hätte die Stalin ihr nicht mit viel Verständnis zugeredet, ihr so offen gesagt, dass ihre Gefühle für Annette nicht krankhaft seien, es wäre wohl ungewiss gewesen, ob Maria den Mut hätte aufbringen können, Annette weiter zu betreuen. Und nun das: Aus kühnsten Wunschträumen war Realität geworden.

Mit zwei Gläsern Rotwein in den Händen war sie wieder an den Herd getreten. »Ein wenig Wein, um die Arbeit zu erleichtern?«

Annette legte den Kochlöffel beiseite, wischte sich die Hände ab und wollte bereits zum Glas greifen, ehe sie es sich anders überlegte. Sie beugte sich zu Maria und knabberte kurz an ihrem Ohrläppchen. »Das war ein kleiner Snack vor dem Rotwein.« Nun nahm sie das Glas aus Marias Hand. »Zum Wohl, meine Liebe.«

»Was haben dir meine Ohrläppchen getan, dass du sie immer so quälen musst?«

»Ha! Quälen? Du liebst das doch, das ist doch nicht zu übersehen.«

Sie zögerte, warf einen verliebten Blick auf Maria. »Zumindest für mich nicht«, setzte sie leise nach.

»Aber du quälst mich damit. Schon seit Wochen.«

»So, so.«

»Hast du das etwa absichtlich getan?«

»Maria, denkst du, dass ich dir irrtümlich Küsse aufs Ohr gedrückt habe?« Sanft strich sie mit dem Finger entlang des Ohres, legte eine Locke sanft nach hinten.

Staunen machte sich in Maria breit. »Wie meinst du das jetzt?«

»O Gott!« Annette schüttelte den Kopf. »Glaubst du tatsächlich, es wäre mir entgangen, mit welcher Zuneigung du mir entgegenkommst? Wie gerne du mich hast? Wie lieb du zu mir bist? Wie du mich liebst?«

Maria hatte einen dicken Kloß im Hals. »Also, ich habe immer versucht, dich das nicht spüren zu lassen. Niemals wollte ich dich zu irgendetwas drängen.«

»Das ist dir gründlich misslungen. Schon kurz nachdem ich aus dem Koma erwacht war, ist mir klar geworden, dass du nicht bloß professionelles Interesse an mir hast. Um es genauer zu sagen: In dem Augenblick, als du geglaubt hast, dass ich meine Fähigkeit zu schreiben verloren habe – du hast mich einen Einkaufszettel schreiben lassen –, da war dein Entsetzen zum Greifen. Und das Entsetzen kam aus einer großen, großen Zuneigung.«

»Das ist doch …«

»Lass mich ausreden. Seither beobachte ich dich. Seither spüre ich deine Liebe zu mir. Verzeih, dass ich sie nicht gleich erwidern konnte. Irene hatte mich noch völlig in ihrem Bann. Die Trauer war so groß. Und sogar über die hast du mir hinweggeholfen. So selbstlos. Unglaublich.« Annette blickte in die Ferne, tief in Gedanken versunken. »Meine Güte, was bist du für ein wundervoller Mensch.«

»Das ist doch gar nicht so.«

»Nein! Natürlich nicht. Du bist in Wahrheit eine furchtbare Schreckschraube, die mir nur Böses wollte, seit du mich das erste Mal zu Gesicht bekommen hast. Ist doch so?«

»Ich bin keine Heilige.«

Annette wollte Maria schon in die Arme nehmen, doch das Lamm in der Pfanne beanspruchte nun ihre Aufmerksamkeit. »Dass du keine Heilige bist, das musst du mir noch beweisen.« Sie bedachte Maria mit einem vielsagenden Blick, der mit einem verstohlenen Lächeln erwidert wurde. »Jetzt wird erst einmal gegessen.«

»Ja, das hat etwas. Ich bin so hungrig.«

Nach dem Abendessen blieben Maria und Annette noch eine Weile bei Tisch sitzen. Das Thema »Kochen« hatte sie nicht losgelassen seit dem Augenblick, als das Lamm von Annette serviert worden war und ein unglaublich köstlicher Duft den Raum erfüllte. Nun waren die Teller leergegessen, und sie waren eben bei der Diskussion über die Zubereitung würziger Saucen angelangt. Der Hunger konnte es nicht mehr sein, der sie beim Thema hielt, nun war es das blanke Interesse an der Sache. So schien es zumindest. Möglicherweise hätten die beiden Frauen jedoch auch die Standpunkte zu Raumfahrtmissionen oder zur Maut auf Autobahnen in Slowenien gierig in sich aufgenommen, so wie sie zurzeit aufeinander zugingen.

»Annette, du kochst ausgezeichnet. Ich wusste ja bereits, dass du eine wunderbare Köchin bist, doch nun konnte ich mich endlich selbst davon überzeugen.«

Annette sah Maria erstaunt an. »Paula! Paula hat dir davon erzählt, dass ich gerne koche. Stimmt's?«

»Stimmt. Deine Kochkünste wurden aufs Höchste gelobt. Vor allem deine gefüllte Kalbsbrust. Die soll ja laut deiner Schwester üblicherweise dein Meisterstück sein. Paula hat es mir und sich selbst immer gewünscht, dass du wieder würdest aufkochen können. Wir haben uns an alles geklammert in der Zeit, als es so ungewiss war, wie es mit dir weitergehen würde. Oftmals ist die Fantasie mit uns durchgegangen.« Maria blickte Annette ganz ernst an, sodass sich dieser ein wohliger Schauer über den Rücken zog. »Es war eine furchtbare, doch wenn ich jetzt daran zurückdenke, auch wunderbare Zeit. Wunderbar deswegen, weil du nun vor mir sitzt, ich mit dir sprechen kann und, das ist das Schönste dabei, du mich auch verstehen und mir antworten kannst.«

»Ich wäre gerne dabei gewesen«, antwortete Annette mit einem schelmischen Lächeln im Gesicht und erntete dafür einen Klaps auf den Arm.

»Es ist so schön …« Maria hob das Glas. »Schön, dass du bei mir bist. Auf unser Wohl.«

»Auf unser Wohl.« Annette stieß sanft mit ihrem Glas an das von Maria, und ein zarter Klang ertönte. Dieser wiederum erzeugte in

Annette ein Glücksgefühl, das über allem stand, was sie je zuvor erlebt hatte.

Sie tranken vom Wein, als Maria das Glas plötzlich absetzte. »Sag, Annette, seit wann fühlst du es, weißt du es eigentlich schon, dass du mich gern hast, dass du mich liebst? Und seit wann weißt du, dass ich dich liebe? Hat Paula dir das verraten?«

»Paula? Wie kann Paula das denn wissen?« Annette war perplex.

»Paula weiß das schon seit Langem, noch aus der Zeit, als du nicht bei Bewusstsein warst.«

»Wie bitte?! Wie ist das denn möglich?« Sie hielt kurz inne. »Maria? Du hast mich schon geliebt, als ich noch nicht das Bewusstsein erlangt hatte? Wie geht das? Das musst du mir erklären.«

Maria war das jetzt ein wenig unangenehm. »Das war so«, sie schluckte schwer, »ich habe dir davon noch nie erzählt, wann auch, und ich weiß nicht, ob ich das überhaupt tun soll«, wieder schluckte sie schwer.

»Erzähl mir davon. Bitte.« In Annettes Stimme schwang nun keine Neugier mit, sondern blanke Liebe, was auch Maria registrierte. »Bitte. Die ganze Geschichte.«

»Na gut. Das war so. Eines Tages wurde ich zur Oberin zitiert, und es wurde bestimmt, dass ich ins Fünferzimmer sollte zu einer jungen Frau, die im Sterben lag. Das warst du.«

»Was ist das Fünferzimmer?«

Maria schaute erstaunt auf. »Das weißt du gar nicht? Davon hat dir niemand erzählt, stimmt's? Dabei haben wir dort über ein Jahr gemeinsam verbracht.«

»Das weiß ich schon, dass ich ewig im Krankenhaus war. Das hat mir Paula so erzählt. Aber von einem Fünferzimmer hat sie nichts gesagt.« Sie machte eine Pause. »Und sie hat mir niemals erzählt, dass ich in einem Zimmer zum Sterben gelegen bin.«

»Soll ich aufhören?«

»Nein, nein, ich will das hören.«

Maria sah Annette an, war sich nicht ganz sicher, ob es eine gute Idee war, jetzt weiterzusprechen. Doch noch immer konnte sie keine Neugier, kein Entsetzen im Gesicht ihrer Annette erkennen, bloß pure Liebe. Die war sichtbar. Und das ließ Marias Herz höher schlagen, und sie legte los: »Das Fünferzimmer war oder ist, ich kann nicht sagen, ob es in dieser Form noch immer so besteht, ein großes Zimmer, bestens geeignet für Patienten, die ständige Pflege benötigen, also auch ideal für hoffnungslose Fälle.«

»Also auch ideal für mich?«

»Genau. Schwester Nora hat üblicherweise gemeinsam mit der Stalin das Fünferzimmer betreut.«

»Mit der Stalin? Wer ist das?«

Maria schüttelte jetzt ein wenig traurig den Kopf. »Mein Gott, du kennst die Stalin gar nicht! Eigentlich heißt sie Nino Dschugaschwili, sie ist eine geborene Georgierin, und sie ist eine Seele von Mensch. Dschugaschwili war auch der bürgerliche Name von Josef Stalin, darum haben wir sie auch Stalin genannt. Also, ich kann nur sagen, in Sachen Menschlichkeit hat sie ihrem Namensvetter einiges voraus. Sie hat dich aufopfernd betreut, und auch ihr verdankst du, verdanken wir, dass du heute bei mir sitzen kannst. Ich sag dir gleich, sie wird die Erste sein, die wir hier demnächst zum Essen einladen.«

»Ich habe nichts dagegen. Erzähl weiter.«

»Ja, wie war das? Ach ja. Üblicherweise ist das Fünferzimmer und was da so ablief, an mir vorübergegangen. Ich habe mich nie um die schweren Fälle gekümmert, ich war da nie neugierig. Ab und zu habe ich der Nora schon geholfen, aber das war in Wahrheit die Ausnahme. Jedenfalls bin ich zu dir abkommandiert worden, weil für Nora ein Urlaub gebucht war. Ich dachte natürlich primär an eine Strafmaßnahme gegen mich. Wäre ja nicht so abwegig gewesen, so wie ich mich damals aufgeführt habe.«

»Die Strafmaßnahmen wären gerechtfertigt gewesen?«

»Ich konnte meinen Mund nicht halten. In keiner Situation. Das wirst du in Zukunft auch noch merken.« Maria dachte kurz nach. »Wo war ich? Ja, genau, im Fünferzimmer. Ich komm da rein, da liegt eine junge Frau, völlig zerstört, zerstört von oben bis unten. Das warst übrigens du.«

»Ist mir schon klar. Weiter.«

»Nora sagte mir, dass sie mich angefordert habe. Also doch keine Strafe. Und sie sagte mir, dass das ohnehin bloß noch ein paar Tage gehen würde, dann wäre es vorbei, weil man schon alle Maßnahmen eingestellt hätte und die Frau nur mehr beim Sterben begleiten wollte. Von dir ist da die Rede.«

»Ja, ja. Weiter.«

»Ich geh ans Bett, ein wenig entsetzt, und dann schau ich dir ins Gesicht. Da hat's mich beinahe umgehauen, blicken mich doch wunderbare leuchtende Augen an. Weißt du, Annette, du hast mich angesehen, nicht durch mich hindurch. Kannst du dich nicht mehr daran erinnern?«

Ein Lächeln erschien auf Annettes Gesicht. »Gar nicht, Maria, überhaupt nicht.«

»Gut. Du schaust mich so an, und ich denke mir, die Frau liegt doch nicht im Sterben. Da ist ja noch Leben in ihr. Und einen Tag später ist mir das noch einmal so ergangen, und da habe ich mir vorgenommen, alles zu tun, dass du das überleben kannst. Und wenn du so willst, war das der Zeitpunkt, an dem ich mich in dich verliebt habe. In eine völlig geschundene, entstellte junge Frau mit wunderbaren blauen Augen.«

Tränen liefen über Annettes Wangen. »In guten und in schlechten Zeiten, und das waren offenbar ganz schlechte. Ist das nicht so mit der Liebe?«

Maria bemerkte erst jetzt die Tränen auf Annettes Wangen. »Ja, so kann man das sagen. Liebe gibt es in guten und in schlechten Zeiten. Nur, Annette, mir war das damals selbst gar nicht bewusst, auch wenn es sicher schon so war.« Sie machte eine kurze Pause. »Wir sollten uns jetzt endlich einen etwas bequemeren Platz suchen. Was meinst du?«

»Stimmt, aber erzähl weiter. Detailliert. Und lass dir Zeit dabei.«

»Wollen wir uns zuvor nicht etwas Bequemeres anziehen?« Sie sah an sich herab, warf dann sogleich einen Blick auf Annettes Rock und die schöne Bluse, die sie nur durch eine Schürze beim Kochen geschützt hatte.

»Ich hab nichts dabei.«

»Wie wäre es mit einem bequemen langen Kleid?«

»Und nichts drunter?« Annette kniff schelmisch die Augen zusammen.

»Das überlass ich dir.«

Ein wenig später lagen beide Frauen in bequeme weite Kleider gehüllt ausgestreckt auf Marias Sitzgarnitur.

»Hast du nun darunter etwas an oder nicht?« Maria konnte ihre

Neugier nicht im Zaum halten. Das Kleid passte so gut zu Annette, ließ jedoch nicht erahnen, ob sie darunter noch etwas trug.

»Das darfst du möglicherweise noch selbst erforschen, aber nur, wenn du brav weitererzählst. Schön ausführlich, bitte.«

Ehe nun Maria fortfuhr, füllte sie nochmals die Weingläser. Ansatzlos erzählte sie weiter. »Ich konnte alleine natürlich gar nichts tun. Doch Ullrich Hartmann, den kennst du ja, und die Stalin, die wirst du bald kennenlernen, waren bald meine Verbündeten. Dr. Hartmann hat dir primär einmal das Leben gerettet, weil er die furchtbare Lungenentzündung in den Griff bekommen hat, und dann hat er noch Professor Kornthaler auf unsere Seite gezogen, der dich so hergerichtet hat, dass du wieder beinahe die Annette bist wie die vor dem Unfall. Es gibt Fotos von dir in allen Stadien. Die solltest du aber nie selbst sehen, da reicht es, dass ich sie im Kopf habe.«

»War es so schlimm?«

»Schlimmer. Am Anfang habe ich gedacht, Kornthaler will dich bloß als willkommenes Versuchskaninchen missbrauchen, doch Hartmann hat mich davon überzeugt, dass du wieder wie ein Mensch aussehen solltest, wenn du je wieder das Bewusstsein erringen könntest. Was wäre denn das sonst für ein Leben, wenn man da nicht alles versuchte.« Maria sah Annette jetzt mit einem prüfenden Blick an. »Und ja, er hat recht gehabt. Es hat gestimmt, was er gesagt hat.« Sie wiegte den Kopf. »Da kann man sagen, was man will.«

Der Nachsatz brachte Annette zum Lachen. »Du bist also zufrieden mit dem Ergebnis?«

Maria, die sich ihr Weinglas geschnappt hatte, sah kurz auf. »Mehr als zufrieden.«

»Dann bin ich ja froh.« Da war wieder diese spürbare Liebe in der Stimme.

»Ich bin auch froh.«

»Und seit wann war es dir bewusst, dass du mich liebst?«

Maria wackelte ein wenig mit dem Kopf. »Das haben mir die Stalin und deine Schwester klargemacht. Selbst habe ich das da sicher schon gelebt, aber bewusst geworden ist mir das erst durch die beiden. Die haben mir das auf den Kopf zugesagt.«

»War das denn so augenscheinlich?«

»Keine Ahnung, jedenfalls haben es die beiden irgendwie bemerkt.

Und sie haben es mir ins Gesicht gesagt. Es war mir so peinlich, aber sie haben beide gemeint, ich solle mich nicht dagegen wehren.«
»Das hat meine Schwester so gesagt?«
»Das hat sie.«
»Du wartest da mit Überraschungen auf. Ist ja unglaublich.«
»Wieso?«
Annette wiegte versonnen den Kopf. »Mhm, meine Schwester war nicht immer so offen und positiv zur Liebe von Frauen eingestellt.«
»Von lesbischen Frauen, meinst du wohl.«
»Ja, ja. Früher hat sie nichts von Lesben gehalten. Irene hat es nicht leicht gehabt bei ihr. Jetzt sieht es indes ganz anders aus.« Sie sah Maria unverwandt an. »Es muss an dir liegen, Maria.«
»Ich hatte keinen guten Start bei Paula.«
»Ach ja? Erzähl jetzt endlich weiter.«

Beinahe drei Stunden hatte Maria erzählt. Immer war sie bis ins letzte Detail gegangen. Annette hatte ihr zugehört, sie kaum einmal unterbrochen. Lediglich einmal war sie wortlos aufgestanden, hatte sich auf Maria gestürzt, die mitten in einem Satz war, und hatte diesen mit einem ewig langen Kuss unterbrochen. Dann biss sie Maria noch ins Ohrläppchen, nahm ihren alten Platz wieder ein und meinte, sie solle sich nicht so leicht ablenken lassen und doch endlich weitererzählen.

Irgendwann kam Maria dann doch zu einem Ende. »Ja, und dann hat mich Paula nach Hause gebracht. Sie hat mich noch gefragt, ob sie dir nicht von meinen Gefühlen dir gegenüber erzählen sollte. Ich hätte ihr, was weiß ich, alles angetan, wenn ihr nur ein Sterbenswörtchen über die Lippen gekommen wäre. Zumindest hätte ich ihr Arme und Beine gebrochen, das ist sicher.« Maria lächelte kurz. »Du bist mir so abgegangen, seit ich in meine Wohnung zurückgekehrt bin. Paulas Einladungen waren dementsprechend eine große Wohltat. Da konnte ich dich immerhin sehen. Sehen konnte ich auch, wie du mit dem Verlust von Irene umgegangen bist, wie du dich immer mehr erholt hast, sodass irgendwann niemand mehr auf die Idee hätte kommen könne, du seiest mit unglaublichen Verletzungen im Sterben gelegen.«

Annette war aus dem Häuschen. Der Bericht war so liebevoll vorgetragen worden, so etwas hatte sie noch nie erlebt. Wie es Maria überhaupt laufend gelang, ihr neue Dimensionen zu eröffnen, was Gefühle und die Intensität von Gefühlen anbelangte. »Wieso hast du mir nicht schon eher deine Liebe offenbart? Warum hast du gezögert? Bitte sag mir das. Ich will das wissen.«

»Für mich, Annette, hätte es keinen direkten Weg zu dir gegeben. Ich habe mir das lange durch den Kopf gehen lassen. Und eine Lösung konnte ich nicht finden. Eine Freundschaft aus reiner Dankbarkeit hätte ich nicht gewollt. Das ist nichts für mich. Ich will um meinetwegen geliebt werden. Das kann ich nun tief in mir spüren, dafür bin ich unendlich dankbar, das macht mich glücklich.«

Annette war aufgestanden, hatte sich über Maria gebeugt, sah ihr mit ihren strahlenden Augen ins Gesicht. »Das ist tatsächlich so.« Kurz schluckte sie. »Nun möchte ich, dass du erforschst, ob ich Unterwäsche unter dem Kleid trage oder nicht. Bitte, Maria.«

Nervosität und gleichzeitig eine ungemeine Erregung nahmen von Maria Besitz. »Ich weiß nicht ...«

»Du weißt nicht, wie du das erforschen sollst?« Annette nahm Marias Hand und führte sie auf ihre Brust. »Schau her, so einfach geht das. Hab keine Angst. Ich liebe dich.«

Kapitel 16

Die Morgendämmerung war bereits weit fortgeschritten, als Annette Maria, die den Kopf auf ihre Brust gelegt hatte, sanft streichelte. Erschöpft lagen die Frauen auf dem zerwühlten Bett. Zigmal hatten sie in dieser Nacht miteinander geschlafen. Sie waren in eine Lust eingetaucht, die für Maria völliges Neuland darstellte, doch auch Annette hatte niemals zuvor so intensiv gefühlt, gespürt und genossen.

»Schläfst du, Annette?«

»Nein, wie könnte ich.«

»Dein Herz schlägt so ruhig. So regelmäßig. Es ist schön, es zu hören.«

Annette strich mit ihrer Hand über Marias Brüste, zwirbelte ein wenig an einer Brustwarze herum. »Magst du das? Ist das angenehm?«

»Du weißt das doch schon. Hör nicht auf ... hör nicht auf.« Die unglaublich sanfte und dennoch bestimmte Art, mit der Annette Marias hochempfindliche Brustwarzen zu berühren wusste, war wie ein Mysterium. Die Erregung, die gar nicht ganz abgeflaut war, baute sich bereits wieder auf. Marias Klit wartete ungeduldig auf Berührungen. Die kamen aber nicht von Annette, also ließ Maria ihre eigene Hand in die Tiefe gleiten.

»So, so, eine ungeduldige Frau habe ich hier bei mir. Wirst du wohl die Hand da wegnehmen.« Annette war es nicht entgangen, was Marias da eben begann. Ertappt zog Maria ihre Hand ruckartig zurück. Gleichzeitig öffnete sie ihren Körper jedoch weiter, ganz weit, einladend.

»Tu doch was«, hauchte sie, »tu doch endlich etwas.«

»Was denn?« Annette verstärkte ihre Berührungen der Brustwarze.

»Berühr mich.«

»Tu ich das nicht schon?«

»Nicht so.«

»Soll ich damit aufhören?«

»Nein, nein! Nicht aufhören!« Maria ächzte. »Tu noch etwas!«
»Sag es mir!«
»Führ mir einen, nein, nicht einen, zwei oder drei Finger in meine Vagina ein, und bitte streichle meine Klit, ich halte es nicht mehr aus …«

Annette zeigte Erbarmen, liebkoste Maria bald an allen erdenklichen Stellen, küsste sie und biss sie ins Ohrläppchen, just in dem Augenblick, in dem Maria in Wonne zerfloss.

Maria schrie ihre Lust laut hinaus, wälzte sich ungestüm hin und her, gab sich Annette hin, drängte sich an sie, küsste sie, stammelte unverständliche Wortfetzen, ehe sie sich völlig ermattet auf den Rücken fallen ließ.

»O Gott, du bist meine Annette.« Sie atmete noch immer schwer, als sie die Stille durchbrach, die wieder eingetreten war.

»Ja, ich bin deine Annette«, flüsterte ihre Geliebte die Worte zurück.

So, wie sie lagen, schliefen sie bald ein. Völlig übermüdet. Knapp nach ein Uhr zu Mittag wurden sie Arm in Arm wach. Sie lächelten sich an, zogen sich wie auf Kommando hoch und sprangen aus dem Bett. Sie wollten wieder einen Tag genießen. Gemeinsam. Das musste niemand mehr aussprechen.

Als sie beide schließlich den Kaffee in Händen hielten, warf sich für Maria plötzlich eine Frage auf. »Sag, Annette, was hast du eigentlich in der nächsten Zeit vor? Wie soll es denn bei dir weitergehen? Wirst du dich nach einer Arbeit umsehen?«

Annette, die eben genüsslich von ihrem Kaffee getrunken hatte, sah auf und wiegte ein wenig gedankenverloren ihren Kopf. »Ich habe das tatsächlich vor. Ich möchte mich nach einer Betätigung umsehen, doch ich kann zurzeit nirgendwo einen Platz sehen, der für mich geeignet wäre. Weißt du, Maria, ich bin eigentlich recht hoch qualifiziert, habe eine fundierte betriebswirtschaftliche Ausbildung und sogar ein Doktorat.«

»Ich weiß das. Dass du in so jungen Jahren schon eine Dissertation abgeschlossen hast, finde ich übrigens bewundernswert.«

Annette lachte kurz auf. »Ich habe mir die Dissertation übrigens nicht irgendwie erschwindelt, irgendwo etwas abgeschrieben, wie man das heutzutage so oft hört. Nein. Irene und ich haben gemeinsam gewerkt wie die Streber. Wir waren unglaublich fleißig und haben uns wirklich in die Arbeit verbissen. Jetzt aber kann ich mir nicht vorstellen, in einer Bank zu arbeiten oder in einem Amt. Da könnte ich nicht mit der Dynamik tätig sein, die ich mir selbst für mich wünsche.«

»Dann solltest du dich selbstständig machen.«

»Und als was?«

Maria wiegte den Kopf. »Keine Ahnung, aber denk darüber nach.«

Annette schmunzelte. »Werde ich.« Sie griff nach Marias Arm. »Wie sieht es denn bei dir aus?«

»Ich bin arbeitslos. Das werde ich noch ein, zwei Wochen bleiben, dann habe ich vor, mich am anderen großen Krankenhaus der Stadt zu bewerben. Ich weiß zufällig, dass die einen riesigen Bedarf an Pflegekräften haben. Aus Altersgründen ist denen in den letzten zwei Jahren beinahe ein Viertel aller Krankenschwestern und Pfleger in den Ruhestand gegangen, und jetzt gibt es ein Loch, das schwer zu füllen ist.«

»Möchtest du tatsächlich dorthin?«

Maria nickte. »Ja, schon. Weißt du, mir ist das ziemlich egal, wo ich arbeite. Es gibt immer hilfsbedürftige Leute, die man betreuen kann, und das mache ich eben gerne. Ich strebe ja keine Karriere an, will nicht in der Hierarchie nach oben, eine Station leiten oder gar einmal Oberin werden. Es ist nicht meine Sache, mich in so einem Großbetrieb zu profilieren.«

»Dann wirst du aber immer Windeln alter Männer und Frauen wechseln müssen. Und ab und zu wirst du auch an so hoffnungslose Fälle wie mich geraten. Das wird dir sicher nicht erspart bleiben.«

»Ja, so ist das, und das ist keine schlechte Vorstellung für mich.«

»Und was wirst du machen, bis du dich im Krankenhaus bewirbst?«

Maria strahlte Annette nun an, sagte kein Wort, die aber verstand augenblicklich.

»Du möchtest die Zeit mit mir verbringen? Wie konnte ich nur fragen!«

»Ja, was für eine Frage, Annette. Natürlich. Du wolltest mich doch auch noch weiter kennenlernen. Gerne gebe ich dir dazu die Gelegenheit.«

»Dann ziehe ich für die nächsten vierzehn Tage bei dir ein. Für mindestens vierzehn Tage. Und ich weiß gar nicht, ob ich dann wieder ausziehen werde.«

Maria konnte es gar nicht fassen. Die Sache nahm einen Verlauf, den sie sich im Leben nicht erträumt hätte. »Ja?«, fragte sie noch ein wenig zweifelnd.

»Ja. Ja. Ja! Ich will bei dir sein. Wir werden hier gemeinsam wohnen, kochen, lesen und ...«, Annette machte eine Pause. »Komm, Maria, wir gehen jetzt gemeinsam ins Bad und machen uns fertig für den Tag.«

»Ja?«

»Ja.«

»Wirst du etwas brauchen? Zahnbürste, Duschbad, Shampoo?«

»Alles, Maria. Alles. Ich habe nichts bei mir. Schließlich war das alles so nicht von mir geplant.« Annette lächelte Maria verliebt an. »Komm, gehen wir.«

Maria erhob sich und zog Annette mit sich fort. Im Bad angekommen, reichte sie Annette alles, was diese so brauchen könnte. Zuletzt legte sie ihr ein Handtuch und ein Badetuch in die Arme. »Soll ich dich jetzt allein lassen?«

»Wie kommst du denn auf die absurde Idee?«

»Na, ich weiß nicht.«

»Maria, nein. Wir können das Bad durchaus gleichzeitig verwenden.« Annette hatte sich flink von ihrer Bekleidung befreit. »Was ist? Ich will dich auch nackt sehen. Das willst du mir doch nicht etwa vorenthalten.«

Maria wusste nicht, was da nun auf sie zukommen würde. Eine derartige Intimität im Alltag hatte sie noch nie erlebt. Langsam entledigte sie sich ihres Kleides, zog es furchtbar umständlich aus und stand dann unsicher und dennoch erwartungsvoll vor ihrer Annette.

»Du bist eine unglaubliche Schönheit, Maria. Komm, lass dich umarmen.«

Wie eine Holzpuppe stand Maria nun unbeweglich vor Annette. Die lächelte bloß, drehte das Wasser in der Duschkabine auf und nahm Maria in den Arm. Lange küsste sie sie und konnte spüren, wie sich Maria kaum noch auf den Beinen halten konnte.

Marias Gedanken waren auf Achterbahnfahrt. Die Kontrolle über sich war ihr entglitten. Völlig verspannt stand sie da, dennoch nicht fähig, sich noch länger auf den Beinen zu halten. Bloß unglaublich glücklich und froh, sich an ihre Annette schmiegen zu dürfen, zu können, zu müssen. »Küss mich! Küss mich! Küss mich überall!«, brachte sie noch stöhnend hervor.

Annette zog nun Maria mit sich in die große Duschkabine, wo wunderbar warmes Wasser von der großen Deckenbrause strömte. Ohne Rücksicht auf irgendetwas umfasste Annette Marias nassen Körper und ließ mit großem Genuss ihre Hände über Rücken, Brüste und Po gleiten. »Du fühlst dich so wunderbar an, Maria.«

Maria stöhnte laut auf, als Annette begann, ihren Po zu kneten. »Mach weiter.«

Annette ließ augenblicklich los. »Du bist ein Nimmersatt. Wir sind hier zum Duschen, meine Liebe. Ist ja unglaublich. Auf welche Frau habe ich mich da nur eingelassen.« Sie lachte laut los.

»Ja, auf welche Frau hast du dich eingelassen. Das ist die Frage.« Maria gluckste vergnügt, nahm eine riesige Portion vom Duschgel und verteilte es über Annettes Bauch. »Ich bin so glücklich«, flüsterte Maria ganz leise in Annettes Ohr.

Sie verbrachten einen vergnüglichen Tag, lediglich Paula rief einmal ganz aufgeregt an, da sie sich Sorgen um Annette machte. Diese hatte nämlich völlig vergessen, ihre Schwester darüber zu informieren, dass sie nicht nach Hause kommen würde.

Jedenfalls klingelte Marias Festnetztelefon, als sie am Abend wieder in der Wohnung ankamen. Maria ahnte gleich, wer in der Leitung sein würde. Und die greifbare Sorge schmolz nach ein paar erklärenden Worten von Maria nur so dahin.

Paula ließ dann ihrer Neugier freien Lauf. »Ihr seid also jetzt ein Liebespaar. Wurde auch langsam Zeit. Sag, wie ist das genau?«

»Paula!«

»Na, man wird doch noch fragen dürfen. Also raus mit der Sprache. Habt ihr schon miteinander geschlafen? War es so wunderbar, wie du dir das vorgestellt hast?«

»Was ist das für ein Telefonat? Paula, du stellst Fragen, auf die ich dir nicht antworten kann.«

»Aber ein paar Andeutungen wirst du doch machen können. Bitte!« Paula war ganz euphorisch. Sie klang wie ein kleines Kind, das unbedingt mit einem großen Karussell fahren will und das man zwar lange zusehen lässt, dem man jedoch erst vor einem Augenblick die Hoffnung gemacht hat, dass es nun einsteigen könne.

»Soll ich den Hörer deiner Schwester weiterreichen? Vielleicht kann sie dir Auskunft geben.«

»Bist du verrückt? Doch nicht Annette. Wie sieht das denn aus, wenn ich sie nach ihrem Liebesleben frage.«

»Und mich kannst du danach fragen?«

»Ja, sicher.«

Maria lachte laut auf. »Also gut. Es war, es ist noch um einiges besser, wundervoller, schöner, als ich mir das in meinen kühnsten Träumen je ausgemalt habe. Reicht das?«

Paulas Herz schmolz dahin. Plötzlich kam ihr vor Augen, wie viel Sympathie und Freundschaft sie für Maria hegte, von Dankbarkeit, von der sie noch immer erfüllt war, gar nicht zu sprechen. Sie seufzte.

»Okay, ich will mal eure Intimsphäre respektieren. Vielleicht kannst du mir zumindest später einmal erzählen, wie sich alles so entwickelt hat. Es ist ja fantastisch. So, grüß bitte noch meine Schwester von mir. Ich freue mich schon auf ein Wiedersehen. Ciao.«

»Ciao …« Maria wollte noch etwas sagen, doch Paula hatte bereits aufgelegt. »Das war deine Schwester«, wandte sie sich an Annette, »ich glaube, sie ist im Freudentaumel, weil wir ein Liebespaar sind.«

Annette lächelte. »Wir sind ein Liebespaar.« Beinahe unhörbar flüsterte sie diese Worte. »Der Satz klingt wie Musik in meinen Ohren.«

»Sie war besorgt, weil du sie nicht informiert hast, dass du nicht nach Hause kommst.«

»Ist sie böse?«

»Aber nein, gar nicht. Sie ist so glücklich, dass wir zueinander gefunden haben, und neugierig war sie. Unglaublich neugierig. Am besten wäre gewesen, ich hätte ihr alles geschildert, was da im Bett schon so abgelaufen ist.«

Annette kicherte vergnügt. »Sie ist also tatsächlich neugierig. Kaum zu glauben.«

»War sie nicht immer so?«

»Aber nein, gar nicht. Am Anfang, als ich ihr eines Tages mitgeteilt habe, dass mich und Irene weit mehr als wissenschaftliches Interesse verbindet, war sie entsetzt. Dass ich eine Lesbe sein könnte, brachte sie völlig aus dem Häuschen.« Nochmals lachte Annette leise. »Weißt du, sie hatte irgendwie Angst, auch eine Lesbe zu sein. Die Vorstellung war für sie der Horror. Dabei hatte sie ohnehin ständig irgendwelche Beziehungen zu Männern.«

»Vielleicht sind die immer gleich in die Hose gegangen. Das kann einen schon verunsichern. Möglicherweise war sie sich nicht ganz sicher, was ihre Neigungen anbelangte. Und, wer weiß, vielleicht hat sie ja auch eine kleine lesbische Ader.«

Annette runzelte die Stirn. »Vielleicht ist da was dran.« Doch dann schüttelte sie plötzlich energisch den Kopf. »Nein, sie ist keine Lesbe. Gar nicht. Seltsam, dass sie solche Probleme damit hatte. Doch dann hatte sie eines Tages einen neuen Freund dahergebracht, einen lieben Kerl, der dann aber geschäftlich in die USA wechseln musste und mit Paula leider keine Fernbeziehung aufrechterhalten konnte. Dieser Alexander, so hieß er, hatte so ein lockeres Verhältnis zu Irene und mir. Schon nach kürzester Zeit war das so. Er hatte keinerlei Berührungsängste, behandelte uns einfach wie normale Menschen und war höflich, zuvorkommend und auf seine Art zurückhaltend liebevoll. Das hat sich bald auf Paula übertragen, und nach ein, zwei Monaten mit Alexander war Paula völlig ausgewechselt in ihrem Verhalten uns gegenüber. Dennoch hätte sie sich damals nie dazu durchringen können, eine lesbische Beziehung zu fördern. Nein, das hätte sie sicher nicht geschafft.«

»Findest du, dass sich Paula nach deinem Unfall stark verändert hat?«

Jetzt lächelte Annette breit und sah Maria liebevoll an. »Was meinst du wohl? Sie hat plötzlich so viele Dinge erfahren müssen, das geht doch nicht spurlos an einem vorbei.«

Maria seufzte. »Ich erinnere mich an ihren ersten Auftritt bei mir im Fünferzimmer. Kurz, aber bestimmt hat sie mich zur Schnecke gemacht, weil ich das mit dem Doch-nicht-sterben-Lassen von dir angezettelt hatte. Und ich erinnere mich auch daran, wie ich sie wenige Minuten später umpolen konnte.«

»Die Geschichte kenne ich. Die höre ich von Paula in regelmäßigen Abständen. Immer habe ich den Eindruck, dass sie meint, sie hätte mir das noch nie erzählt. Das ist für sie sicher ein sehr traumatisches Erlebnis gewesen, dass ihr jemand nach ihrer eigenen Entscheidung, mich friedlich sterben zu lassen, nahegebracht hat, dass die Entscheidung vermutlich falsch wäre.«

»Das habe ich mitbekommen.«

»Sie ist dir heute dafür unendlich dankbar.«

»Annette, auch das weiß ich. Ich finde das übrigens besonders schön von deiner Schwester, dass sie das ausdrücken kann. Es zeigt meiner Meinung nach, wie sehr sie dich mag. Ich selbst habe ja keine Geschwister ... Ach, es muss wunderbar sein, so eine Schwester zu haben.«

»Ist es«, Annette zog Maria zu sich und küsste sie. »Komm näher, ich will dich erfühlen, Maria, sanft erfühlen.« Sie gluckste kurz. »Ich will dich erforschen. Bitte, lass mich das machen.«

Maria hob die Braue. »Ah, die Dame hat ein wissenschaftliches Interesse an mir. Das ist ja mal was ganz was Neues. Aber du wirst es ja nicht hier im Vorraum tun wollen. Wo soll das wissenschaftliche Programm also stattfinden?«

»Ein weiches Bett könnte hilfreich sein, denke ich.«

»Das denke ich auch.« Maria zog Annette mit sich ins Schlafzimmer.

Kapitel 17

Ein paar Tage später war die Lust der Frauen aufeinander nicht erloschen, doch zog es sie auch wieder hinaus in die Stadt. Annette zeigte Maria ihre Lieblingslokale, die sie vor dem Unfall gerne für ein Glas Wein oder Prosecco besucht hatte. Viel hatte sich nicht verändert, und dennoch war ihr das alles fremd geworden. Nicht ein Barkeeper oder eine Kellnerin war noch in Amt und Würden. Keiner der damaligen Stammgäste, die doch stets anzutreffen waren, hielt Hof oder lungerte herum, wie man das auch immer sehen wollte. Annette teilte das Maria überrascht mit und war gleichzeitig froh, dass es so war. Die Vergangenheit war abgeschlossen.

»Nichts hat sich hier verändert, seit ich das letzte Mal hier gewesen bin, und doch ist alles anders. Ich finde das seltsam.« Annette schüttelte den Kopf, als sie mit Maria das nun bereits vierte oder fünfte Lokal betrat.

Maria, die die übrigen bis zu dem Zeitpunkt aufgesuchten Lokale wenig einladend gefunden hatte, war nun begeistert. Die Spelunke, so musste man zu diesem Etablissement wohl sagen, besaß einfach sehr viel Flair. »Das Lokal hat etwas ganz Tolles an sich, Annette, hierher komme ich gerne wieder mit dir. Es lädt zum Verweilen ein.«

»Hast du Hunger? Das Essen war hier immer recht gut.«

»Ja, langsam bekomme ich schon Hunger. Es spricht nichts dagegen, einen Happen zu probieren.« Sie hatte bereits die Speisekarte in der Hand. Die Auswahl war nicht groß, die Zusammenstellung aber durchaus gelungen. Bei sehr moderaten Preisen fiel es dem Pärchen nicht schwer, etwas zu finden.

An den servierten Speisen gab es dann nichts auszusetzen. Maria unterbreitete sogleich den Vorschlag, dies als Stammlokal zu deklarieren.

»Willst du das wirklich?« Annette war sich nicht ganz sicher, handelte es sich bei diesem Ort doch um einen Verbindungspunkt mit ihrer Vergangenheit.

»Wieso denn nicht? Weißt du, ich habe keine Angst vor deiner Vergangenheit. Ich möchte dich auch nicht vor ihr fernhalten. Schließlich ist sie ein Teil von dir. Und mir gefällt es hier besonders gut, also spricht nichts dagegen, außer du selbst hast etwas dagegen einzuwenden.«

Annettes blaue Augen leuchteten vor Freude. »Ich habe nichts dagegen. Ich finde es schön, wenn wir hier öfters mal am Abend hereinschneien.« Sie hielt kurz inne. »Nimmst du mich auch in deine Welt dieser Stadt mit?«

»Dann wirst du dir ein Fahrrad zulegen müssen.«

»Was spricht dagegen?«

»Würdest du mit mir durch die Gegend fahren wollen?«

Annette zog Maria zu sich heran. »Solange du mir nicht davonfährst und ich hilflos in fremden Gegenden herumirren muss, sehe ich kein Problem. Natürlich müsste ich es zuerst ausprobieren, ob alles noch so läuft wie vor vielen Jahren.«

Maria schüttelte den Kopf. »Du hast ja keine Gleichgewichtsstörungen. Was soll dich also daran hindern?«

Am nächsten Vormittag waren die beiden Frauen schon unterwegs zu Marias Fahrradhändler. Erst wollte Annette noch nach Hause, um sich fürs Fahrradfahren entsprechend anzuziehen.

Auf Marias Nachfrage, wie denn so ihre übliche Fahrradkluft aussehen würde, sah sie an sich herab und meinte ein wenig verunsichert: »Also, das war immer davon abhängig, was ich vorhatte. Es konnte schon sein, dass ich einmal so unterwegs war, wie ich jetzt angezogen bin, sonst habe ich meist Jeans getragen.« Sie war sich sicher, dass die Antworten nicht die waren, die Maria von ihr erwarten würde, daher setzte sie gleich nach: »Es ist aber schon Jahre her, dass ich auf einem Drahtesel gesessen bin.«

Maria lächelte ein wenig mitleidig. »Ja, früher bin ich auch von Zeit zu Zeit mit Jeans unterwegs gewesen. Wenn es nur so zum Einkaufen ging oder so. Das ist aber Vergangenheit, und ich möchte nicht, dass du schlecht ausgerüstet auf ein Rad steigst. Man soll sich schon ein wenig schützen, denn stürzen kann jeder einmal, und da hilft dann die richtige Ausrüstung. Und da du offenbar gar nichts besitzt, was Fahrradbekleidung anbelangt, wirst du nicht nur ein neues Fahrrad, sondern auch gleich die entsprechende Ausrüstung dazubekommen. Ist das klar?«

Annette lachte. »Sonnenklar!«

Annette war schließlich erstaunt, was man beim Kauf eines Fahrrades alles beachten musste. Sie besaß überhaupt keine Vorstellung davon, welche Fahrradvarianten existierten. Und die Auswahl an Helmen, Handschuhen, Schuhen etc. war riesengroß. Als schlimm empfand Annette die riesigen Preisunterschiede. Da sahen manche Dinge beinahe identisch aus, ein Teil kostete jedoch dreimal so viel wie das andere. Für sie allein wäre es sehr mühsam gewesen, hier einzukaufen, doch mit der fachkundigen Beratung durch Maria und den Verkäufer hatte sie sich schnell für ein Fahrradmodell entscheiden können, und der Rest war in einer halben Stunde erledigt gewesen. Annette hatte sich für das ihrer Meinung nach schönste Rad entschieden. Maria hatte der Wahl gleich zugestimmt, da sie offenbar auch von der Qualität und von der Funktionalität her richtig gelegen war. Staunen rief bei Annette bloß hervor, dass sie das Rad dann nicht einfach mitnehmen konnte, sondern dass es erst auf sie, besonders auf ihre Körpergröße und ihr Gewicht, eingestellt werden musste. Und neue Reifen erhielt es auch noch, denn die, die aktuell montiert waren, waren laut Maria völlig ungeeignet. Daher suchte sie gleich neue aus. Für Annette war kaum ein Unterschied zu bemerken, doch Maria meinte bloß, dass sie den Unterschied sicher gleich spüren könnte. Die neuen Reifen würden ihr das Treten wesentlich erleichtern. Das war ein Argument, dem Annette nicht widersprechen wollte.

Kapitel 18

Vier Tage später war es so weit. Annette setzte sich das erste Mal auf ihren neuen Drahtesel. Natürlich war es auch bloß ein Fahrrad, dennoch hatte das Gerät gerade in Details nur mehr wenig Ähnlichkeiten mit jenem, das Annette vor vielen Jahren von ihrer Mutter zum Geburtstag geschenkt bekommen hatte. Maria war sehr zufrieden bei dem Anblick. Jetzt würde es sich bald zeigen, was man Annette zumuten konnte.

Von Annettes Kondition erwartete sich Maria nicht allzu viel, daher hatte sie für die erste Ausfahrt eine Route in den nahegelegenen Stadtwald ausgewählt. Mit seinen sanften Hügeln und den unzähligen verzweigten, gut asphaltierten Straßen wäre das sicher die beste Strecke, um sich ans Fahrradfahren zu gewöhnen. Wieder daran zu gewöhnen. Annette hatte Maria ja erzählt, dass sie als Studentin beinahe alle Wege mit dem Rad absolviert hatte. Und noch etwas hatte die Routenwahl bestimmt, zwar lediglich ganz in Marias Hinterkopf, aber dennoch: Sie würden nur knappe zwei Kilometer auf von Autos befahrenen Straßen zurücklegen müssen. Der Gedanke, Annette der Gefahr des üblichen Straßenverkehrs aussetzen zu müssen, war ihr zuwider. Zuwider war vielleicht nicht der richtige Ausdruck, sie hatte blanke Angst um sie. Um sich selbst machte sie sich überhaupt keine Sorgen, doch die Vorstellung eines zu nahe an ihre Annette heranfahrenden Autos bedingte sofort einen Schweißausbruch. Auf eine kleine Andeutung darauf hin lachte Annette bloß und meinte, sie werde schon auf sich aufpassen.

Strahlender Sonnenschein, Windstille und knappe zwanzig Grad Celsius waren jedenfalls eine Beigabe, die etwas unerwartet gekommen war, hatten doch die Wetterdienste noch stürmische Verhältnisse und reichlich Wolkenfelder vorausgesagt.

Als Annette dann endlich losfuhr – Maria hatte ihr nochmals alle Funktionen der Gangschaltung erklären müssen –, war Maria sofort klar, dass doch tatsächlich eine geübte Radfahrerin vor ihr herfuhr. Ein kurzes Stück der Straße konnten sie nebeneinander fahren, doch dann wurde der Fahrradweg eher eng, sodass Maria beschloss, hinter Annette zu bleiben und auf deren Schaltmanöver zu achten. Sie konnte sich genau erinnern, dass sie selbst einige Probleme gehabt hatte, von einem Dreigangrad auf eine Maschine mit einundzwanzig Gängen umzusteigen. Diese Probleme schien Annette nicht zu haben, ganz im Gegenteil, sie nutzte ihre Möglichkeiten voll aus und trat ordentlich in die Pedale, sodass sie beide mit recht hoher Geschwindigkeit durch die Gegend fuhren.

»Fahr nicht so schn…«, Maria wollte Annette eben ein wenig einbremsen, als genau das eintrat, was sie befürchtet hatte. An einer größeren Kreuzung, Maria und Annette hatten grünes Licht an der Ampel, fuhr ein junger Mann mit seinem Cabriolet einfach über die Haltelinie drei Meter nach vorne, unmittelbar vor die heranbrausende Annette.

»Das geht nicht gut, pass auf!«, schrie Maria und musste wie in Zeitlupe Annettes akrobatisches Ausweichmanöver beobachten. Trotz schlimmster Vorausahnungen ging dann doch noch einmal alles gut.

»Ist nichts passiert«, erklärte Annette strahlend zwischen zwei Bäumen hervor, bei denen sie zum Stillstand gekommen war.

Eine unbändige Freude in Maria wurde rasch von einer unbändigen Wut abgelöst. »Sie Arschloch! Sie Arschloch! Haben Sie keine Augen in Ihrem Holzkopf?!« Die Wut richtete sich auf den jungen Autofahrer, der noch immer an der roten Ampel, wenn auch viel zu weit vorne, wartete.

»Was regen Sie sich auf?«, gab er sich störrisch, »ist ja nichts passiert. Ich habe bloß die Haltelinie übersehen.«

»Sie haben meine Annette übersehen, Sie Volltrottel. Wissen Sie, was da hätte passieren können? Aber nein, das können Sie sicher gar nicht abschätzen mit dem Vakuum in Ihrer Birne.« Sie schüttelte den Kopf.

»Jetzt werden Sie mal nicht frech!«, antwortete der Mann, in dem nun langsam Zorn aufwallte.

»Frech? Frech sind doch Sie in Ihrer Ignoranz. Haben Sie noch immer nicht überrissen, was Sie da hätten anstellen können, wenn meine Annette nicht so geistesgegenwärtig reagiert hätte?« Nochmals schüttelte sie den Kopf und wandte sich an die blonde Beifahrerin, die verschreckt neben dem jungen Mann saß. »Suchen Sie sich doch einen neuen Freund, der da ist ein Arsch. Der taugt nichts. Lassen Sie sich diesen wohlgemeinten Rat geben.«

Der Mann war jetzt drauf und dran, den Wagen zu verlassen, doch das Auto hinter ihm begann zu hupen, da nun bereits die zweite Grünphase mit dem Streit vorüberzugehen schien. So zeigte er mit hochrotem Kopf Maria bloß den Vogel und brauste davon.

Annette hatte das Schauspiel wortlos verfolgt, und ein Gefühl tiefer Zuneigung stieg in ihr hoch, weil Maria derart furienmäßig agierte.

»So ein Arsch«, lautete Marias knapper letzter Kommentar, ehe sie sich wieder voll entspannte. »Wow, wie du das geschafft hast. Annette, ich hätte nicht gedacht, dass das noch ohne Crash oder Sturz ausgehen würde. Gratulation zu deiner schnellen Reaktion!« Maria grinste übers ganze Gesicht, rollte ganz nahe an Annette heran und küsste sie. Annette ging völlig in dem Kuss auf, den erst ein lauter Pfiff einer daherkommenden jungen Frau beendete.

»Na, das nenn ich einen ordentlichen Kuss, und noch dazu zwischen zwei Frauen mitten auf der Kreuzung. Toll.« Die Dame grinste breit, winkte Annette und Maria zu und war wieder dahin.

»Wir sollten weiterfahren, Maria, ich möchte gerne in den Wald.«

»Was hast du dort vor?«

»Wie, was hast du dort vor? Hatten wir nicht ausgemacht, in den Wald zu fahren?«

»Ich dachte, du hast etwas anderes im Sinn.«

Annette lächelte nun breit. »So? An was dachtest du denn, woran ich denken könnte? Kannst du mir das einmal erklären?«

Maria spürte, wie sie knallrot im Gesicht wurde. »Na, an nichts Besonderes.«

»An nichts Besonderes. Natürlich. Und das lässt dir jetzt die Röte ins Gesicht steigen, Maria. Nichts Besonderes lässt meine Liebste erröten. Sag, wie rot wirst du erst, wenn du an etwas Besonderes denkst?«

»Ich möchte mit dir schlafen.«

»Im Wald?«

»Wenn es geht, im Wald.«

»Siehst du, Maria, daran habe ich nicht gedacht, als ich mit dir weiter in den Wald wollte, aber ehrlich, die Idee, diese konkrete Idee hat etwas.« Sie drückte Maria nochmals ein Küsschen auf die Wange. »Los geht's!«

Die Idee ließ sich dann aber doch nicht in die Tat umsetzen. Das schöne Wetter hatte nicht nur Annette und Maria ins Freie getrieben, sondern auch zahllose andere Leute. Es herrschte dichter Fahrradverkehr, und Fußgänger drängten sich beinahe auf den Wegen. Auffällig war die Zahl der Kinderwägen, die an diesem gewöhnlichen Werktag durch die Gegend geschoben wurden. Annette hatte nicht weniger als vierzig innerhalb einer halben Stunde gezählt, und davon waren immerhin fünf Zwillingswägen. Nur ein Wagen war von einem Mann geschoben worden, eine traurige Sache, wie Maria es empfand und Annette sogleich darlegte.

»Wenn wir einmal Kinder haben, so schiebt sicher auch eine Frau den Wagen.« So lautete Annettes Kommentar, und der elektrisierte Maria beinahe. Noch nie hatte sie sich das Szenario ins Gedächtnis gerufen, gemeinsam mit einer Frau ein Kind zu bekommen. Und Annettes Satz hatte keinen Konjunktiv in sich, nein, das klang nach einem Fixpunkt in der Zukunft, wenn auch noch in einem nicht festgelegten Zeitraum. Maria überging den Satz nun aber, denn in Wahrheit hatte er sie so aufgewühlt, dass sie erst einmal alleine in einer ruhigen Stunde darüber nachdenken wollte.

Nach weit über einer Stunde Fahrzeit drängte Maria zu einer Pause. Der Sattel von Annettes Rad musste doch sicher noch drücken, etwas Erholung würde also sicherlich gut tun. Auf einer sonnendurchfluteten Lichtung fand sich ein alter knorriger Holztisch verbunden mit zwei schweren Bänken. Das war der ideale Platz für die erste Rast.

»Wie geht es deinem Po?«, wollte Maria gleich wissen, als sie es sich bequem gemacht hatten.

»Der Sattel drückt schon ein wenig, aber ich denke, ich werde mich an ihn gewöhnen können. Ein paar Streicheleinheiten könnte mein Hintern allerdings schon vertragen. Soll ich mich freimachen?« Annette grinste schelmisch.

Maria sah sich ein wenig perplex um. Tatsächlich war niemand zu sehen, und die Vorstellung, Annette unter freiem Himmel hier und jetzt vernaschen zu können, trieb ihr die Nässe in ihre Mitte. »Äh, ja, was meinst du, können wir uns hier ein wenig ins Gras legen?«

Annette lachte hell auf. »Maria, du bist eine lüsterne Frau«, erklärte sie theatralisch und mit einem Augenzwinkern. »Das gefällt mir übrigens. Aber ich denke, die nächsten Kinderwagen werden bald auftauchen.« Kaum hatte Annette den Satz beendet, bogen auch schon zwei Buggys um die Ecke. Geschoben von zwei Schwestern, unverkennbar. Beide mittelgroß, fest, mit riesigem Busen, den sie jeweils mit Stolz vor sich hertrugen, und mit markantem Gesicht, das eine glückliche und zufriedene Stimmung widerspiegelte. Die Kinderwagen steuerten zielsicher auf Marias und Annettes Holztisch zu. An ein intimes Miteinander war überhaupt nicht mehr zu denken.

»Guten Tag, dürfen wir hier Platz nehmen? Unsere Kinder haben Hunger und wollen gefüttert werden.« Das klang zwar bestimmt, aber wenig glaubwürdig, wie Annette fand, denn die beiden etwa gleich alten Kinder – ein blondes Mädchen mit milchweißer Haut und ein Bub mit dunkler Haut und krausem Haar, zwei besonders hübsche Kinder –, schliefen tief und fest. Von Hunger war da nichts zu sehen. Die Frau, die das mit dem Hunger gesagt hatte, fing Annettes Blick auf und verstand sofort. »Ja, jetzt schlafen sie eben einmal kurz, aber in zwei, drei Minuten sieht die Welt sicherlich ganz anders aus.«

Natürlich war genug Platz um den riesigen Parktisch, und so machten sich die beiden Frauen breit und richteten geschickt schon halb vorbereitete Mahlzeiten für ihre Kleinen her. Kaum waren sie fertig, da wachten die Kinder wie auf Kommando auf. Sie wollten schon zu heulen beginnen, da fiel ihr Blick auf das Essen, und ab diesem Zeitpunkt warteten sie geduldig, bis sie etwas bekamen. Mütter und Kinder waren ganz offensichtlich bestens aufeinander eingestellt. Alles ging mit einer stoischen Ruhe vonstatten, und nach dem Essen breiteten die beiden Mütter eine Decke aus, auf der die beiden herumkrabbelten. Auf der Decke blieben sie aber nicht lange, sondern erforschten vielmehr die Wiese. Die beiden waren dabei sehr einträchtig unterwegs, ständig in Beobachtung durch ihre Mütter, die aber nichts sagten, nicht einschritten und die kleinen Forscher nur machen ließen.

»Geht das immer so friedlich ab bei Ihnen?«, wollte Maria wissen, die alles genauestens beobachtet hatte. Annettes Satz Kinder betreffend hatte sich tief in ihr eingenistet.

»Nein.«

»Nein.«

Die Antworten kamen schnell nacheinander, waren kurz, klar und einhellig. Das machte Maria noch neugieriger.

»Wie ist es sonst?«

»Oft schrecklich. Ich kann es Ihnen gar nicht sagen.«

»Ja, von Zeit zu Zeit ist es furchtbar«, schloss sich die zweite Frau an, »doch alles in allem ist es einfach wunderschön, so ein kleines Kind zu haben. Die Freuden sind mit den Sorgen nicht zu vergleichen.«

»Das denke ich auch«, meldete sich Annette plötzlich zu Wort. »Du wirst sehen, Maria, wenn wir einmal so weit sind, dann werden wir das auch spüren. Mit Kindern ändern sich die Wertigkeiten im Leben etwas, dann haben andere Dinge plötzlich mehr Gewicht. Habe ich nicht recht?« Mit dem Nachsatz hatte sie sich an die Schwestern gewandt, die zustimmend nickten.

»Was machen die Väter?« Marias Frage platzte einfach so aus ihr heraus.

Die Schwestern blickten sich kurz an. »Ehrlich gesagt, was die beiden eben machen, das wissen wir nicht so genau. Wir erziehen gewissermaßen allein. Aber wir gehören zu den privilegierten Alleinerzieherinnen.«

»Und was heißt das?« Marias Neugierde stieg von Minute zu Minute.

»Sehen Sie«, legte eine der Frauen los, »der Vater von meinem Jakob ist ein nigerianischer Fußballprofi. Man kann das ja schon an der Hautfarbe und den Haaren meines Sohnes gut erkennen. Nicht dass der Vater Fußballprofi ist, aber woher er ungefähr kommen muss. Eskimo ist er jedenfalls keiner. Und als Fußballspieler zieht es einen einmal dahin, einmal dorthin. So ist das eben. Und dieses Herumwandern ist nichts für mich. So haben wir beschlossen, dass ich Jakob alleine aufziehe, es sein Vater aber an finanzieller Unterstützung nicht fehlen lassen soll. So funktioniert das auch. Und wenn es möglich ist, so bekommen wir auch Besuch. Das ist gar nicht so selten und dann sehr intensiv. Manchmal denke ich mir, dass Jakob mehr von seinem Vater hat als so manch anderes Kind, dessen Vater in derselben Wohnung lebt.«

»Und ich bin geschieden. Mein Mann ist in der Schwangerschaft davongerannt. Er kam mit der Situation einfach nicht zurecht. Er lebt als Techniker im Ausland und verdient sich dort eine goldene Nase. Von der bekommen wir reichlich ab. Seine Tochter sieht er aber bloß einmal im Jahr. Da geht es mir nicht so gut wie meiner Schwester. Wir sind Schwestern, müssen Sie wissen.«

»Ist nicht zu übersehen«, kommentierte Maria kurz.

»Warum aber sind Sie privilegiert?« Annette war das überhaupt nicht klar.

»Privilegiert im Vergleich zu anderen Alleinerzieherinnen. Ja, das sind wir wirklich. Da ist erstens einmal die finanzielle Absicherung. Wir kommen beide aus nicht ganz armem Elternhaus, und die Väter zahlen noch dazu brav, viel und regelmäßig …«

»Und gar nicht ungern, wie ich das so sehe«, unterbrach sie ihre Schwester.

»Das auch. Noch dazu sind wir nahezu gleichzeitig in die Situation gekommen, sodass wir kurzerhand beschlossen haben, uns zusammenzutun und gemeinsam zu wohnen und die Brut aufzuziehen. Das ist das wahre Privileg. Jemanden zu haben, der einen einmal unterstützt, gut zuredet, wenn es einmal gar nicht rosig zugeht, und der einen auch tröstet, wenn man traurig ist.«

»Abgesehen davon«, fuhr die andere fort, »ist es uns fast immer möglich, Amtswege, Arzttermine und so weiter einzuhalten, weil wir eben jemanden haben, der da ist und hilft. Wissen Sie, wir kennen Alleinerzieherinnen, die das alles nicht haben, die völlig vereinsamen mit ihrem Kind, die an oder unter der Armutsgrenze leben, die keinerlei Aussicht auf Verbesserung ihrer Situation haben. Das ist Hoffnungslosigkeit pur, und die ist schrecklich. Zwei solche Frauen unterstützen wir tatkräftig, eben nach unseren Möglichkeiten, aber so, wie wir es sehen, wirkungsvoll. Ehrlich, darauf sind wir stolz. Stimmt's, Annette?«

»Sie heißen auch Annette?«, fragte Maria bei der Angesprochenen gleich nach. »Das«, sie zeigte auf ihre Liebste, »ist nämlich meine Annette.«

»Sind Sie ein Paar?«, fragte die zweite Annette ein wenig zaghaft.

»Sind wir. Wir sind ein Liebespaar.« Das hatte nun Annette offen gesagt, mit unglaublichem Stolz in der Stimme, und es klang so wunderbar in Marias Ohren, so wunderbar.

»Dann sind Sie ja richtige Lesben!«

»Finden Sie das schlimm?« Maria nahm eine abwehrende Haltung ein.

»Aber nein. Wir selbst kennen bloß keine Lesben, werden aber stets für solche gehalten. Zumindest immer so lange, bis man uns als Schwestern erkennt.«

»Und ist das schlimm, für eine Lesbe gehalten zu werden?« Maria hatte immer noch etwas Abwehrendes in ihrer Haltung.

»Auch das nicht«, antwortete die andere Annette. »Ich habe mir das schon öfters einmal ausgemalt, wie das sein müsste, in den Armen einer Frau zu liegen und den weichen, angenehmen Körper zu spüren. Haben wir das nicht schon öfters besprochen, Franziska?«

»Haben wir, haben wir«, brummelte die vor sich hin und sah nach den Kindern, die nun schon ein wenig Abstand von ihren Müttern erlangt hatten, jedoch durchaus noch in Griffweite waren. »Nichts gegen Männer, aber einiges wäre vermutlich schöner und einfacher mit einer Frau. Ich könnte mir eine Frau als Partnerin schon vorstellen.«

Maria hatte sich vollständig entspannt. »Ich glaube, Sie gehören beide zu einer sehr seltenen Gruppe von Frauen. Da bin ich mir sicher. Denn so, wie sich mir die Sache darstellt, ist man entweder eine Lesbe oder eben hetero, vielleicht schon ein wenig bi, aber so offen für alle Optionen habe ich noch nie jemanden in irgendeinem Gespräch erlebt.«

»Das kommt doch bloß daher, dass wir uns mit der Sache schon auseinandergesetzt haben, das machen doch die meisten Menschen gar nicht. Und wir sind ja auch nicht selbst darauf gekommen, aber wenn es einem dreimal im Monat passiert, für eine Lesbe gehalten zu werden, dann beginnt man, darüber nachzudenken. Die meisten Menschen denken ja über gar nichts nach, müssen über gar nichts nachdenken, denn sie schwimmen in einem Strom der Selbstverständlichkeiten dahin, der sie gar nichts hinterfragen lässt. Vorurteilen sind so Tür und Tor geöffnet. Ist doch klar. Oder?«

»So habe ich die Welt noch nicht betrachtet«, warf Maria ein, »aber es ist vermutlich etwas Wahres dran an dem, was Sie sagen, wenngleich ich nicht glaube, dass die Leute nicht denken und sich mit nichts auseinandersetzen.«

»Ja, ja, so krass ist die Sache sicher nicht.« Die andere Annette kratzte sich gedankenverloren am Ohr, ehe sie fortfuhr: »Aber viele Leute denken nur sehr, sehr eingeschränkt, so will ich das einmal etwas höflicher ausdrücken. Und dabei nehme ich mich selbst gar nicht aus. So viele Dinge sind mir schnurzegal, bei manch einer Sache habe ich auch vorgefasste Meinungen, weil das in Wahrheit sehr bequem ist. Oder glauben Sie, Frauen wie wir, die heterosexuell sind, haben irgendetwas mit weiblicher Homosexualität am Hut oder mit Homosexualität im Allgemeinen? Doch sicher nicht! Und mit vielen anderen Dingen haben wir auch nichts am Hut. Ich sage bloß Saatgutmonopol.«

»Wie kommst du da drauf?«, wollte ihre Schwester wissen.

»Weil das weltweit ein riesiges Problem darstellt, das an den meisten Menschen beinahe spurlos vorübergeht. Da gibt es Firmen, die global die Hand auf verfügbarem Saatgut drauf haben und bestimmen, wer was wo züchten darf oder nicht. Vielleicht ein wenig überspitzt ausgedrückt, auch egal, ich habe das nur als Beispiel genannt, da fallen mir spontan noch hundert andere Dinge ein.«

»Ich bin da nicht anders als Sie.« Maria nickte. »Ich habe mir noch nie Gedanken über alleinerziehende Frauen gemacht. Ehrlich. Mir ist das Problem noch nie bewusst geworden, bis zu dem Zeitpunkt, als Sie es erwähnt haben. Freilich habe ich schon davon gehört, aber meine Ohren haben das Gehörte nie bis ins Gehirn kommen lassen. Verstehen Sie, was ich meine? Für viele Dinge ist man blind oder taub.«

»Weißt du, Maria, das macht man nicht absichtlich. Das ist ein wichtiger Mechanismus, den wir Menschen entwickelt haben. Man muss einiges im Leben ausblenden können, um sich auf das Wesentliche zu beschränken.«

»Ganz richtig, liebe Annette. Aber ist es nicht so, dass wir Menschen auch gerne Dinge ausblenden, nur weil es bequemer ist?«

Die andere Annette war aufgestanden und hatte die beiden Kinder eingesammelt, die aber schon wieder unterwegs zu neuen Abenteuern waren. »Es ist nett, mit Ihnen zu plaudern. Können wir das nicht irgendwann wiederholen?«

Maria und ihre Annette sahen einander kurz fragend an, nickten dann aber gemeinsam. »Gerne, sehr gerne.« Annette holte eine Karte aus ihrem kleinen Portemonnaie, das sie in der Tasche hatte, und reichte sie kurz Maria. »Stimmt das alles so? Paula hat sie mir geschenkt.«

Maria war von den Socken: liebevoll gestaltete Visitenkarten, gemeinsam für sie beide. Mit beiden Adressen und allem Drum und Dran. »Seit wann hast du die?«

»Erzähl ich dir später.« Annette reichte die Karte nun der anderen Annette. »So sind wir zurzeit zu erreichen. Kann sein, dass sich das in den nächsten Monaten ändert, aber jetzt ist alles so, wie es hier steht.«

»Danke«, erwiderte die Angesprochene mit einem Lächeln und zog nun ihre Karte aus der Handtasche. »Rufen Sie wirklich an. Wenn Sie einmal Zeit haben, können wir uns gerne treffen. Ich sag das nicht nur so dahin, ich meine das ernst.«

Maria warf einen Blick auf die Karte, die ihr Annette weitergereicht hatte. »Das sind kaum zehn Minuten zu Fuß von mir zu Hause. An der räumlichen Distanz sollte es also nicht liegen.«

»Maria, wir sollten jetzt weiterfahren, ich bekomme langsam Hunger, und wir haben ja noch einiges vor.«

»In Ordnung, meine Liebe. Es geht weiter!«

Maria und Annette verabschiedeten sich von den jungen Müttern und zogen wieder los. Maria fragte sich plötzlich, warum sie beim ersten Ausflug mit ihrer Annette gleich Bekanntschaft mit Leuten geschlossen hatte, und warum ihr das in all den Jahren des Alleinseins nicht ein Mal gelungen war, obgleich sie nie etwas dagegen gehabt oder sich verschlossen hatte.

Zwei Stunden später saßen Maria und Annette beim Essen. Annette hatte einen unbändigen Hunger. Die Vorspeise hatte sie bereits vertilgt, die hatte Maria gleich ausgelassen, da sie wusste, dass man in diesem Gasthaus unbeschreiblich gute Desserts bekommen konnte. Den Hinweis darauf wischte Annette mit der Feststellung vom Tisch, dass sie sicher auch noch eine Nachspeise schaffen würde.

Waren erst nur allgemeine Dinge über das Fahrradfahren Thema gewesen, so brannten bei der Hauptspeise plötzlich wichtige Fragen auf Marias Zunge.

»Sag, wie stellst du dir das mit Kindern vor? Ich möchte da deinen Standpunkt ein wenig genauer wissen, du scheinst ja ziemlich Konkretes im Kopf zu haben.«

»Ich habe mir keine konkreten Gedanken darüber gemacht. Wirklich nicht, Maria, aber wenn ich nur kurz nachdenke, so liegt gleich alles klar vor Augen. Es ist so, wie ich es heute schon gesagt habe: Wir werden Kinder haben, und das wird unser Leben stark verändern. Meinst du nicht?«

Maria lachte laut auf. »Na gut, dann stell ich mich auf diesen Gedanken ein.«

Später am Abend brauchte Annette dann doch eine Spezialbetreuung durch Maria. Die Beine mussten ein wenig massiert werden, der Po ebenso. Der verlangte auch nach einer Creme, hatte ihn der noch fabrikneue uneingefahrene Sattel ein wenig in Mitleidenschaft gezogen. Das war an einer deutlichen Rötung mit einer ganz seltsamen, beinahe herzförmigen Begrenzung zu erkennen, die Maria zum Lachen brachte. Und dieses Lachen stachelte Annette an, mit Maria eine Rauferei zu beginnen. Das war die erste Rauferei der beiden überhaupt und sicher nicht die letzte, wie sie viel später einhellig feststellen sollten, jedenfalls ging es richtig rund, und sie schenkten einander nichts. Annette hatte Maria irgendwann in einem festen Griff fixiert, im Schwitzkasten, wie sie es nannte, und bekam dabei eine Hand frei, die sie langsam aber sicher zwischen die Beine ihrer nun wehrlosen Gegnerin wandern ließ. Ein leises Stöhnen entwich Maria, als zwei Finger in ihre Vagina eintauchten und sanft ein Werk begannen, das die letzten Abwehrkräfte versiegen ließ.

»Wehr dich doch, Maria«, flüsterte Annette und legte die Kuppe ihres Daumens auf die Klit ihrer Geliebten. »Wehr dich doch, du bist doch so stark. Viel stärker als ich. Was ist?« Als sie nun Maria ins Ohrläppchen biss, war das für die einfach zu viel. Noch nie hatte sie einen stärkeren Orgasmus in ihrem Leben gehabt als in diesem Augenblick. Augenblick? Nein, es war für sie wie eine Ewigkeit. Annette machte keinerlei Anstalten, mit ihrer Behandlung aufzuhören. Mit Lust knabberte sie und biss sie an Marias Ohr herum, und die Finger ihrer Hand in Marias Mitte wussten genau, wie sie Marias Lust noch weiter steigern konnten.

»Ich kann nicht mehr! Annette, ich kann nicht mehr«, stöhnte Maria.

»Doch, du kannst noch, ich weiß das ganz genau.« Annette verstärkte ein klein wenig das Spiel der Finger, und Maria segelte nochmals höher, ganz unübersehbar. »Siehst du, es geht ja, man muss sich nur bemühen.«

Das mit dem »Bemühen« brachte nun wiederum Maria zum Lachen, und die Lust verebbte langsam, machte einem Gefühl des Glücks und der Geborgenheit Platz. Annette lockerte ihren Griff, das Spiel der Finger in Marias Scham war beinahe zum Erliegen gekommen, und das Ohr bekam nur mehr ganz sanfte Küsse ab.

»Du kannst mich wirklich besiegen, Annette. Unglaublich, wie du das machst. Und wie stark du bist. Das hätte ich dir nie zugetraut, dass du mich so wehrlos machen könntest.«

»Ich habe schon als Kind gerne gerauft. Vor allem mit Paula. Die war auch immer so wie du viel stärker als ich, und daher musste ich mich auf ein paar Tricks konzentrieren. Kann ich die anwenden, so hilft der Gegnerin die ganze Kraft nicht mehr. Ist mir heute bestens gelungen. Dass ich aber eine Hand dabei freibekomme, damit habe ich erst gar nicht gerechnet, und das musste ich dann natürlich schamlos ausnutzen.« Annette schmunzelte.

»Schamlos. Ja, schamlos. Das bist du.« Maria nahm ihre Annette in die Arme und küsste sie sanft. »So leicht werde ich mich aber nicht mehr besiegen lassen in der nächsten Zeit, das kann ich dir schon sagen. Ich bin gewarnt.« Maria hatte die Worte in Annettes Ohr geflüstert, kurz in ihr Ohrläppchen gebissen und nachgelegt: »Schamlose Person, ich liebe dich.«

Kapitel 19

»Wie geht es denn weiter mit uns beiden?«, fragte Annette beim Frühstück nonchalant mit vollem Mund. Ihr Butterbrot hatte sie mit einem Berg Erdbeermarmelade veredelt und ein riesiges Stück abgebissen. Zehn Minuten zuvor hatte ihr Maria noch den schmerzenden Po versorgt. Die Rötung nach dem Fahrradausflug war zwar verschwunden, aber die Schmerzen noch nicht ganz. Nun schien es ihr aber gut zu gehen, als sie gleich nochmals ins Brot biss. Erdbeermarmelade liebte sie seit ihrer Kindheit, und das würde sich wohl bis zum Ruhestand nicht ändern.

»Was meinst du damit?« Maria war damit beschäftigt, sich ein Stück Käse abzuschneiden. »Meinst du mit uns als Paar, oder meinst du so im Allgemeinen? Beruflich, wie auch immer?«

»Ja, beruflich. Wir haben das ja bereits angerissen. Wann gehen wir es tatsächlich an? Man muss doch an die Zukunft denken.«

»Ach, Annette, ich könnte den Rest des Daseins so mit dir verbringen, wie wir das zurzeit tun. Aber auf Dauer hätten wir vermutlich keine Freude mit so einem Leben. Nun, meine Pläne kennst du ja bereits. Ich werde mich bald wieder um eine Stelle als Krankenschwester umsehen. Im Stadtkrankenhaus, du weißt ja. Vielleicht rufe ich heute noch in der Personalstelle an und mache einen Termin aus.«

»Du möchtest wieder in ein Spital?«

»Ja, schon.« Maria schaute Annette ein wenig fragend an. »Was soll ich sonst machen? Das habe ich beinahe immer gemacht in meiner beruflichen Laufbahn. Du warst die einzige Ausnahme. Ich meine deine Betreuung bei dir zu Hause.«

»Würdest du das nicht lieber machen? Jemanden wie mich betreuen?«

Maria sah Annette liebevoll in die Augen. »Ich bin so froh, dass ich dich nicht mehr auf diese Art pflegen muss. Ich creme dir zwar schon sehr gerne deinen knackigen Arsch nach dem Radfahren ein, doch das, was früher war, das möchte ich mir bei dir in Zukunft sparen. Und ich denke nicht, dass ich so schnell einen Patienten oder eine Patientin finden könnte, der oder die so eine Vierundzwanzig-Stunden-Betreuung durch mich brauchen würde.«

Annette sah versonnen an Maria vorbei. »Ich glaube bloß, dass du außerhalb des Krankenhauses besser aufgehoben wärst. Ich hab das so im Gefühl.«

»Du hast es zwar erlebt, aber du kannst dich nicht daran erinnern, wie ich mich im Krankenhaus verwirklichen kann. Annette, wirklich, ich habe kein Problem damit, wieder in einem Spital zu arbeiten.« Sie nahm Annettes Hand in die ihre und streichelte sie sanft. »Was hast du denn für dich im Sinn?«

»Keine Ahnung. Bank. Ja, ich werde mich in einer Bank bewerben. Nicht dass das mein großer Traum ist, aber ich sehe das als Sprungbrett in eine selbstständige Tätigkeit.« Sie legte nun ihre zweite Hand auf die von Maria. »Weißt du, ich sehe mich als Unternehmerin. Nur kann ich die Branche noch nicht erkennen, in der ich tätig sein werde. Ich habe so viel über Betriebsorganisation und Betriebsführung gelernt und geforscht, und das Wissen hat mir der Unfall nicht aus dem Kopf geblasen, um es einmal drastisch auszudrücken. Ich kann mich noch an alles erinnern.«

»Wann wirst du mit der Sache beginnen?«

Annette wippte kurz mit dem Kopf hin und her. »In dieser Woche. Gleich in dieser Woche noch. Morgen oder übermorgen. Warum nicht?«

»Dann gehe ich es auch wieder an«, erklärte Maria und schob sich ein riesiges Stück Käse in den Mund.

Drei Tage später verließ Maria in einem wunderschönen Kleid ihre Wohnung. Annette war ganz hingerissen, wie schön ihre Liebste war. Und sie sah so furchtbar seriös aus mit der eleganten Ledermappe unter dem Arm, in der sie ihre Bewerbungsunterlagen verstaut hatte. Geburtsurkunde, Lebenslauf, alle nur erdenklichen Zeugnisse. Maria war sehr zuversichtlich, fanden sich in der Zeitung vom Vortag doch drei Annoncen, in denen das Stadtkrankenhaus erfahrene Pflegerinnen und Pfleger suchte.

Früher, als sie noch im Marienkrankenhaus gearbeitet hatte, war das Stadtkrankenhaus so etwas wie die Konkurrenz gewesen, in die man nie wechseln würde, nicht für viel Geld. Nun, viel mehr Geld war im weltlichen Haus ohnehin nicht zu verdienen. Die paar Euro mehr mussten auch erst durch eine geringfügig längere Dienstzeit erarbeitet werden. Annette hatte am Vortag schnell ausgerechnet, dass der Stundenlohn eigentlich identisch war.

Der erste Gedanke, der Maria beim Betreten des Hauses kam, war der, dass hier sicher niemand Pia zu ihr sagen würde. Sicher nicht. Seltsam kam ihr vor, dass der Geruch im Haus vollkommen identisch war mit dem des geistlichen Hauses. Ganz offensichtlich wurden die gleichen Putz- und Desinfektionsmittel verwendet. Auch architektonisch war kaum ein Unterschied zu spüren. Beide Häuser waren nicht mehr taufrisch, aber auch nicht altmodisch oder gar desolat. Und es musste derselbe Architekt gewesen sein, der beiden Häusern seinen gestalterischen Stempel aufgedrückt hatte. Das war am Zimmer der Oberin zu erkennen, das völlig identisch war mit jenem, in dem es den Eklat mit der Ohrfeige vor nun schon vielen, vielen Monaten gegeben hatte.

Diese Ähnlichkeit machte Maria unsicher, die Unsicherheit verflog allerdings sofort, als sie die Oberin erblickte, sah diese doch so anders aus als die von ihr geohrfeigte: eine dickliche, dennoch sehr hübsche und offenbar jung gebliebene Frau mit wachen Augen.

»Guten Tag, Frau Eisner, folgen Sie mir bitte.« Die Oberin war von ihrem bequemen Sessel aufgesprungen, um den Tisch herum gekommen und schüttelte Maria freundlich die Hand. Nach ein paar Minuten lockeren Plauderns kam die Oberin dann zur Sache.

»Nun, Frau Eisner, Sie wissen ja vermutlich, dass wir insgesamt vier Stellen zu vergeben haben. Eine auf der Chirurgie, eine auf der Onkologie und zwei auf der Palliativstation, die beiden sind aber schon recht harte Brocken, nicht für jede Schwester geeignet, da braucht es schon einiges an Erfahrung. Sie haben doch Erfahrung?«

Maria nickte.

»Würden Sie sich so eine Aufgabe auf einer Palliativstation zutrauen, wo es meist wirklich nicht ganz schön und mit Sicherheit zu Ende geht mit den Patienten und Patientinnen?«

»Sicher.« Maria war ganz entspannt. »Ich bin wirklich nicht völlig abgebrüht und gefühlskalt, aber ich kann mit solch schwierigen Situationen umgehen. Ich habe Übung darin.«

»So, so.« Die Oberin nahm die Bewerbungsunterlagen in die Hand, die Maria eher gedankenverloren am Tisch ausgebreitet hatte. Lange blieb sie bei dem Folder mit den Zeugnissen hängen. Da waren alle Zeugnisse seit der fünften Klasse des Gymnasiums gesammelt, und in allen Zeugnissen waren ausgezeichnete Leistungen ausgewiesen. »Warum haben Sie nicht Medizin studiert? Mit diesen Zeugnissen wären Ihnen Tür und Tor in ganz Europa offengestanden, Sie hätten sich den Studienplatz nach Ihrem Geschmack aussuchen können.«

»Das hatte ich auch vor, doch wollte ich vor dem Medizinstudium eine Pflegeausbildung absolvieren, denn die andere Seite der Patientenbetreuung kennenzulernen, war mir ganz wichtig. Und schon während dieser Ausbildung habe ich gesehen, dass das mein Metier ist und nichts anderes.«

Die Oberin gab sich unbeeindruckt und suchte weiter in Marias Unterlagen herum. Endlich schien sie gefunden zu haben, was sie gesucht hatte. »Ah, da ist es ja. Das Schreiben bezüglich der einvernehmlichen Auflösung Ihres Arbeitsverhältnisses mit dem Marienspital.« Sie sah es lächelnd an, ehe sie Maria offen ins Gesicht sah und frei heraus fragte: »Wie haben Sie es geschafft, dass die fristlose Entlassung in eine einvernehmliche Auflösung umgewandelt worden ist?«

Maria zuckte nicht einmal mit der Wimper. »Das war das Werk von Herrn Professor Kornthaler. Er hat sein Bleiben als Chef der plastischen Chirurgie davon abhängig gemacht, dass man das ändert. Frau Oberin, Sie dürften davon nichts wissen. Alle haben sich auf Geheiß der Leitung des Marienkrankenhauses diesbezüglich zu immerwährendem Stillschweigen verpflichtet.«

»Möchten Sie mir nicht genauer erläutern, wieso Sie fristlos entlassen worden sind?«

»Das, Frau Oberin, möchte ich nicht.« Maria sah der noch immer freundlich lächelnden Oberin weiter entspannt ins Gesicht, doch die Lust auf eine Stelle in diesem Krankenhaus sank beinahe von Sekunde zu Sekunde.

»Sie konnten Ihren Zorn nicht im Zaum halten und haben die Oberin geschlagen.«

»So war das nicht.«

»Sie leugnen also, die Oberin geohrfeigt zu haben?« Sie hob kurz die Brauen. »Und zwar so, dass sie zu Boden gegangen ist?«

»Das leugne ich nicht.«

»Was denn sonst? Wissen Sie, wir können hier keine Krankenschwester gebrauchen, die sich nicht unter Kontrolle hat.«

»Das ist es ja«, sagte Maria nun mit einem offenen Lächeln, das ihre Gesprächspartnerin völlig verunsicherte, »ich hatte mich unter Kontrolle. Ich musste das damals in der Situation einfach tun. Es war notwendig.«

Die Oberin nahm eine unsichere, abwehrende Haltung ein, als würde sie fürchten, nun auch gleich mit einer Ohrfeige rechnen zu müssen. »Das müssen Sie mir aber schon erklären. Da kann ich mir nun gar nichts vorstellen, was Sie in so eine Situation gebracht haben könnte.«

»Ah, so ist das. Ihre Informantin hat Ihnen wohl nicht erzählt, wie es zu der Ohrfeige gekommen ist. Sie sollten sie fragen. Wenn sie schon geplaudert hat, so hätte sie Ihnen doch gleich alles erzählen können. Das finde ich nicht nett von ihr, Sie so halb zu informieren. Von mir, Frau Oberin, werden Sie die Geschichte jedenfalls nicht erfahren, denn ich bin durch mein Versprechen gebunden, nichts davon zu sagen.«

»Frau Eisner, Sie werden verstehen, dass wir Leute wie Sie hier nicht gebrauchen können. Ich denke, Sie sind untragbar für unser Haus.«

»Nun, das verstehe ich natürlich ganz und gar nicht. Haben Sie sich denn auch erkundigt, wie ich mit Patienten und Patientinnen umgehen kann, oder hat sich bei Ihnen alles auf den Punkt mit der Ohrfeige konzentriert? Sie haben sich sozusagen auf das Wesentliche beschränkt. Na ja, als Oberin müssen Sie sich schon fragen, ob Sie nicht auch eines Tages eine abfangen von mir, wenn Sie mich einstellen. Hab ich recht?«

Das Lächeln im Gesicht war noch immer da, doch es konnte nun den Zorn kaum mehr verdecken, der in der Oberin brodelte. So hatte noch niemand mit ihr gesprochen, seit sie in diesem Amt war. »Zerbrechen Sie sich nicht meinen Kopf, Frau Eisner«, zischte sie. »Faktum ist, dass Sie schon einmal gewalttätig geworden sind und nicht einmal Schuldeinsicht zeigen. Das reicht für mich aus, Sie nicht zu nehmen.«

Maria, nun noch entspannter als zu Beginn des Gesprächs, sammelte ihre Unterlagen ein. »Sie haben die Entscheidung doch schon gefällt, als Sie von meiner Bewerbung erfahren haben. Und Sie wollten die brutale Schwester bloß einmal so zu sich holen, aus reiner Neugier.

Aus reiner Neugier, wie so eine Person wohl aussehen, wie sie auftreten und wie sie auf die sichere Absage reagieren würde. Stimmt doch, oder?«

Die Oberin fühlte sich ertappt. Tief im Inneren hatte sie Maria tatsächlich nur herbestellt, weil sie sie einmal sehen wollte. Kathrin Schenck, ihre alte Schulkollegin, hatte bei einem feuchtfröhlichen Klassentreffen die Episode lang und breit geschildert und auch den Namen der Schwester genannt, bloß über die Beweggründe hatte sie sich nicht ausgelassen, und die hätte die Oberin heute gerne erfahren. Und in Wahrheit natürlich nur aus Neugierde. Sie fühlte sich elend. Noch dazu, weil die hübsche junge Frau sie so entwaffnend offen ansah. »Ich kann nichts für Sie tun. Es tut mir leid.«

»Das muss es nicht, Frau Oberin, es muss Ihnen nicht leid tun. Ich möchte ohnehin nicht in einer Anstalt arbeiten, in der Sie als Oberin tätig sind. Seien Sie mir nicht böse, dass ich das sage, und natürlich gestehe ich Ihnen Fehler zu, Sie sind ja auch nur ein Mensch.« Maria atmete kurz durch. »Doch als Führungskraft so unprofessionell zu handeln, wie Sie es eben hier im Bewerbungsgespräch getan haben, das bereitet mir Unbehagen. Ich muss nämlich vermuten, dass das hier kein Einzelfall ist, und daher kann ich kein Interesse an einer der angebotenen Stellen haben. Es tut mir leid.« Maria war locker geblieben. Kein noch so kleiner Unterton von Zorn oder Verletzung schlich sich in ihre Worte, und das machte die Oberin völlig fertig, verwirrte sie. Sie konnte mit der Situation einfach nicht umgehen. »Sie wollen die Stelle gar nicht?«

Maria lachte kurz auf. »Na, ursprünglich wollte ich sie schon, jetzt aber nicht mehr. Ich suche mir lieber etwas anderes. Meine Freundin hat ohnehin schon gemeint, ich solle doch etwas Neues versuchen. Dem Rat werde ich nun folgen.«

»Sie sind mir also gar nicht böse?«, fragte die Oberin plötzlich unerwartet.

»Würde Sie das überhaupt interessieren?« Maria hatte sich erhoben. »Ich will Sie nicht länger aufhalten, Sie haben sicher noch viel zu tun.«

»Werden Sie dem nachgehen, wer das mit der fristlosen Entlassung ausgeplaudert hat?«

»Na, das war Frau Kathrin Schenck, meine ehemalige Stationsschwester, ist doch klar.«

Eine tiefe Röte überzog nun das Gesicht der Oberin, was Maria nicht entging.

»Nein, ehrlich, das lasse ich auf sich beruhen. Das ist nun einmal so. Vielleicht weist es mir einen Weg in eine andere Zukunft. Eine bessere Zukunft. Auf Wiedersehen.« Maria machte kehrt, wartete nicht mehr auf einen Gruß der Gesprächspartnerin, die irgendetwas Unverständliches vor sich hin brabbelte, und war schon draußen aus dem Zimmer.

Zügigen Schrittes machte sich Maria auf den Weg nach Hause. Doch schon nach ein paar Metern blieb sie an einem Fenster stehen, das in den großen, sehr schön gestalteten Innenhof des Krankenhauses führte. Schon zu der Zeit, als sie noch im Marienkrankenhaus gearbeitet hatte, waren die schönen, gepflegten Außenanlagen des Konkurrenzspitals Thema bei so manchem Gespräch gewesen. Im eigenen Haus hatte dafür nämlich niemand eine Hand, und es machte so manche Pflegekraft, aber auch so manchen Arzt traurig, dass man da Möglichkeiten ungenutzt liegen ließ, nur weil sich niemand um das Ambiente der Gebäude kümmern wollte. Maria hatte selbst die Anlagen noch nie gesehen gehabt, und sie war erstaunt, wie schön wirklich alles war, zumindest von dem Fenster aus betrachtet, an dem sie nun bereits mehrere Minuten stand.

Wehmut kam in ihr auf. Sie konnte spüren, dass sich eben tatsächlich eine Ära in ihrem Leben verabschiedet hatte. Nie wieder würde sie in einem Krankenhaus wie diesem als gewöhnliche Schwester arbeiten. Und das war eine Arbeit, an die sie sich rasch gewöhnt und die sie über Jahre gerne ausgeführt hatte. Niemals hatte sie sich dabei vor unangenehmen Situationen gedrückt, nie hatte sie es aber auch auf eine besondere Karriere in der Pflegehierarchie abgesehen gehabt. Das wurde ihr eigentlich in diesem Augenblick das erste Mal richtig bewusst …

»Entschuldigen Sie, brauchen Sie Hilfe? Kann ich irgendetwas für Sie tun?« Eine Schwesternschülerin, wie es an ihrer Tracht unschwer zu erkennen war, war stehen geblieben und sah Maria fragend an.

»Nein, danke.« Maria sah sich um, kurz erschrocken, weil sie so aus den Gedanken gerissen worden war, gleich aber mit Freude. Die junge Frau, sicher noch keine fünfundzwanzig, würde sicher eine gute Pflegekraft werden. Sie sah offenbar, was um sie herum vorging. Sie ging nicht an verloren herumstehenden Leuten vorbei, nein, sie hatte einfach gefragt, ihre Hilfe angeboten. Maria überlegte kurz, wie viele Leute wohl schon an ihr vorbeigelaufen waren, seit sie aus dem Zimmer der Oberin gekommen war. Da war reger Personenverkehr gewesen, doch niemand hatte es der Mühe wert gefunden, sie anzusprechen. Nicht, dass sie es erwartet oder gar gewünscht hatte, doch die Schülerin hatte es für notwendig erachtet, ganz einfach. Noch immer stand sie erwartungsvoll vor Maria, das »Nein, danke« war ihr vermutlich nicht genug Antwort gewesen. Das spürte Maria, und in dem Augenblick fiel ihr eine Antwort ein, die noch viel mehr beantwortete, als es sich die Schwesternschülerin vermutlich vorstellen konnte. »Nein, danke, ich brauche tatsächlich keine Hilfe, aber herzlichen Dank, dass Sie mich gefragt haben. Sollten Sie nach dem Abschluss Ihrer Ausbildung einmal eine interessante Stelle suchen, dann wenden Sie sich doch an das private Pflegeunternehmen Weiß und Eisner. Sie finden uns dann im Telefonbuch. Schneiden Sie sich Ihren schönen Zopf nicht ab, dann werde ich Sie bestimmt erkennen, und Sie haben die Stelle sicher.«

Eine tiefe Röte durchzog nun das Gesicht der Schülerin. »Meinen Sie das ehrlich? Ich hab doch gar nichts für Sie getan.«

»Aber Sie hätten etwas getan, wenn es notwendig gewesen wäre. Verstehen Sie mich? Das ist der Punkt.«

»Ich habe in einem Monat meine letzte Prüfung und, wenn alles gut geht, heute in acht Wochen meine Diplomfeier. Ich heiße übrigens Angela Paul.«

»Das merk ich mir«, lachte Maria nun, »Sie werden unser Engel sein, wenn Sie schon so heißen.«

Die Farbe im Gesicht der jungen Frau nahm noch an Intensität zu. »Ich muss wieder weiter. War nett, Sie kennengelernt zu haben.« Sie hielt kurz inne. »Ich rufe tatsächlich an, wenn ich mit der Ausbildung fertig bin. Weiß und Eisner, das merke ich mir. Ich mach das wirklich.« Der Nachsatz klang ein wenig fragend.

Maria nickte bloß und lächelte breit. Nicht nur, dass ihr die junge Frau tatsächlich willkommen sein würde, nein, in Gedanken nahmen die Überlegungen schnell konkretere Formen an.

»Machen Sie es tatsächlich«, bestärkte sie die vor ihr stehende Frau und wandte sich zum Gehen. Sie spürte ihren Tatendrang nun von Minute zu Minute wachsen. Sie musste diese Idee unverzüglich ihrer Annette mitteilen. Was würde die wohl dazu sagen?

Kapitel 20

»Weiß und Eisner! Wie das klingt.« Annette lachte laut auf. »Das klingt gut! Oder sollte es vielleicht Eisner und Weiß heißen?«

»Weiß und Eisner geht besser über die Lippen. Das habe ich sofort gespürt.«

Annette legte nun ihre Arme auf Marias Schultern. »Dann wirst du mir also den Vortritt lassen. Ist das schlimm für dich, an der zweiten Stelle zu stehen?«

»Solange mein Name neben deinem steht, ist mir alles recht. Also, was sagst du zur Idee selbst?«

Maria war aus dem Stadtkrankenhaus nach Hause geeilt, hatte Annette von der Straßenbahn aus angerufen, um zu erfahren, ob diese wohl zu Hause war, wollte sie ihr doch unbedingt den Plan gleich mitteilen. Und das bei einem Glas Sekt. Das war wirklich dringend nötig, darauf freute sie sich nun diebisch.

Annette hatte nicht nachgefragt, wie das Bewerbungsgespräch ausgegangen war. Sie war sich sicher, dass Maria den Posten bekommen hatte. Dass Maria aber so euphorisch angerufen hatte, brachte sie ein wenig zum Staunen und ins Grübeln. Vielleicht war alles ganz anders verlaufen, als Maria sich das erwartet hatte. Konnte sie gleich in einer besseren Position beruflich durchstarten? Das musste es wohl sein. Sogleich wurde es Annette aber bewusst, wie gering ihre Vorstellungen doch von den Strukturen der Pflegeberufe in einem Krankenhaus waren. Sie hatte sich noch nie näher damit auseinandergesetzt, und das wollte sie schnell nachholen. Sie würde Maria diesbezüglich ausquetschen.

Dass daraus nicht so bald etwas werden sollte, brachten die kommenden Minuten mit sich. In der Diele gab es für Annette einen kurzen, aber zärtlichen Begrüßungskuss, und noch dort, so einfach im Stehen, erläuterte Maria zwar aufgeregt, doch ganz schnell und präzise, wie die gemeinsame berufliche Zukunft aussehen könnte und gewiss auch würde. Maria war sich ihrer Sache sicher.

»Also, was sagst du zu meiner Idee? Sag doch was!« Maria wurde ungeduldig. »Bitte, sag was!«

Annette fiel erst einmal gar nichts ein. Auf so einen Überfall war sie nicht vorbereitet gewesen, und überdies stach ihr nun der Ausdruck in Marias Gesicht ins Auge. So hatte sie ihre Liebste noch nie gesehen. Das Aufgeregte machte sie ungemein erotisch. Man sollte jetzt gleich mit ihr ins Bett springen und das Berufliche kurz ausklammern.

»Wir sollten das ausklammern und miteinander schlafen«, rutschte Annette heraus, ohne dass es ihr wirklich bewusst war.

»Wie meinst du das mit dem Ausklammern? Annette! Ich will auch mit dir schlafen, aber kannst du mir nicht wenigstens nur kurz etwas zu meiner Idee sagen?«

»Hab ich etwas von Ausklammern gesagt?«

»O Gott! Annette! Du hast tatsächlich das Wort ›ausklammern‹ verwendet, aber es ist ja egal. Ich verspreche es dir, dass wir gleich miteinander schlafen werden, ich hab ja immer Lust auf dich. Aber musst du mich so quälen?«

Annette betrachtete weiter das Gesicht vor ihr. Das jetzt so unsichere Lächeln machte Maria schön wie nie. Nun musste sie aber gleich etwas sagen, sie wollte Maria auf keinen Fall verletzen, und in Bruchteilen von Sekunden wurde ihr auch bewusst, dass die Idee genial war. Sie könnten etwas gemeinsam ins Leben rufen, das sicher Zukunft haben würde und lange, lange interessante Aufgaben versprach. »Maria, großartig. Wir ziehen das durch. Ich bin dabei.«

Jetzt fiel ihr Maria um den Hals und jauchzte, so laut sie konnte. Sie drehte sich mit Annette einmal im Kreis, fasste sie gleich an der Hand und zog sie mit sich ins Schlafzimmer. »Komm, ich will jetzt wirklich mit dir schlafen, ich will dich spüren. Überall.«

Eine Stunde später stand Annette schweißgebadet auf, um zwei Gläser Prosecco zu holen. Als sie wiederkam, atmete Maria noch immer schwer. Sie hatte sich Annette so hingegeben, war von ihr, wie gefordert, überall liebkost, geküsst und verwöhnt worden, und ganz am Schluss waren ihr von Annette noch zwei große, vibrierende Metallkugeln in ihre Vagina eingeführt worden, die noch immer für einen wohligen Druck in ihrer Mitte sorgten und die Erregung nicht ganz abklingen ließen. Annette würde da noch etwas tun müssen. Ja, sicher. Möglichst bald.

Annette reichte Maria das Glas, sie stießen auf die Zukunft an, und Annette wollte schon wieder ins Bett springen, als sie sich es aber anders überlegte und Marias Bewerbungsunterlagen einsammelte. Die lagen verstreut am Boden, war die Mappe, die Maria noch immer in Händen gehalten hatte, doch in der Hitze des beginnenden Gefechts zu Boden gefallen und der gesamte Inhalt herausgesegelt.

Mit dem Packen Papier in den Händen stieg sie wieder ins Bett und lehnte sich an Maria. Die nahm gleich wieder eine Hand von Annette und führte sie in ihre heiße, feuchte Vulva. Annettes Hand wusste, was von ihr gefordert war, und streichelte zart durch die weichen Schamlippen und über die Klitoris, was Maria gleich noch stärker atmen ließ.

Mit der anderen Hand aber blätterte Annette weiter und war gleich bei den Zeugnissen gelandet. »Du warst eine Streberin, mein Schatz.« Das erste Zeugnis enthielt nur Bestnoten.

Maria antwortete nicht. Sie gab sich Annettes Hand hin, die ein wundersames Eigenleben entwickelt hatte.

»Du meine Güte. Da sind ja alle Zeugnisse gleich. Das habe ich noch nie gesehen, davon habe ich noch nicht einmal gehört. Nur Bestnoten! In allen Zeugnissen. Maria!«

Die hatte nicht zugehört, schrie nun ihren Orgasmus laut hinaus und biss Annette in die Schulter, sodass einige Zahnabdrucke noch fünf Tage später sichtbar sein sollten. Der Biss allerdings weckte Annette auf, sie warf die Papiere eher achtlos aus dem Bett und widmete sich intensiv Maria, der dieses Umsorgen noch weitere Freuden bescherte. Annette kam in den nächsten Minuten auch nicht zu kurz. Am Ende befreite sich Maria von den Lustkugeln und reichte sie weiter an Annette, die das Tragen von solchen Kugeln liebte und sich sicher nicht so bald von ihnen trennen würde.

Nach zwei eher hinabgestürzten Gläsern Prosecco hatten sich die beiden Frauen wieder gefangen. Nochmals kramte Annette Marias gesammelte Unterlagen zusammen und breitete sie vor sich im Bett auf.

»Schöne Zeugnisse, oder?« Maria sah Annette verliebt zu, wie diese alles durchforstete.

»Meine Güte, du hättest überall auf der Welt studieren können. Da bin ich mir sicher. Sag, warum hast du das nicht getan? Das ist ja beinahe eine Verschwendung.«

»Verschwendung!« Maria lachte belustigt auf. »Nein, so sehe ich das nicht. Annette, das hier sind bloß Zeugnisse. Ich gebe schon zu, dass sie wirklich gut sind und dass sie mir vermutlich Tür und Tor geöffnet hätten. Ich habe aber meinen Platz anderswo gefunden. Du weißt das. Du warst ja selbst unter meinen Fittichen. Und ich weiß selbst ganz genau, dass ich das wirklich gut kann und für mein Leben gerne mache. Auch wenn es für andere Menschen möglicherweise nicht nachvollziehbar ist, dass man mit dem Versorgen hilfsbedürftiger Menschen seine Erfüllung finden kann, noch dazu, wenn dazu auch das Wegputzen von nicht immer wohlriechenden Dingen zum Alltag gehört.«

»Hast du es nicht doch irgendwann einmal bereut, dich nicht anders entschieden zu haben, den Fuß beruflich in die große, weite Welt getan zu haben?«

»Beruflich nicht, Annette. Privat schon. Oft habe ich davon geträumt, dass mich eine Prinzessin von hier fortführt in eine glückliche Zukunft. So mit Lust und Liebe, wie ich es jetzt mit dir erlebe. Aber da ging es mir auch nicht ums Weggehen selbst, bloß habe ich nie damit gerechnet, dass ich hier in dieser Stadt auf einen Menschen wie dich stoßen könnte.« Sie machte eine kurze Pause und sah versonnen in Annettes Gesicht. »Nein, niemals. Dumm eigentlich. Meinst du nicht auch?«

»Gar nicht dumm.« Annette schüttelte den Kopf und sah Maria aus ihren strahlenden Augen warm an. »Ich kann dich nur zu gut verstehen. Ich dachte auch, ich wäre die einzige junge Frau hier in der Stadt, die sich zu anderen Frauen hingezogen fühlen würde. Daher habe ich mir schon überlegt, das Studium in einer anderen Stadt zu absolvieren. Wenn nicht die Uni hier so einen exzellenten Ruf hätte, was die Wirtschaftsfächer anbelangt, so wäre ich sicher auch in die Ferne gezogen …«

»Ohne Garantie, dass du dort die passende Partnerin hättest finden können«, unterbrach sie Maria.

»Das ist wohl richtig. Allerdings hätte ich dann meine wenigen dicken Freunde und Freundinnen aus Schultagen auch noch verloren. Und übrigens habe ich Irene gleich an einem der ersten Tage im Studium kennengelernt.«

»Wie ging das?«

»Ich war so ahnungslos, was das Organisieren des Studiums anbelangte, ich kann dir das gar nicht sagen. Und da war eines Tages Irene vor dem Studentensekretariat und machte auf mich den Eindruck, alles im Griff zu haben. Da habe ich sie angesprochen.« Annette lachte kurz auf. »Ehrlich, Maria, sie hatte noch weniger Schimmer davon als ich, hat auf mich aber ungemein kompetent gewirkt. Von dem Augenblick an haben wir alles gemeinsam gemacht.«

»Und euch ineinander verliebt …«

»Überhaupt nicht.« Annette drückte Maria ein Küsschen auf den Mund. »Hör ich da eine Spur von Eifersucht heraus?«

Jetzt wurde Annette mit einem Küsschen bedacht. »Nein, gar nicht. Ich bin bloß neugierig. Du hast mir schon so viel von Irene erzählt, und Paula hat sich ja auch schon lang und breit über eure Beziehung ausgelassen, aber noch nie hat mir jemand geschildert, wie alles wirklich begonnen hat. Immer gingen alle Erzählungen davon aus, dass ihr ein Liebespaar gewesen seid, doch das ist man üblicherweise ja nicht von Geburt an.«

»Zumindest waren Irene und ich noch Jungfrauen, als wir uns kennengelernt haben. Wie findest du das?«

»Wie soll ich das schon finden, Annette? Es zeigt doch nur, dass es für euch nicht einfach gewesen ist, Beziehungen einzugehen, eine Frau zu finden, mit der man die Jungfräulichkeit verlieren wollte.«

»Das stimmt. Und das war am Anfang auch ein wenig das Problem mit Irene. Sie hat Männer gejagt.«

»Sie hat was?«

»Sie hat Männer gejagt. Und ich musste bald mitmachen. Dabei hatte ich so gar keinen Bock drauf. Irene wollte einmal einen Mann kennenlernen, der auch sie reizen würde. Von einem Desaster ins andere sind wir dabei geschlittert. Nie war einer dabei, der uns gefallen oder gar gereizt hätte. Wie auch.«

»Bist du dir deiner lesbischen Neigungen damals noch nicht wirklich bewusst gewesen?«

»Und wie. Vor allem, wenn Irene und ich gemeinsam so ein Jagdwochenende vorbereitet haben, da haben wir uns gestylt und wunderbar sexy angezogen, da wäre ich manchmal gerne über sie hergefallen. Und sie über mich, wie sie mir später einmal gestanden hat. Auf der anderen Seite muss ich gestehen, dass ich überhaupt nichts gegen

Männer habe, und die Vorstellung, beim Richtigen auch die richtigen Gefühle entwickeln zu können, war durchaus in mir vorhanden.«

»Auch bei Irene?«

»Ja, auch bei Irene. Bald hatten wir in unserem Studentenkreis den Ruf der kühlen Schönen, die nur so mit Männern spielen. Und wir hatten Zulauf. Ordentlichen Zulauf.«

»Kann ich verstehen, ich hätte mich da auch angeschlossen …«

»Maria!«

»Na sicher!« Maria zuckte kurz mit den Achseln und nickte dann demonstrativ. »Also, wann ist es dann amtlich geworden, meine Liebe?«

»Vor einem Fest. Wir sind von einer Freundin zu einem sogenannten Wintergartenfest eingeladen worden. Ihr Vater hatte sich einen riesigen Wintergarten geleistet und den seiner Tochter für Festivitäten zur Verfügung gestellt – in seiner Abwesenheit, muss man hinzufügen. Er war oft wochenlang weg, beruflich im Ausland, ist auch egal. Wir waren jedenfalls nicht nur einmal dort, Irene und ich. Auch später noch, als wir schon ein offizielles Paar waren.«

»Annette, komm auf den Punkt.«

»Würdest du nicht Eisner heißen, wäre dein Name Neugier oder Ungeduld. Ja: Maria Neugier, geborene Ungeduld.«

Jetzt fiel Maria über Annette her und kitzelte sie, bis sie um Gnade bettelte. »Wirst du mir jetzt erzählen, wie es dazu kam, dass ihr euch eurer Gefühle bewusst geworden seid, besser gesagt: Wie ist es nun wirklich passiert?«

»Dazu muss ich vorausschicken …«

»Nicht schon wieder …«, Maria entfuhr ein Stöhnen.

»Wenn du mich ständig unterbrichst, wirst du es nie erfahren.«

»Bin schon still.«

»Ich muss vorausschicken, dass Irene einen herrlichen Busen hatte. Er war so wie deiner. Groß und so gut zu kneten und zu liebkosen. Wie gesagt, wie deiner.« Annette spürte schon wieder die Ungeduld in Maria wachsen. »Und sie hatte ein Faible für BHs, die man vorne schließen konnte. Nicht so wie du. Und vor der Party damals wollte sie sich eben herrichten und noch unter die Dusche springen, hatte schon alles bereitgelegt, ich war bereits gewaschen, geföhnt und habe in, ich gebe es zu, neckischen Dessous auf sie gewartet, brauchte nur mehr mein Kleid überzustreifen. Da klemmte plötzlich der blöde Verschluss.« Annette lachte laut auf. »Na, blöd war das gar nicht. Jedenfalls hat sie mich gebeten, ihr beim Öffnen zu helfen. Erfolglos habe ich mich bemüht. Dann wurde es mir zu dumm, und ich habe den BH wie ein Shirt nach oben geschoben. Irene war richtig erschrocken, und ihre Brustwarzen richteten sich im Nu auf. Da konnte ich nicht widerstehen, ich musste sie einfach küssen, die Brustwarzen, meine ich.«

»Wie hat sie reagiert?«

»Wie ein Schneemann in der Sommersonne: Sie ist dahingeschmolzen. Gleich hat sie meinen Kopf umfasst und mich an ihre Brust gedrückt. Dann hat sie mich hochgezogen, mir tief in die Augen gesehen und mich lange geküsst. Wir sind dann gar nicht mehr zur Party gegangen.«

»Unentschuldigt ferngeblieben.«

»So kann man es ausdrücken.«

»Dann hast du also ihre Brustwarzen vor ihrem Mund geküsst, zeitlich gesehen. Das finde ich ungewöhnlich.«

»Ja«, Annette wiegte den Kopf, »das stimmt so, auch wenn wir uns zur Begrüßung damals schon immer ein kleines Küsschen auf den Mund gedrückt haben, das sollte aber immer freundschaftlich ankommen, zumindest offiziell.«

»Bei uns war das ja ganz anders.«

»Richtig, Maria, bei uns war es so, dass du meine Tampons regelmäßig gewechselt und meine Scham rasiert hast, ehe du dich von mir zu einem Kuss hast verführen lassen.« Mit diesen Worten stürzte sich Annette auf Maria und nahm sie fest in einen Griff, aus dem sich Maria wieder einmal nicht befreien konnte.

»Lass mich los, du Bestie! Na warte, wenn ich dir entkomme, dann kannst du was erleben!«

Annette konnte Marias Brust mühelos mit ihrem Mund erreichen und senkte ihn auf eine der beiden schlafenden weichen Brustwarzen. Gleich war sie munter geworden, und Annette begann ein unglaubliches Spiel mit Zunge und Zähnen, einmal zärtlich, dann wieder beinahe brutal. Nicht eine Minute war vergangen, als Maria jede Gegenwehr aufgab und sich dem Spiel an ihr, wie nach bedingungsloser Kapitulation üblich, hingab.

Es war bereits sehr spät, als die beiden Frauen in Negligés gehüllt in der Küche standen und sich ein Abendessen kochten. Ihre Mägen knurrten. Die längste Zeit hatten sie keinen Gedanken an Essen verschwendet, und auch nicht an ihr gemeinsames berufliches Projekt.

Nun, da sie schnell, schnell Spaghetti mit Pesto zubereiteten und Maria eben eine Zwiebel für den geplanten Tomatensalat zerkleinerte, kam das Thema wieder zur Sprache.

»Sag mal, Maria, wie groß soll denn unsere Firma in der Zukunft deiner Meinung nach sein?«, wollte Annette wissen, als sie gerade feststellte, dass die Nudeln al dente waren.

Maria wischte sich die Tränen vom Zwiebelschneiden von der Wange und schniefte. »Das muss auf alle Fälle wachsen. Du wirst alles Organisatorische und Verwaltungstechnische übernehmen, vom Mieten eines Büros bis hin zur Wartung der Fahrzeuge, die wir brauchen werden.«

»Ich habe gar keinen Führerschein …«

»Du hast keinen Führerschein?« Ungläubig sah Maria ihre Geliebte an. »Dann sind wir schon zwei. Ich habe auch nie eine Fahrschule besucht. Da haben wir ein Problem. Das müssen wir lösen.«

Annette kicherte. »Zwei erwachsene, wie ich meine, weltoffene und gar nicht altmodisch wirkende Frauen, auch nicht im Greisenalter – und haben beide keinen Führerschein. Liebe Maria, wir müssen in die Fahrschule, sonst brauchen wir uns gar keine Gedanken über einen eigenen Betrieb zu machen.«

Maria konnte sich ein Schmunzeln nicht verkneifen. »Das, meine liebe Annette, wird gleich der erste Test für uns sein, ob wir auch außerhalb des Bettes und der Freizeit gut miteinander können oder nicht.«

»Das werden wir. Und ich weiß übrigens auch schon, wohin wir gehen sollten, welche Fahrschule wir besuchen werden, meine ich. Fahrschule ›Immerfroh‹, ganz am südlichen Stadtrand, die gehört nämlich einem Vetter von mir. Na ja, ein etwas entfernter Vetter. Meine und seine Mutter waren Cousinen.«

»Immerfroh! Ist das das Motto der Fahrschule?«

»Nein, Heinz, mein Vetter, heißt so mit Nachnamen. Und in Wirklichkeit ist er gar nicht so selten ein Griesgram, aber ein herzensguter. Schon während des Studiums hat er mich ständig gedrängt, bei ihm die Fahrausbildung zu machen. Aber immer ist etwas dazwischengekommen.«

»Ein großer, dunkler Mann?« Maria erinnerte sich plötzlich an den Namen und an das Gesicht, das besorgte Gesicht. Herr Immerfroh hatte sich bei Maria nur einmal kurz vorgestellt, war aber regelmäßig bei Annette vorbeigekommen, hatte einen Blick auf sie geworfen und sich detailliert alle noch so unwichtigen Neuigkeiten schildern lassen. Aufgehört hatten die Besuche erst, als Annette wieder zu Hause war.

»Ja, ein großer, dunkler Mann. Woher kennst du ihn?«

»Er hat dich immer im Krankenhaus besucht. Zu dir nach Hause ist er allerdings nie gekommen.«

»Das wundert mich gar nicht. Er hat nach einem Streit mit Paula geschworen, unser Haus nie mehr zu betreten.«

»Vielleicht ist es an der Zeit, das jetzt zu beenden und wieder Kontakt aufzunehmen. Völlig unabhängig von unserem dringend notwendigen Fahrschulkurs. Was sagst du dazu?«

»Du hast wohl recht. Auch solche Schwüre sollten ein Ablaufdatum haben. Es hat doch niemand etwas davon, wenn solche Dinge von vorgestern das Leben von heute beeinträchtigen und man sich möglicherweise nicht einmal mehr genau an die Umstände des alten Streits erinnern kann.«

»Wenn das immer so einfach wäre, dann gäbe es heute auch kein Drama namens Romeo und Julia. Die wären möglicherweise völlig anonym glücklich geworden, und niemand würde einen Gedanken an sie verschwenden.«

»Ach, Maria, ich liebe die Geschichte von Romeo und Julia. Kennst du übrigens die Oper von Bellini, die den Stoff zum Inhalt hat? Das ist meine Lieblingsversion davon. Magst du eigentlich Opern?«

Maria schüttelte den Kopf. »Ich war erst zweimal in der Oper, einmal in London, einmal in Wien, jedes Mal im Rahmen von Schulausflügen. Es hat mir schon gefallen, doch in Wahrheit kann ich nichts dazu sagen.«

»Ich weiß auch nicht viel darüber. Reizen würde mich die Sache aber schon. Kannst du dir vorstellen, mit mir zu den Salzburger Festspielen zu fahren, um dort eine abgefahrene Inszenierung irgendeiner berühmten Oper zu sehen?«

»Meine liebe Annette«, Maria hatte ihre Hand genommen, »wenn du meinst, dass wir das tun sollten, so wären Überlegungen bezüglich eines prosperierenden Betriebes sicher vonnutzen. Karten für Opernvorstellungen werden in Salzburg wohl nicht ganz billig abgegeben.«

Beinahe wäre die Pasta wieder kalt geworden bei all der Tratscherei, doch dann saßen sich die Frauen am Tisch gegenüber und ließen sich die Nudeln schmecken. Schweigsam. Jedoch nicht ohne Musik, für die Maria noch schnell gesorgt hatte. Annette hatte sie mit der Erwähnung der Oper auf die Idee gebracht.

Und sie blieben lange am Tisch sitzen, auch noch, als die Musik bereits verklungen war. Ernsthaft stürzten sie sich auf die Planung ihres zukünftigen Betriebes.

Kapitel 21

Der erste konkrete Schritt in das gemeinsame Geschäftsleben erfolgte dann jedoch noch am selben Abend.
»Heinz Immerfroh.«
»Annette Weiß.«
»Ich halt's nicht aus. Du bist's, Annette. Ist das schön, dass du anrufst. Wie geht es dir denn? Nicht schlecht, soweit ich das weiß. Ich habe ja meinen Informanten.«
»Ja, ich bin es. Und es geht mir tatsächlich nicht schlecht. Gut sogar. Nein, sehr gut. Besser könnte es gar nicht sein.«
Heinz lachte laut auf. »Also was? Bloß gut oder ausgezeichnet?«
»Besser als je zuvor.«
Heinz stiegen plötzlich die Tränen hoch. Sein Lachen erstarb im Nu. Er konnte kein Wort weitersprechen. Er hatte Annette immer gerne gemocht. Auch ihre Freundin. Ihr Name war ihm nur gerade eben entfallen. Zufällig hatte er von einem seiner Fahrlehrer von dem Unfall erfahren. Der war als Rettungsfahrer als Erster an der Unfallstelle, da er gerade eine alte Dame in ein Sanatorium transportieren hatte müssen. Plastisch hatte er vom Inferno erzählt, und auch davon, dass die Überlebende eine gewisse Dr. Annette Weiß wäre. Der Blitz hätte Heinz nicht ärger treffen können. Und so hatte er sich auf die Suche nach seiner Cousine gemacht, die andere, Paula, konnte er ja nicht anrufen, wegen des blöden Streits, der noch immer auf ihnen lastete. Und zu den Tränen mengte sich nun am Telefon ein unbändiger Zorn auf sich selbst, weil er sich davon hatte abhalten lassen, Kontakt zu seinen Cousinen aufzunehmen. Nicht einmal mit Annette. Was war da nur in ihn gefahren? *Heinz, du bist ein elender Hornochse.*
»Bist du noch dran?« Annette hatte Heinz schnauben gehört und konnte sich keinen Reim auf die Geräusche machen.
»Ja, ja! Annette, kannst du mir verzeihen, dass ich mich nicht um dich gekümmert habe, als es dir so schlecht ergangen ist?«

»Aber das ist ja gar nicht wahr! Du warst doch regelmäßig bei mir, als ich im Koma lag.«

»Woher weißt du das? Hast du das mitbekommen? Ich habe so etwas schon einmal gehört.«

»Blödsinn. Maria, meine Maria hat mir das erzählt.«

»Wer ist deine Maria?«

»Ach, genau, woher solltest du das wissen.« Sie schilderte nun lang und breit, wie sich alles nach ihrem Erwachen aus dem Koma abgespielt hatte. Beinahe eineinhalb Stunden brauchte sie für den Bericht, den sich Heinz mit wachsender Freude anhörte und dem auch Maria lauschte. Die war über manche Schilderung ein wenig erstaunt, nicht etwa deswegen, weil es die Unwahrheit gewesen wäre, nein, weil es eine subjektive Sicht von Annette darlegte, die ihr selbst so gar nicht bekannt war. Lediglich zwei-, dreimal unterbrach sie Heinz, weil er dem Geschilderten nicht folgen konnte. Maria brachte Annette ein Glas Wasser, sich selbst schenkte sie ein Glas Wein ein, was ihr einen wütenden Blick und einen Wink mit dem Zeigefinger einbrachte. Sofort korrigierte Maria ihren Fauxpas, was dann mit einem Küsschen belohnt wurde.

»Also, eine wirklich schöne Geschichte. Mit traurigem Beginn und glücklichem Ausgang. Sehr, sehr schön.« Heinz schüttelte den Kopf. »Und warum hast du mich eigentlich gerade heute angerufen?«

»Weil ich dich brauche. Wir benötigen deine Dienste. Wir haben beide keinen Führerschein. Das sollte sich zügig ändern, denn wir wollen gemeinsam ein Unternehmen aufmachen. Ein Unternehmen, das ambulante Pflege, Pflegehilfe, was weiß ich, was wir alles im Repertoire haben werden, anbieten wird. Und das wird ohne Transportmittel, sprich Autos, nicht gehen. Also kommst du ins Spiel.«

»Pkw oder Lkw? Bei Lkw ist Pkw automatisch dabei.«

»Lkw.« Annettes Antwort kam spontan.

»Gut, das übernehme ich selbst. Wann geht es los?«

»Morgen?«

»Morgen geht nicht. Übermorgen ist möglich. Um halb sieben in der Früh bei mir in der Fahrschule.« Heinz erweckte nicht den Eindruck, als wäre der Termin noch umzustoßen. In wenigen Minuten erläuterte er, was sie alles benötigen würden. Auch einen Preis nannte er. Der war eigentlich nur symbolisch, das war selbst Annette sofort klar, obgleich sie keinerlei Ahnung von Fahrschulkosten hatte. So billig war es üblicherweise bestimmt nicht. Noch dazu, weil er ihnen gleich eine Unzahl von Fahrstunden aufbrummte. »Wenn ihr tatsächlich sofort berufsmäßig fahren müsst, so kommt ihr da nicht drum herum. Dafür garantiere ich euch, dass ihr danach keine Angst vor dem Straßenverkehr zu haben braucht.«

Zwei Tage später standen Maria und Annette vor dem verschlossenen Tor der Fahrschule. Maria ärgerte sich, dass sie extra ein Taxi hatten nehmen müssen, weil sie zu spät aus dem Bett gekommen waren. Daran war zwar einzig und allein sie selbst schuld gewesen, hatte sie Annette doch so lange im Bett provoziert, dass diese irgendwann unbarmherzig über sie hergefallen und sie mit Haut und Haar vernascht hatte. Wow! War das schön gewesen! Die Zeit hatten sie dabei natürlich nicht mehr beachtet. Und da sie nicht zu spät kommen wollten und keine passende Busverbindung fanden, mussten sie eben ein Taxi nehmen. Der aufkeimende Ärger verflüchtigte sich aber rasch, als Heinz aus der Garage nebenan herauskam und bloß den Kopf schüttelte.

»War das nicht offensichtlich, wo ich zu finden sein würde? Ich hab die Eingangstür ins Büro nicht aufgesperrt, weil unsere Gerti, das ist die Sekretärin, erst in einer halben Stunde kommt.«

»Wer denkt denn, dass du nebenan bist.« Annette hatte ein breites Grinsen aufgesetzt.

»Und wo denkst du, müssen unsere Autos übernachten? In der Garage nebenan. Richtig geraten.« Sein Gesicht zerfloss ebenfalls in einem breiten Lächeln. Er nahm Annette in die Arme und drückte sie an sich. »Dass ich das noch einmal erleben darf. Ein Wunder!«

Annette löste sich aus der Umarmung und wollte ihm sogleich Maria vorstellen. Er aber winkte bloß ab. »Wir kennen einander. Guten Morgen, Schwester Maria. Wie geht es Ihnen?«

»Guten Morgen, Herr Immerfroh. Bestens. Es hat sich bloß ausgeschwestert, wenn man das so sagen kann. Und ich will nicht unverschämt erscheinen, aber könnten wir gleich per Du sein, sonst halte ich den Fahrkurs sicher nicht aus. Ich weiß das.«

»Ha! Ist in Ordnung. Heinz, mein Name.« Er schüttelte Maria noch einmal überschwänglich die Hand. Dann wurde er gleich ernst. »Pkw oder Lkw?«, stellte er die Frage nochmals in den Raum.

»Lkw.« Wieder kam Annettes Antwort unverzüglich. Maria nickte zustimmend.

Heinz wiegte ein wenig unsicher den Kopf. »Also gut. Aber heute geht es dennoch mit einem Pkw los.«

»Na gut, dann aber mit einem richtig schönen großen Auto, mit so einem halt, das ordentlich viel PS hat.« Annette sagte dies mit einem Lächeln im Gesicht und einem gewissen Enthusiasmus.

»Ich dachte ohnehin in erster Linie an einen Sportwagen.« Heinz blieb bei seinen Worten völlig ernst.

»Wirklich?« Annette rieb sich erfreut die Hände. Sie war mit Maria am Arm hinter Heinz in die Garage getreten. »Da ist ja nirgendwo ein Sportwagen.«

Heinz betätigte eine Fernbedienung, und die Türschlösser an einem alten, kleinen Toyota sprangen auf. Die Blinklichter leuchteten kurz, so war nun auch den beiden Frauen klar, wie der »Sportwagen« aussah.

»Das ist also euer Formel-eins-Bolide. Mit dem habt ihr sicher schon so manches Rennen gewonnen. Ist es nicht so, Heinz?« Maria hatte ein süffisantes Lächeln aufgesetzt.

»Du sagst es.«

»Ah, das ist eure Art, mich zu verschaukeln.« Annette gab sich beleidigt.

»Jetzt aber mal im Ernst!« Heinz hatte sich vor Annette aufgebaut. »Glaubst du wirklich, dass ich dir in der ersten Fahrstunde ein Geschoss mit dreihundert PS unter den Hintern setze?«

»Ich dachte bloß, es könnte ja …« Annette brach ihren Satz ab. Sie war ein wenig beleidigt.

»Maria, du beginnst. Annette soll sich vom Rücksitz aus auf die neue Situation einstellen.« Er wandte sich an Annette. »Pass gut auf, was ich deiner Maria nun erklären werde. Ich möchte nicht zweimal predigen müssen.«

»Aye, aye, Sir!«

Eine Viertelstunde später kurvte Maria bereits durch die Vorstadt. Heinz hatte besonders verkehrsarme Straßen ausgesucht, was Maria sehr entgegenkam. Sie fuhr langsam und besonnen durch die Gegend. Alles, was Heinz ihr dargelegt hatte, war fix in ihrem Kopf verankert. Mit dem Straßenverkehr und seinen Regeln hatte sie ohnehin keine Probleme. Wer jahrelang wie Maria tagtäglich mit dem Fahrrad unterwegs war, dem war keine Situation fremd.

»Kannst du nicht schneller fahren?«, meldete sich Annette vom Rücksitz aus zu Wort.

»Du hast vermutlich einen dringenden Termin«, antwortete Heinz für die eigentlich angesprochene Maria. »Wenn nicht, so lass Maria fahren, wie sie es eben tut. Das passt mir nämlich bestens. Schon lange nicht habe ich eine Schülerin gehabt, die ihre erste Fahrstunde so bravourös absolviert hat, wie Maria dies gerade tut.«

»Danke«, kam es von Maria.

»Das ist so, weil sie eine Streberin ist. Du musst wissen, dass sie seit dem Gymnasium immer nur Bestnoten in all ihren Zeugnissen aufzuweisen hatte.«

»Annette, halt doch einfach mal dein Plappermaul! Ich muss mich konzentrieren.«

»Entschuldigung.« Annette schwieg. Sie achtete nun auf Marias Fahrstil. Diese fuhr zwar eher langsam, indes schien sie sehr sicher unterwegs zu sein. Es wirkte routiniert. Und das nach einer knappen halben Stunde Fahrzeit.

Annettes erste Tat am Steuer wirkte weniger besonnen oder routiniert. Mit Freuden trat sie aufs Gaspedal, und schon flogen zwei eben geleerte Mülltonnen, die neben der Straße abgestellt waren, durch die Luft.

»Ups!« Annette sah ein wenig verunsichert zur Seite auf den Fahrlehrer. »Der Rostkübel hat ja mehr PS, als ich dachte.«

»Ja, und wem ist es eigentlich eingefallen, Mistkübel in die Boxengasse zu stellen?« Heinz schüttelte den Kopf. Er war über sich verärgert, da er nicht genug aufgepasst hatte. Seit Jahren hatte er so eine Situation nicht zugelassen, und dann gerade bei seiner Cousine. Ärgerlich!

»Ist ja nichts passiert.« Annette machte plötzlich ein unschuldiges Gesicht.

»Die Mülltonnen hätten auch Kinder sein können.« Heinz seufzte. »Ich hätte das nie zulassen dürfen. Es war meine Schuld.«

»Es ... es tut mir leid«, sagte Annette nun sehr ernst und sehr kleinlaut. Augenblicklich änderte sich ihre Haltung im Fahrzeug. Waren vor einigen Minuten noch Abenteuerlust und Neugier Motoren für den Eifer gewesen, war es nun auf einmal nur mehr der Wunsch, eine sichere Autofahrerin zu werden, auf die sich jedermann im Straßenverkehr verlassen konnte.

Bereits vor dem Ende dieser ersten Fahrstunde fiel dies Heinz und sogar Maria auf, und sie lobten Annette.

Zwanzig Fahrstunden hatten die beiden bereits absolviert. Heinz war sehr zufrieden mit beiden. Allerdings waren sie bis zu dem Zeitpunkt nur mit verschiedenen Pkw unterwegs gewesen. Erstaunlich war für ihn gewesen, dass sich beide Frauen so schnell auf die unterschiedlichen Modelle hatten einstellen konnten.

Den theoretischen Teil der Fahrprüfung hatten sie abgelegt, Maria mit der maximalen Punktezahl, was ihr einen Biss ins Ohrläppchen und ein gehauchtes »Streberin!« einbrachte. Annette hatte es eben gerade einmal so geschafft. »Geschafft ist geschafft«, lautete ihr Kommentar dazu. Doch insgeheim war sie sehr froh, nicht noch einmal all die saublöden Fragen, so kam es ihr vor, durchackern zu müssen.

Nun war es so weit. Heute ging es los mit dem Lkw. Maria wollte gleich als Erste loslegen. Die Aussicht von so hoch oben auf die Straße ließ sie gleich euphorisch werden, und so gab sie ordentlich Gas.

Rums. Schon stand das Fahrzeug still. »Was war das jetzt für ein Scheiß?« Marias kurzes Statement dazu war weniger eine Frage als ein Fluchen.

»Ja, was war da wohl der Scheiß?« Heinz lachte und deutete auf den Telegrafenmasten, den Maria beinahe gerammt hätte. »So, liebe Maria, erste Lektion: Dieses Fahrzeug ist um einiges breiter als die Autos, mit denen du unterwegs warst. Merk dir das. Es hätte auch ein Mensch sein können, der da in deinem Visier gewesen ist.« Er drehte sich zu Annette um, die auf dem Rücksitz kicherte. »Und du merkst dir das auch. So wild, wie du schon in der allerersten Fahrstunde herumgekurvt bist, ist es angesagt, dass du besonders auf Abstände achtest. Wir werden in Zukunft noch mehr Augenmerk darauf legen.«

»Jawohl, Herr Feldwebel.«

»Pass gut auf, was du sagst, ich habe auch eine kleine Peitsche im Handschuhfach. Für die ganz Unbelehrbaren.«

»Du stehst auf SM?«, wandte sich Maria mit einem Grinsen an ihn.

»Du fahr lieber weiter, als dich mit meinen geheimen Sexfantasien auseinanderzusetzen.«
»Also doch SM!«
»Fahr einfach weiter!«

Kapitel 22

Vier Wochen später hatten beide Frauen ihren Führerschein in der Hand. Heinz war froh, dass er sie so streng rangenommen hatte. Aus beiden waren recht ambitionierte Fahrerinnen geworden. Die Prüfung selbst stellte für sie keine Herausforderung mehr dar.

Und noch etwas war passiert. Der dumme Streit von anno dazumal zwischen Paula und Heinz war ausgeräumt, allerdings nicht ohne Tränen. Paula war immer noch ein wenig verletzt, wenngleich sie nicht mehr zu sagen wusste, warum, und dann hatte ihr die liebe Art von Heinz, mit der er hinsichtlich des alten Vorfalls endgültig um Verzeihung bat, den Rest gegeben, sodass sie hemmungslos losweinte. Nun aber war alles wieder eitel Sonnenschein. Heinz und seine Uraltfreundin Martina – sie lebten wie ein altes Ehepaar miteinander, titulierten sich aber Dritten gegenüber immer noch als Freund und Freundin – waren nun ebenso regelmäßig Gäste in Paulas Haus wie Annette und Maria.

Bereits während der Fahrschulzeit hatte Annette begonnen, alle nur erdenklichen Informationen einzuholen, was das Jungunternehmen »Weiß und Eisner – Betreuung zu Hause« betraf. Der Name war Annette spontan eingefallen, sie und Maria hatten eines Abends fünf Minuten darüber gesprochen und sich sogleich dafür entschieden. Seltsamerweise existierte in der ganzen Stadt keine private Konkurrenz, lediglich das Rote Kreuz und eine öffentliche Pflegeinstitution der Stadt waren vorhanden. Alles Übrige ging in einem anonymen Graubereich vonstatten. Und vor allem vonseiten der Stadt war nichts anderes zu spüren als Erleichterung, dass endlich irgendwer auf die Idee gekommen war, auf den Markt zu stoßen.

Annette hatte schnell erkannt, dass sie zwar keine aktive Unterstützung zu erwarten hätten, auf der anderen Seite würden ihnen aber auch sicher keine Prügel zwischen die Beine geworfen werden. Ganz sicher nicht. Ein paar Dinge müssten sie allerdings schon beachten. Das machte die zuständige Stadträtin gleich beim ersten Gespräch klar: Alles müsse legal erfolgen, nur tatsächlich qualifiziertes Personal dürfe unter ihren Fittichen arbeiten, sie wolle niemals zu Ohren bekommen, dass Pflegerinnen aus Kasachstan oder aus der Mongolei zur Schwarzarbeit engagiert worden wären. Und mit Kontrollen vonseiten der Stadt sei diesbezüglich ständig zu rechnen. Enttäuscht gab sich die Stadträtin lediglich auf Annettes Hinweis, dass sie klein beginnen würden. Das Unternehmen solle ganz langsam wachsen. Annette wusste zu diesem Zeitpunkt bereits, dass sie keine Verträge mit irgendwelchen Kranken- oder Pflegekassen erhalten würden. Sie hatte persönlich überall vorgesprochen, ohne Erfolg. Das Szenario war immer das gleiche gewesen. Man gratulierte zur guten Idee, wünschte viel Glück, machte jedoch im selben Atemzug klar, dass die Pfleglinge direkt mit »Weiß und Eisner« abrechnen müssten. Eine angemessene Rückverrechnung wäre dann je nach Grad der Pflegebedürftigkeit möglich.

»Ich habe ein Büro gemietet. Das wird unsere Firmenzentrale sein.« Annette war damit herausgerückt, als sie und Maria nach bestandener Fahrprüfung in der Post ihre Führerscheine vorgefunden hatten und darauf mit einem Glas Weißwein anstießen.

»Bemerke ich da Eigenmächtigkeiten?« Maria hob die Augenbraue. Sie hatte in den vergangenen Wochen fasziniert Annettes Aktivitäten verfolgt. Ständig hatte sie etwas herausgefunden, neue Probleme auf den Tisch gebracht und diese sofort wieder lösen können. Annettes Eifer war enorm. Für Maria ein Zeichen, dass sie ihre Profession gefunden hatte.

»Ja, das war eigenmächtig. Ich gebe es zu.« Annette beugte sich zu Maria, die schon wusste, dass eines ihrer Ohrläppchen gleich eine Attacke hinzunehmen hätte. Die Attacke fiel allerdings recht zart und flüchtig aus, offenbar war der Drang, weiter zu berichten, größer. »Es ist kaum hundert Meter vom Haus entfernt. In einer Seitengasse. Gleich neben der Station vom 32er. Die aufgelassene Spenglerei mit dem Innenhof. Wir haben Parkplätze für fünfzehn Autos, wenn es sein muss. Die Räumlichkeiten sind bestens in Schuss. Und es war billig. Der Besitzer wollte nur keine Disko oder irgendetwas anderes in

Richtung Gastronomie. Wirte hätten ihm schon die Tür eingerannt. Die Schönheit des Innenhofs hat sich herumgesprochen.«

»Das war es schon?«

»Was meinst du damit?«

»Na, ist das Büro noch nicht eingerichtet? Haben wir noch keine funktionierende EDV? Sind Aufenthaltsräume, Umkleiden, Teeküche etc. bereits renoviert, ausgemalt, möbliert?«

»Ich ... dafür hatte ich noch keine Zeit, ich habe ja ohne dich nur einmal unter Vorbehalt zusagen können.« Annette klang verunsichert.

Maria lachte schallend los. »Ach, Annette, du bist mir eine. Komm, lass dich küssen. Komm her zu mir. Komm schon! Lass dich küssen.« Sie schaute Annette verliebt an. »Natürlich war das alles noch nicht zu bewerkstelligen. Schließlich kannst du ja nicht zaubern.« Sie hauchte Annette einen Kuss auf den Mund. »Obwohl, so sicher bin ich mir diesbezüglich gar nicht, mich hast du jedenfalls vollkommen verzaubert.«

»Ich dachte tatsächlich, dass du das erwartet hast.« Annette verdrehte die Augen. »Du kannst aber schon einen Ton anschlagen, der einen verunsichert. Wie sieht es denn übrigens mit dem Personal aus? Dafür bist ja du zuständig. Oder hast du das schon wieder vergessen?«

»Natürlich nicht, ich habe dir auch schon etwas mitzuteilen. Ich habe zwei Schwestern aus meinem alten Krankenhaus abwerben können. Beide wollen nach der Geburt ihrer Kinder nicht mehr zurück in das heilige Haus. Also kommen sie nun zu Schwester Pia.« Sie lachte laut los. »Meine Güte, heute finde ich es nur mehr amüsant, dass man mich Pia genannt hat.« Sie blickte Annette nun ernst an. »Früher konnte ich dem aber nichts abgewinnen, was mich zum Lachen hätte bringen können.«

»Wieso fällt dir das jetzt ein?«

»Weil eine der neuen Schwestern auch Maria heißt und daher ebenso wie ich umbenannt wurde. Walpurga. Da war ich mit Pia ja noch gut dran, finde ich.«

»Walpurga ist doch ein schöner Name.«

»Stimmt eigentlich.«

»Was ist mit der jungen Angela? Von der hast du neulich nach dem Vorstellungsgespräch doch so geschwärmt. Ach was! Die hättest du auch ohne Gespräch genommen. Die hat dich ja bereits im Stadtkrankenhaus um den Finger gewickelt. Ich finde sie übrigens auch ganz süß.«

»Soll heißen?«

»Soll gar nichts heißen. Oder doch. Sogar mir ist aufgefallen, dass sie unheimlich nett ist. Zudem wirkt sie kompetent für ihr Alter, und an Engagement wird es ihr auch nicht fehlen.«

»Bis zur ersten Schwangerschaft wird sie sicher unser heißes Eisen sein. Dann aber …«

»Maria! Was soll das? Das ist doch normal, dass junge Frauen Kinder bekommen. Ich glaube, es wird nur an mir liegen, sie durch einen guten Vertrag bald wieder in unseren Stall zu bringen.«

»Sie nennt sich übrigens Angela mit ›sch‹, nicht mit ›g‹, also so, wie Italiener den Namen aussprechen. Unser Engel. Ja, die hat das Zeug, unser Engel zu werden.«

»Wenn du das sagst.«

»Ich habe es im Gefühl. Üblicherweise täusche ich mich da nicht. Und sie hat den Führerschein schon seit einem Jahr.«

»Was für Gedankensprünge du manchmal hervorzauberst.«

»Ist ja nicht unbedeutend. Auch wir haben unsere Kärtchen seit heute in der Tasche.« Sie erhob ihr Glas. »Wollten wir nicht darauf anstoßen, meine liebe Annette?«

Die Investitionen, die Maria und Annette für die Gestaltung der Firmenzentrale zu tätigen hatten, waren enorm gewesen. Der Umbau des alten Gewerbebetriebes war viel teurer gekommen als geplant, da sämtliche Leitungen für Strom und Wasser dermaßen desolat waren, dass sie saniert werden mussten. Beinahe wären sie vom Mietvertrag zurückgetreten, hatten die Sache schließlich jedoch konsequent durchgezogen. Den Mietpreis hatte Annette drücken können. Sie war beinhart beim Hausbesitzer aufgetreten, und sie hatte Erfolg gehabt.

Der Fuhrpark war hingegen deutlich billiger gekommen, als Annette das nach anfänglichen Berechnungen erwartet hätte. Heinz war diesbezüglich ungemein hilfreich gewesen. Der Ankauf der fünf Pkw, die das Unternehmen in der Startphase benötigte, lief über seine Fahrschule. Er hatte beste Konditionen, die er weitergeben konnte, und er fädelte auch einen guten Deal mit der Versicherung ein. Die Kosten hatten sich auf diese Weise dramatisch verringert. Das wog das Pech mit den versteckten Mängeln im Haus mehr als auf.

Kapitel 23

Und dann war es eines Tages so weit. Sie hatten in einer Stadtzeitung inseriert. Ein kleines Inserat war es gewesen, doch einen Tag später rannte man ihnen bereits die Tür ein. Alles nahm seinen Lauf. Bald war klar, dass man das Personal würde aufstocken müssen. Annette bremste jedoch und warnte vor Euphorie. »Zuerst müssen wir gut etabliert sein, erst dann wird erweitert.«

Eine Woche nach der Geschäftseröffnung klopfte es an Annettes Tür.
»Herein.«
Die Tür ging ganz langsam auf. Ein Kopf erschien beinahe wie in Zeitlupe. Das dazugehörige Gesicht zierte ein breites Grinsen. »Bin ich hier richtig bei ›Weiß und Eisner – Betreuung zu Hause‹?« Ullrich Hartmann war nun mit einem Hechtsprung ins Zimmer gelangt. »Hallo Annette! Gratuliere zu der Wahnsinnsidee.«
Annette schoss aus ihrem Stuhl in die Höhe. »Die Wahnsinnsidee stammt von meiner wahnsinnig lieben Maria. Das kannst du dir vermutlich denken.« Sie umarmte ihn. »Schön, dich wiederzusehen. Wir haben uns in den letzten Monaten ein wenig aus den Augen verloren. Findest du nicht auch?«
Er wiegte mit dem Kopf. »Arbeit, Arbeit, Arbeit. Was soll ich sagen. Aber ich beklage mich nicht. Meine Ordination läuft so gut, wie ich es mir in den kühnsten Träumen nicht hätte ausmalen können. Und deshalb bin ich auch hier. Sozusagen ein geschäftlicher Anlass für den Besuch.«
»Geschäftlich? Tatsächlich?«
Ullrich zuckte mit den Achseln. »Ja, warum nicht. Ich möchte gerne mit euch kooperieren. Du weißt, ich habe mich auf die Betreuung von Pflegefällen spezialisiert. Der Run ist enorm. Doch meine Patienten benötigen oftmals weniger einen Arzt als jemanden, der sie pflegt. Ich sehe da Synergien …«

Annette prustete los. »Synergien siehst du da! Das klingt ja beinahe schon wissenschaftlich. Gibt es da wohl ausreichend Studien, dass wir das andenken können, oder richten wir uns einfach nach den Bedürfnissen der Patienten?« Sie war nun ganz nahe an Ullrich herangetreten und hatte ihm die Arme auf die Schultern gelegt. »Ja, da könnte es schon Synergien geben«, sagte sie liebevoll. Plötzlich drückte sie ihm einen Kuss auf die Wange, um ihn gleich wieder ganz loszulassen. »Natürlich werden wir zusammenarbeiten. Ich freue mich darauf.«

Dies war der Start zu einer ganz neuen Art von Beziehung zu Dr. Ullrich Hartmann. Annette, Maria und Ullrich hatten ja immer schon einen guten Draht zueinander, einmal abgesehen von den Zeiten, als Maria im geistlichen Krankenhaus noch ihre Vorurteile gegen ihn pflegte und Annette komatös im Bett lag, doch wie sich das Verhältnis in den folgenden Monaten entwickelte, das konnten alle drei so nicht voraussehen.

Was die Arbeit anbelangte, konnte man mit Fug und Recht von einer Goldidee sprechen. Annette war wenige Wochen nach dem Start der Kooperation mit Maria die Situation durchgegangen. Einhellig stellten sie fest, dass weitere vier Pfleger oder Pflegerinnen in die Mannschaft passen würden. Und Annette hatte auch in der Organisation kleine Änderungen durchgesetzt. Die Mannschaft war in zwei Teams geteilt worden. Es war für Maria unmöglich geworden, alle Leute einzuteilen, Kontrollen laufen zu lassen und dann noch selbst die beste eigene Arbeitskraft zu sein. Annette war gleich mit dem Vorschlag gekommen, Angela Paul mit der Aufgabe zu betrauen. Die junge Frau war ihr, aber auch Maria, in den vergangenen Monaten ans Herz gewachsen. Sie konnte zupacken, interessierte sich für alles im Betrieb, ohne sich ungebührlich einzumischen, war freundlich, indes nicht aufdringlich, kurz gesagt für Annette und Maria der Sonnenschein des ganzen Betriebes. Maria hatte sich nicht erst einmal darüber ins Fäustchen gelacht, Angela die Stelle bereits zu einer Zeit in Aussicht gestellt zu haben, als es »Weiß und Eisner« noch gar nicht gab. Ihre Intuition hatte sie nicht im Stich gelassen. Kurz hatte Maria bei Annettes Vorschlag, was die Änderung in der Organisation anbelangte, gezögert. Sie wollte Angela auf keinen Fall überfordern. Annette hatte sie jedoch mit einer inneren Sicherheit davon überzeugt, dass dies nicht der Fall sein würde.

Annette hatte sich nicht getäuscht. Die junge Frau Paul war bald die anerkannte Nummer drei im Betrieb. Es lief wie geschmiert.

»Angela, sag, hättest du etwas dagegen, dass wir dich adoptieren?« Annette war das mit einem Grinsen herausgerutscht.

»Wie meinst du das?« Angela legte mehrere Mappen mit Arbeitsunterlagen zur Seite. Eine anstrengende Besprechung war eben zu aller Zufriedenheit beendet worden.

»Na? Hättest du etwas dagegen?« Maria war auf den Zug aufgesprungen.

»Was wollt ihr von mir?« Angela stand das blanke Erstaunen ins Gesicht geschrieben.

»Dich adoptieren. Ist das so schwer zu verstehen? Von so einer Tochter könnte ich nur träumen.« Annette lehnte sich entspannt zurück.

»Dem schließ ich mich an«, legte Maria mit unbewegter Miene nach.

»Aufhören!« Angela war knallrot geworden, etwas ganz Seltenes bei ihr. »Was hab ich euch denn getan? Und überhaupt ...«, sie schüttelte den Kopf, »das ist gesetzlich gar nicht möglich, was ich so weiß.«

»Dann fühl dich inoffiziell von uns adoptiert. Was meinst du, Maria, sollen wir das so halten?«

»Ja, einverstanden.«

»Aufhören! Nochmals, was ist in euch gefahren? Ich habe doch nichts anderes getan als sonst auch. Dafür muss man mich nicht adoptieren. Überhaupt, was für ein Gedanke!« Sie schüttelte den Kopf, und ein breites Lachen erhellte ihr Gesicht. Annette und Maria waren immer gut für Überraschungen. Doch mit Adoption waren die Frauen noch nie gekommen.

»Gerade weil du dich immer so gibst, wie du dich gibst, so arbeitest, wie du arbeitest, und einfach so bist, wie du bist, möchte man dich adoptieren.« Annette war um den Tisch herumgekommen, hatte Angela hochgezogen und ihr die Arme auf die Schultern gelegt. »Du bist weit mehr als eine Angestellte, Angela, du bist uns ans Herz gewachsen. Ich muss das einmal aussprechen.«

»Ja, aber ...« Angela war sprachlos.

Maria war hinzugetreten. »So ist es, liebe Frau Paul. Damit wirst du leben müssen. Ans Herz gewachsen. Ganz einfach ausgedrückt.«

»Ihr seid mir doch auch ans Herz gewachsen«, erwiderte Angela

ganz leise. »Von der ersten Woche an, seit ich bei euch arbeite. So ein Glück, dass ich dich damals im Spital kennengelernt habe, Maria!«
»Hast du heute am Abend schon etwas vor?«
Angela schüttelte den Kopf.
»Dann bist du bei uns zum Abendessen eingeladen. Ullrich Hartmann kommt auch. Ist dir das recht?«
»Ich bin bloß in Jeans unterwegs …«
»Ein Galadiner wird es nicht werden. Bei uns gibt es keine Kleiderordnung. Komm einfach so, wie du möchtest. Auch in Zukunft. Die Tür zu unserem Haus steht dir immer offen.« Maria wandte sich kurz an Annette. »Oder siehst du das anders?«
»Nein, ich sehe das genauso wie du.«

Aus dem Arbeitsverhältnis war später am Abend eine Freundschaft hervorgegangen. Angela, doch um einige Jahre jünger als Maria und Annette und gar noch viel jünger als Ullrich Hartmann, war stolz und glücklich, dass man sie so freundlich aufgenommen hatte. Sie sprach das beim Essen auch laut aus, und die Worte, die sie dafür gefunden hatte, ließen Annette und Maria das Herz aufgehen.

Ullrich hingegen bedauerte es ein wenig, dass die Frau doch vielleicht etwas zu jung für ihn war, hatte sich seine letzte Beziehung zu einer Frau eben erst vor etwa vier Wochen aufgelöst. Was Beziehungen anging, war er nicht der Geschickteste. Er hatte sich diesbezüglich von Annette und Maria bereits einiges anhören müssen. Am liebsten hätten sie ihm einen Crashkurs in Sachen Beziehungspflege gegeben, wie es ihm schien. Jedenfalls bemühten sie sich in Bezug auf diesen Aspekt nun bereits seit Monaten. Und mit einer Herzlichkeit und einem Wohlwollen, dass sich seine Probleme manchmal schon allein dadurch in Luft auflösten. Er mochte die beiden Frauen, und das hatte einen Grad erreicht, den er sich bei sich selbst nie hätte vorstellen können. Und die junge Angela war nun drauf und dran, sich auch einen Platz in seinem Herzen zu erobern. So wohl wie an den Abend zu viert hatte er sich seit Jahren nicht gefühlt.

Es war beinahe Mitternacht, als Angela die kurze Geschichte mit der Adoption zur Sprache brachte.
»Was sagst du dazu?« So schloss sie ihre kurze Schilderung an Ullrich gewandt.

»Ein wenig kann ich die beiden schon verstehen.«

»Jetzt springst du auch noch auf den Zug auf.« Sie schüttelte den Kopf. »Nein, für Kinder müssen die beiden schon selbst sorgen. Sie sind ja noch jung. Und ihr Verhältnis zueinander wird sie doch auch nicht davon abhalten können, wenn sie es wirklich wollen.«

»Völlig richtig«, pflichtete Ullrich bei, ein wenig aufgekratzt durch den guten Weißwein und die Vorstellung, wie Annette ein kleines Kind auf ihrem Arm tragen würde. Kurz drängte sich das Bild der völlig zerstörten Frau in sein Gedächtnis, der er damals nur mehr gewünscht hatte, bald in Ruhe zu sterben. Und nun sollte eben diese Frau, wiederhergestellt, blühend und gesund, einem Kind das Leben schenken. Welch ein Kontrast! Ein Gefühl der Euphorie erfasste ihn. Er wusste genau, dass er eine wesentliche Rolle in dem Szenario gespielt hatte. Und die Euphorie ließ ihn dann auch laut ein paar Ideen spinnen.

»Was findest du völlig richtig?«

Diese Frage von Maria ließ ihn loslegen. »Ich finde es völlig richtig, dass ihr eigene Kinder bekommt. Da spricht doch nun gar nichts dagegen. Stell dir vor, Maria, deine Annette läuft mit einem Kind am Arm herum. Da gab es Zeiten, da hätten wir das wohl nicht zu denken gewagt. Und dir würde ein Kleines auch nicht schlecht stehen.« Er trank einen großen Schluck von seinem Wein. Annette und Maria sahen ihn sprachlos an. »Und das mit dem Vater sollte doch auch kein Problem darstellen, da würde ich mich doch glatt zur Verfügung stellen.«

Mit einem Mal trat Stille ein.

»Das ist jetzt aber nicht dein Ernst, oder?« Annette hatte als Erste die Sprache wieder zurückerlangt.

»Das kann nicht sein Ernst sein«, fügte Maria an, doch als sie in Ullrichs Gesicht sah, wusste sie ganz genau, dass er es aus tiefstem Herzen gesagt hatte. Ein seltsames, völlig unerklärliches Gefühl des Wohlbehagens erfasste sie am ganzen Körper. Sie hakte gar nicht nach, das war nicht notwendig. Und als Ullrich auf Annettes Nachfragen hin ein wenig zurückruderte, war sie sich noch sicherer, dass es ihm todernst war. Das konnte man seinem Gesicht ablesen.

»Ich finde die Idee gut. Wenn ihr das so wollt und gut plant, was soll denn da schiefgehen?« So lautete Angelas kurzes Schlussstatement, das alle nochmals eine Zeit lang schweigen ließ.

Und Angela brachte dann auch ein anderes Thema aufs Parkett, das lang und breit und mit viel Gelächter breitgetreten wurde. Um halb vier am Morgen fielen Annette und Maria in ihre Betten, kurz nachdem sie Angela und Ullrich in Taxis verfrachtet hatten, die sie nach Hause bringen sollten.

»Was sagst du zu der Idee mit den Kindern?«, fragte Maria in die Finsternis. Eine Viertelstunde lang lagen sie und Annette bereits im Bett. Es war zehn nach vier. Und es war stockfinster.

»Ich finde sie gut.« Die Worte klangen gar nicht verschlafen. Annette hatte sich nicht gerührt, seit sie sich nach einem zärtlichen Kuss auf den Rücken gedreht hatte. »Ich krieg's nicht mehr aus meinem Kopf, seit wir im Bett liegen. Und was meinst du dazu?«

»Du findest das gut? O Gott!«

Annette richtete sich auf, versuchte krampfhaft, die Umrisse ihrer Liebsten auszumachen. »Ja, ich finde das sogar sehr gut. Ich möchte mit dir eine richtige Familie gründen. Und da gehören eben auch Kinder dazu. Ist der Gedanke so abwegig?«

Maria, die Annette zwar nicht sehen, jedoch umso besser spüren konnte, setzte sich auf und näherte sich mit ihrem Gesicht an das von Annette, streifte ihre Wange, blieb daran hängen und küsste sie sanft. »O Gott.«

»Was ist?«

»Weißt du, Annette, es ist einer meiner großen Wünsche für die Zukunft, Kinder zu haben, um uns zu haben, sie gemeinsam mit dir großzuziehen. Ich … ich …«

»Na, was?«

»Ich habe das nur noch nie ausgesprochen, weil ich es für völlig unrealistisch gehalten habe. Ich wollte auf keinen Fall ein Problem in unserer Beziehung daraus machen. Es ist nämlich auch so, dass es zwar ein Wunsch ist, aber keine Zwangsvorstellung, wenn du weißt, was ich meine.«

»Du solltest mir immer von deinen Wünschen erzählen. Ich will sie kennen. Auch die, die sich vermutlich nie verwirklichen lassen. Bitte.«

»Entschuldige.«

»Ach, Maria«, Annette zog sie zu sich ins Bett, »was gibt es denn da zu entschuldigen.« Ein verliebter Ton schwang da mit, der Maria nicht entging. »Ich verstehe auch gut, was du mit dem Unterschied zwischen einfachem Wunsch und Zwangsvorstellung meinst. Für mich bricht die Welt auch nicht zusammen, wenn wir kinderlos bleiben. Wer weiß, ob ich je Kinder bekommen kann, nach all den Verletzungen, die ich hatte. Mein Gynäkologe hat allerdings diesbezüglich niemals etwas fallenlassen bei den letzten Routineuntersuchungen.«

»Ja, wer weiß das schon, ob es funktioniert oder nicht.« Maria schmiegte sich fest an Annette an. »Aber wir können es ja versuchen, wenn du es auch willst.«

»Das will ich, das will ich. Komm, küss mich, Maria.«

»Ich will mit dir schlafen. Jetzt.«

»Ah, du sprichst deine Wünsche schon aus. So wie ich es mir vorstelle. Tja, ich denke, der Wunsch lässt sich auch im frühen Morgengrauen erfüllen.« Sie hatte ihre Hand über Marias Rücken gleiten lassen und knetete eine Pobacke.

Kapitel 24

»Es ist alles voller Blut! Um Gottes willen! Was ist das?« Annette hatte sich zu Maria gedreht, in der Absicht, mit dieser ein wenig zu kuscheln. Das Schlafzimmer war ein wenig überheizt an diesem sechsten Januar, dem letzten Feiertag in der Weihnachtszeit. Sie hatten sich extra vorgenommen, diesen Tag gemütlich anzugehen. Keine Besuche, keine Telefonate mit Freunden, keine Aktivitäten außer Haus. Daheim gemütlich Tee trinken. Sollte es schneien an dem Tag, dann wäre ein Spaziergang angesagt, sonst nichts. Und jetzt das. Maria lag abgedeckt in ihrem Bett, das Nachthemd war ihr über die Hüfte nach oben gerutscht, und alles war voller Blut. »Ein Schlachtfeld!«, entfuhr es Annette noch.

Das Geschrei hatte Maria geweckt, und schon wusste sie, was Annette meinte. Sie lag in einer Menge Blut. Ihrem eigenen Blut, wie es unschwer zu erkennen war. Panik und Ratlosigkeit stiegen in ihr hoch. »Ich blute.«

»Na, so was! Merkst du das auch schon!« Annette war völlig aus dem Häuschen.

Marias Panik verflog mit dem Statement ihrer Liebsten. »Das wird eine Zwischenblutung sein. Ich hatte so etwas noch nie. Entschuldige, dass ich das Bettzeug versaut habe.«

»Das ist doch so etwas von wurscht, wie das Bettzeug aussieht. Wesentlich ist doch, dass du blutest, und das offenbar ganz schön stark.«

»Beruhige dich, Liebes. Das sieht immer so grässlich aus, wenn sich Blut in den Laken verteilt. Auch bei kleinen Mengen. Ich werde schon nicht verbluten.« Dann wurde sie stutzig. »Ich habe keine Ahnung, was da dahintersteckt. Gestern am Abend hatte ich ein wenig Bauchschmerzen. Nicht der Rede wert. Ich dachte, es sei von dem vielen Weihnachtsgebäck, das ich in mich reingestopft habe.«

»Da wird es schon einen Zusammenhang geben. Morgen gehst du

zum Gynäkologen, das lassen wir nicht auf sich beruhen. Und wenn es schlimmer wird, so führe ich dich noch am Feiertag ins Spital in die Frauenabteilung.«

»Dann müsste ich wieder ins geistliche Spital zurück …«

»Na und? Du sollst dort ja nicht arbeiten, du wärst ja eine Patientin. Oder glaubst du, dass man dich als solche dort auch nicht mehr akzeptieren würde?«

Ihr ehemaliges Krankenhaus besaß die einzige gynäkologische Abteilung in der ganzen Stadt, nachdem jene des städtischen Hospitals vor wenigen Monaten unter riesigen Protesten der Bevölkerung geschlossen worden war. Schuld daran war zu einem guten Teil auch die Abteilung des geistlichen Hauses, da diese einen vorzüglichen Ruf besaß, diesem in den vergangenen Jahren immer gerecht werden konnte und so zu einer unüberwindlichen Konkurrenz für alle anderen gleichartigen Institutionen in der Umgebung geworden war. Maria erinnerte sich eigentlich gerne an die eher wenigen Berührungspunkte mit der Abteilung zurück. Die Ärztinnen und Ärzte waren allesamt nett und kooperativ gewesen, der Chef ein echter Sir, lediglich mit den Schwestern und Pflegern gab es hin und wieder Zoff. Eifersüchteleien, nichts Weltbewegendes. In Wahrheit waren das auch keine echten Probleme gewesen. »Ja, ja, wenn ich dorthin müsste, wäre das kein Beinbruch für mich. Die Leute sind gut. Die können was.«

Maria musste am Feiertag zum Glück nicht ins Krankenhaus, da die Schmerzen und Blutungen nicht schlimmer geworden waren. Am darauffolgenden Tag jedoch hatte sie ihr Gynäkologe, Dr. Heinrich Pfeffer, als letzte Patientin eingeschoben. Auch er meinte, dass man vielleicht mit der Sache nicht spaßen sollte, als ihn Maria am Vormittag endlich einmal telefonisch erreichen konnte. Ihre letzte Routineuntersuchung war gerade einmal fünf Monate her, und da war gar nichts gewesen. Gar nichts, was ihn hätte stören können. So rief er gleich einmal all die gespeicherten Bilder von der letzten Ultraschalluntersuchung auf, um nachzusehen, ob ihm vielleicht etwas entgangen war. Nichts, absolut nichts war zu sehen gewesen.

»Ich sehe schon, was da Probleme bereitet.« Pfeffer führte den Ultraschallkopf routiniert, sodass er die drei Übeltäter gleich ausmachen konnte. »Sie haben Tumoren in der Gebärmutterwand. Ich schätze, es sind

Myome. Genau so stellen sie sich dar. Ganz typisch. Nicht ganz typisch ist, dass die in den letzten Monaten so rasch gewachsen sind. Die gehören mit Sicherheit raus. Die kann man nicht einfach unbeachtet weiterwachsen lassen. Es könnte auch eine bösartige Variante der Myome sein.«

»Leiomyosarkome, wenn ich mich an meinen Unterricht in der Pflegeschule richtig erinnere.«

»Genau das. Sie wissen also Bescheid. Und Sie wissen auch, dass da ein Gefährdungspotenzial in den Tumoren für Sie steckt.«

Maria atmete kräftig durch. »Was ist zu tun?«

»Die Gebärmutter muss raus.«

»Aber, aber ... dann ist es nichts mit dem Kinderkriegen bei mir.«

»Wollen Sie das denn überhaupt? Sie haben mir doch erzählt, dass Sie mit einer ...« Pfeffer biss sich in die Lippe. Wie konnte er nur so unsensibel und unmöglich sein. Am liebsten wäre er im Boden versunken ob seiner unangebrachten Frage.

Maria lachte kurz auf. Sie nahm es ihm nicht übel. Sie war keine Mimose. »Sie haben schon recht, Herr Dr. Pfeffer, meine Annette und ich werden auf natürlichem Wege keine Kinder bekommen können. Anderwärtige Möglichkeiten dazu sind jedoch gegeben, und eigentlich ist es fix für uns, dass wir Kinder haben wollen.«

»Vielleicht gibt es da doch eine Möglichkeit. In unserem Krankenhaus gibt es seit Neuestem eine Gynäkologin, die nach mehreren Jahren aus Schweden zurückgekehrt ist. Und die ist Spezialistin für Operationen, die die Gebärmutter schonen. Ich weiß zwar nicht, ob sie sich auch auf diese Knoten einlässt, vor allem weil einer davon ganz nahe der Gebärmutterschleimhaut sitzt. Der ist auch schuld an Ihren Blutungen, das ist sicher.«

Maria nickte bloß versonnen. Also bestand doch noch Hoffnung auf ein eigenes Kind.

»Wenn Sie wollen«, fuhr Pfeffer fort, »so mache ich einen Termin bei ihr aus. Ich habe sie in der letzten Zeit ein wenig kennengelernt. Sie ist ein burschikoser, flinker Kerl. Offen und freundlich. Die könnte Ihnen gefallen. Ich würde ihr auch alle meine Unterlagen über Sie zukommen lassen, wenn Ihnen das recht ist.«

Heike Bartsch war ein burschikoser Typ. Heinrich Pfeffer hatte mit seiner Beschreibung ins Schwarze getroffen. Sie war Maria von Anfang an sympathisch. Und noch sympathischer machte sie ihr das lockere Mundwerk, das die Ärztin führte. Nicht ihr gegenüber, sondern beim Charakterisieren und beim Abklären des Problems, das Maria zu ihr geführt hatte. Frau Dr. Bartsch hatte es auch für äußerst günstig gehalten, dass Maria mit ihrer Annette im Schlepptau aufgekreuzt war.

»Das ist gut, dass Sie Ihre Frau dabeihaben. Es ist wichtig, dass sie auch weiß, worum es geht. Und ehrlich, ich bin froh, dass ich es einmal nicht irgendeinem ahnungslosen Mann erklären muss. Nichts gegen Männer, aber was unser Geschlecht, unsere Geschlechtlichkeit angeht, sind die meisten so was von blank, ich kann es Ihnen gar nicht sagen.«

»Ich muss wissen, was los ist, sonst werde ich unrund.« Annette hatte sich darauf eingestellt, ihr Mitkommen verteidigen zu müssen, und nun war das Gegenteil der Fall.

»Ich will auch alles offen darlegen«, ergänzte Maria. »Und von Ihnen, Frau Doktor, erwarte ich auch keine Märchen. Nichts gegen Märchen, doch hier haben sie keinen Platz.«

»Das habe ich auch nicht vor. Wenn ich nichts machen kann im speziellen Fall, dann muss der Rüssel raus. Ist das klar?«

»Rüssel?« Annette sah Maria fragend an.

Die lächelte bloß. »Wir haben das auch immer so gesagt. Das kommt daher: Uterus für Gebärmutter – abgewandelt Uterüssel – übrig geblieben ist dann Rüssel.«

Annette schüttelte bloß verständnislos den Kopf. Sie wollte diese Wortbildung gar nicht weiter kommentieren.

»Entschuldigen Sie meine Ausdrucksweise. Ich war mir sicher, dass Ihre Maria ganz genau weiß, was ich meine.«

Annette verdrehte noch kurz die Augen. »Bin ich froh, dass ich noch nie etwas mit einem Krankenhaus zu tun hatte.«

Jetzt sah die Ärztin sie erstaunt an. »Und ich dachte, Sie wären monatelang im Koma bei uns gelegen und hätten sich zig Operationen unterziehen müssen.«

»Ich kann mich an keine Sekunde davon erinnern. Eine Gnade, wie ich es nun empfinde.«

Kurz glucksten alle drei Frauen, um danach eine Minute lang gemeinsam nachdenklich zu schweigen. Dann aber ergriff Frau Dr. Bartsch die Initiative, und los ging es. Sie machte sich ein ganz genaues Bild vom Problem. Sie untersuchte Maria aufs Genaueste, verglich ihre Ergebnisse mit denen, die von ihrem Kollegen Pfeffer erhoben worden waren und die ihr dieser freundlicherweise zur Verfügung gestellt hatte. Dann wurden noch ein paar Laboruntersuchungen durchgeführt. Danach verabschiedete sich die Ärztin kurz. Sie hielt sich ein wenig bedeckt. Noch wollte sie keine definitive Aussage über das Vorgehen machen.

»Wie geht es weiter? Werden Sie Marias Gebärmutter erhalten können? Bitte sagen Sie uns, wie es steht.« Annette wurde ungeduldig.

»Ich meine, es sieht nicht schlecht aus für Sie, Frau Eisner.« Frau Dr. Bartsch hatte sich an Maria gewandt, die ein wenig verzagt auf sie blickte. »So wie ich den Fall nun überblicke, traue ich mir die Operation zu. Es gibt zwei Optionen, diese durchzuführen, doch ich will Sie vorerst noch nicht damit belasten. Ich werde erst mit meinem Chef alles durchgehen, er hat auf dem Gebiet auch jahrelange Erfahrung, dann melde ich mich wieder bei Ihnen.«

»Und wann wird das sein? Heute? Morgen? Übermorgen?« Annettes Ungeduld wurde nun greifbar.

»In ein, zwei Stunden. Länger dauert das nicht, Frau Dr. Weiß. Ich rufe Sie auf alle Fälle an.«

»Wie denn? Sie haben ja keine Telefonnummer von uns.«

Die Ärztin lächelte. Die Frau machte sich Sorgen um ihre Liebste, das war nicht zu übersehen. »Doch, die habe ich. Und sie ist bereits in meinem Mobiltelefon gespeichert. Seien Sie unbesorgt, ich werde mich um Ihre Maria kümmern. Das verspreche ich Ihnen.«

Drei Stunden später läutete Marias Telefon. Heike Bartsch lud zum Gespräch. Erst dachte Maria an einen Termin an einem der kommenden Tage. Weit gefehlt. Sofort hätte sie Zeit, es wäre nicht ihre Art, jemanden warten zu lassen. Also waren Maria und Annette am selben Tag das zweite Mal auf dem Weg in die Frauenabteilung des Marienspitals. Dort trafen sich die drei Frauen zur neuerlichen, abschließenden Besprechung.

Heike Bartsch legte dar, dass sie in der Lage wäre, die drei Tumorknoten so zu entfernen, und dass, sollten keine Komplikationen auftreten, dem Kinderkriegen von dieser Seite nichts entgegenstehen würde. Und den Befund der Pathologen müsste man natürlich auch berücksichtigen. Wenn es etwas Böses in den Tumoren zu finden gäbe, dann müsste die Gebärmutter doch noch raus. Als OP-Termin wurde der Montag der übernächsten Woche festgelegt. Mit letzten Direktiven und mit einem Termin beim Anästhesisten wurden Annette und Maria nach Hause geschickt.

Dort gab es eine kleine Mahlzeit, bei der sie alles nochmals kurz durchgingen. Beide Frauen waren zuversichtlich. Die Sache sollte nicht länger als vierzehn Tage in Anspruch nehmen, dann wäre Maria wieder die Alte. Und dann wollten beide das »Abenteuer Kinder«, diesen Begriff hatte Annette geprägt, und er wurde von ihr und Maria nun ständig verwendet, wenn es um die weitere Familienplanung ging, mit aller Vehemenz angehen.

»Worauf sollen wir dann noch warten, Maria? Sobald es dann grünes Licht für dich gibt, geht es los. Ich halte nichts von uralten Müttern. Jetzt sind wir noch jung, also tun wir es jetzt. Und du machst einmal den Anfang. Bist du damit einverstanden?«

»Bin ich«, lautete die knappe Antwort. Damit war dieses Thema abgehakt, das nächste brannte bereits unter den Nägeln.

Kapitel 25

Marias Krankenstand musste organisiert werden. Sie hatte zuletzt selbst sehr stark Hand angelegt bei der Patientenbetreuung, noch dazu war sie ja mit der Einteilung der Kräfte und mit der Zuteilung der einzelnen Pfleglinge in ihrem Team beschäftigt. In diesem Punkt hielt sie sich streng an ihre eigene Linie, nicht so wie Angela, die die andere Gruppe befehligte. Sie ließ viel mehr an Eigeninitiative zu, sodass bei ihr der Laden wie von allein lief. So schien es zumindest. In Wahrheit hatte sie alles fest im Griff. Und bei der kurzen Besprechung, wie das alles während Marias Fehlzeit ablaufen solle, riss Angela gleich das Ruder an sich.

»Das wird doch kein Problem geben. Vierzehn Tage. Du meine Güte. Das ist ja gar nichts. Stellt euch bloß einmal vor, ihr geht für drei Wochen in den Urlaub. Soll dann der Betrieb zusammenbrechen? Doch sicher nicht! Und wenn es etwas Spezielles gibt, ein schwerwiegendes, für uns allein unlösbares Problem auftreten sollte, so wird Frau Eisner vielleicht per Telefon ihre Meinung dazu kundtun können, eben einfach …«, Angela lächelte, »einfach ihren Senf dazugeben, wie man ja so schön sagt.«

Maria hatte Angela bloß in den Arm genommen. An einen Urlaub hatte sie überhaupt noch nie gedacht, seit der Laden lief. Maximal drei, vier Tage hatten Annette und sie sich jemals freigenommen. Aber warum sollte das in Zukunft nicht anders werden? Und sie traute Angela nunmehr bereits alles zu. Auch, dass sie in der Lage wäre, den Betrieb in ihrer Abwesenheit bestens weiterzuführen.

»Gut, dann machst du das, Angela.« Annette nickte. »Mir wäre ohnehin kein besserer Plan eingefallen. Aber eines sage ich euch gleich: Wir werden in Zukunft noch jemanden aus dem Team auf die Kommandobrücke holen. Wenn wir einen weiteren zuverlässigen Steuermann haben, so wird das Schiff noch sicherer durch die unruhige See pflügen.«

»Ahoi!« Das war Marias einziger Kommentar zum Vergleich mit der Seefahrt.

Kapitel 26

Annette begleitete Maria am Sonntag vor der OP ins Krankenhaus. Maria schien ein wenig aufgekratzt zu sein. So einerlei war ihr der bevorstehende Eingriff offenbar doch nicht, obgleich sie dies ständig betonte. Annette selbst war völlig gelassen. Sie wusste ums Risiko, doch letztlich sollte es auch bei Komplikationen nicht lebensbedrohlich werden. Das hoffte sie zumindest. Marias Zimmer war hübsch eingerichtet, die gynäkologische Abteilung war erst vor einem Jahr generalsaniert worden, daher war auch die Ausstattung das Modernste vom Modernen. Um sieben am Abend verabschiedete sich Annette von Maria. Das hatte sie in der Form noch nie tun müssen. Sie wusste, dass sie in ein leeres Heim kommen würde. Das war ja an und für sich nichts Ungewöhnliches. Neu war jedoch, dass Maria an diesem Abend nicht heimkommen würde, und am folgenden auch nicht. Das war noch nie vorgekommen. Sie hatte in dem wunderbaren, ihrem wunderbaren Haus noch keinen ganzen Tag ohne Maria zugebracht. Es kam zwar hin und wieder einmal vor, dass Maria in der Nacht ihre Pflegedienste verrichten musste, doch dann war sie spätestens beim Frühstück wieder da. Und hatte sie am Tag Dienst, dann war ein gemeinsames Abendessen beinahe obligat.

In diesem Bewusstsein fühlte sich die Stille im Haus unerträglich an. Annette machte Musik. Was sonst als Caterina Valente kam da infrage? Marias Lieblingssängerin sollte auch Annettes Gemüt erheitern können. Der Versuch hatte nur wenig Erfolg. Als Annette zu Bett ging, stiegen die Tränen in ihr hoch. Sie weinte, bis der Schlaf sie davon erlöste.

Die kommenden drei Tage waren für Annette durch Hektik gekennzeichnet. Angela hatte den Betrieb zwar bestens im Griff, administrative Angelegenheiten blieben jedoch wie immer Annettes Sache. Und da hatten sich innerhalb von Stunden am Montag Berge von Arbeit aufgetan. So kam sie viel später als geplant ins Krankenhaus. Maria lag bereits wieder in ihrem Bett und wartete sehnsüchtig auf ihre Annette. Als diese ins Zimmer flog, war die Freude dann umso größer.

»Es ist alles gut gegangen. Frau Dr. Bartsch war eben bei mir und hat mir lang und breit geschildert, was sie zu tun hatte. Es dürfte recht kompliziert zugegangen sein, doch es war machbar. Jetzt warten wir auf die Pathologen. Morgen um elf Uhr gibt es bereits das Ergebnis. Und in drei Tagen darf ich schon nach Hause. Was sagst du dazu?«

Bereits während Marias Monolog war Annette an sie herangetreten, hatte ihr einen Kuss auf die Wange gedrückt und sich auf den Stuhl neben dem Bett fallen lassen. »Es ist schön, dich hier schon wieder so munter zu sehen. Ich dachte, ich gerate an eine halbnarkotisierte Frau, die mich kaum wahrnimmt. Doch nichts davon!« Sie schüttelte den Kopf, und ein entspanntes Lächeln breitete sich auf Annettes Gesicht aus.

»Ich hatte keine Narkose. Hast du das vergessen?«

»Wie? Keine Narkose? Du hast also alles gespürt? O Gott!«

Maria lachte. »Blödsinn! Wir haben das doch alles mit der Anästhesistin besprochen. Narkose oder Kreuzstich. Erinnerst du dich nicht mehr daran?«

Annette hatte das tatsächlich vollkommen ausgeblendet. Sie war zwar konzentriert beim Gespräch dabei gewesen, danach hatte sie es jedoch vollkommen von sich geschoben. »Ja, ja, dunkel erinnere ich mich daran.« Jetzt kam ihr der breite bayerische Akzent der Ärztin in den Sinn. Und auch das, was sie gesagt hatte, kam langsam hoch. »Genau, sie hat mir den Begriff ›Kreuzstich‹ ja genau erklärt. Sehr plakativ. In die Wirbelsäule wollte sie dir stechen. Grässliche Vorstellung, wenn du mich fragst.«

»Ja, das habe ich ertragen müssen. Ich sage dir, ich habe gar nichts gespürt. Und während der Operation habe ich geschlafen und Musik gehört. Ich habe bloß mitbekommen, dass Frau Dr. Bartsch lange von Schweden erzählt hat. Was genau, weiß ich allerdings nicht mehr.«

»Du kannst dich an deine Operation erinnern. Wie furchtbar.« Annette schüttelte sich.

Maria lächelte. Wie konnte man so weit weg sein vom Krankenhausbetrieb, wenn man doch selbst beinahe zum Inventar eines Hospitals gehört hatte.

»Was gibt es da zu lächeln?« Annettes Stimmung hob sich von Augenblick zu Augenblick.

»Ich liebe dich.« Maria nahm Annettes Hand fest in die ihre. »Meine Annette.«

Das brachte ihr einen sanften Biss ins Ohrläppchen ein. »Ich bin so gerne deine Annette. Ich liebe dich auch.« Annette seufzte. »Sag, wie geht es nun weiter in der ganz nahen Zukunft?«

»Na, ich soll halt Ruhe geben in den ersten beiden Tagen. Dann geht es jedoch wieder los mit dem normalen Leben. Vielen Beschränkungen werde ich nicht unterliegen. Das sagt zumindest Frau Dr. Bartsch …«

Maria und Annette plauderten stundenlang wie zwei alte Tratschweiber, bloß einmal unterbrochen von Frau Dr. Bartsch, die nochmals vorbeigeschaut hatte. Da bekam dann auch Annette von ihr eine detaillierte Schilderung der Operation.

Plötzlich schien die Ärztin es allerdings eilig zu haben, blickte auf ihre Uhr. »Du meine Güte, wenn ich mich jetzt nicht spute, versäume ich noch meinen Bus. Ich wohne ja etwas außerhalb der Stadt, da fährt der nächste Bus erst in eineinhalb Stunden. Ist eigentlich ein Skandal, wenn Sie mich fragen.«

»Dann wollen wir Sie nicht weiter aufhalten. Ich muss ja auch irgendwann nach Hause, und die Patientin wird Ruhe brauchen. Immerhin ist heute der Tag der Operation.«

Annette blieb zwar noch eine weitere Stunde bei Maria sitzen, raffte sich dann jedoch auch auf und ließ ihren Schatz zurück. Diesmal stellte das Heimkommen kein Problem dar. Romantische Klaviermusik erfüllte bald das Haus. Annette genoss die Zeit bis zum Schlafengehen. Sie tat einmal nichts. Gar nichts. Eine Ewigkeit schien vergangen zu sein, seit sie sich dies das letzte Mal gegönnt hatte.

Am kommenden Tag war Annette deutlich früher dran mit ihrem Besuch in der Gynäkologie. Sie wurde mit einem Redeschwall begrüßt.

»Meine Annette, schön, dass du schon kommen konntest. Du bist mir so abgegangen, ich kann dir das gar nicht mit Worten sagen. Übrigens gibt es zwei Neuigkeiten. Eine gute und eine schlechte. Die gute Nachricht ist, dass meine Tumoren gutartig sind. Es gibt laut Pathologen keinerlei Hinweise auf das Vorliegen eines malignen Prozesses. So hat er sich ausgedrückt. Ist doch super, oder?«

»Und die schlechte Nachricht?«

»Die ist schlimm und ein wenig kurios zugleich. Frau Dr. Bartsch hatte gestern einen schweren Verkehrsunfall.«

»Ich dachte, sie wollte mit dem Bus fahren.«

»Das ist ja das Kuriose an der Sache. Sie ist mit dem Bus gefahren. Ein Kleinlaster ist dem seitlich hineingekracht. Offener Oberschenkelbruch. Frau Dr. Bartsch ist bereits operiert. Sie fällt sicher für Monate aus.«

»Das ist ja furchtbar. Vielleicht sollte ich sie in den kommenden Tagen einmal besuchen.«

»Dann musst du aber ins städtische Krankenhaus. Dorthin hat sie die Rettung gebracht. Da wurde nicht mehr auf den Arbeitsplatz der Frau Doktor geachtet. So hat man es mir zumindest bei der Visite erzählt. Der Chef hier, Professor Seefelder, übernimmt mich nun als seinen Fall. Ist auch nicht schlecht.«

»Es muss ja nicht der jüngste Lehrbub sein, der dich nun betreut, aber dass dich der Chef persönlich übernimmt, finde ich auch ein wenig übertrieben. Noch dazu, weil du ja übermorgen schon nach Hause kommst.«

Maria zuckte mit den Achseln. »Was soll ich sagen. Es ist einfach so.«

Kapitel 27

Zwei Tage später zückte Annette ihr Mobiltelefon, um im Krankenhaus anzurufen. Ihr Arbeitstag war so ausgefüllt, dass sie weder zu früh noch zu spät dran sein wollte, wenn es darum ging, Maria abzuholen.

»Ah, Frau Dr. Weiß, gut dass Sie anrufen. Mit dem Nachhausekommen von Maria wird es nichts werden. Leider. Sie hat Fieber.«

»Was heißt das?«

»Nun, wir wissen noch nicht, woher das Fieber kommt, aber es ist mit beinahe neununddreißig Grad ganz schön hoch. Unser Chef hat sich Maria bereits angesehen. Er kann sich das Fieber auf die Schnelle auch nicht erklären, noch dazu, weil Maria keinerlei Schmerzen zu haben scheint.«

»Gut. Oder besser gesagt: schlecht. Wie auch immer. Richten Sie Maria vorerst liebe Grüße aus. Ich werde in drei, vier Stunden bei ihr sein. Dann habe ich alles erledigt und den Rest des Tages Zeit für sie.« Sie hatte schon aufgelegt. »So ein Pech!«, sagte sie ganz laut zu sich selbst. Eine leise Sorge begann in ihr zu nagen.

Hektisch hatte sie alles absolviert, ein paar Dinge gar noch Angela aufhalsen können, die sich dafür angeboten hatte. Die Miene, mit der Annette unterwegs war, verriet ihr alles. Nach einer kurzen Erklärung war es für die junge Frau selbstverständlich gewesen, Annettes Arbeiten auch noch zu übernehmen. Dabei übernahm sie sich jedoch nicht. Angela wusste, wie man mit Arbeit umgehen musste. Sie war einfach ein Organisationstalent. Annette war das bewusst, und sie war Angela richtig dankbar für ihren Einsatz. Daher verabschiedete sie sich von ihr mit einem dicken Kuss auf die Wange.

»Grüß Maria von mir, ich werde sie besuchen, sobald ich wieder ein wenig Zeit habe.«

»Mach ich, mach ich!« Annette war bereits davongeeilt.

Als Annette das Krankenzimmer betrat, wurde ihr das Herz schwer. Was für ein Kontrast zu den vergangenen Tagen seit der Operation! Maria lag blass und schwer atmend in ihrem Bett. Fiebrige Augen. Schweiß auf der Stirn.

»Hallo Annette, schön, dass du da bist. Mir geht es nicht gut. Ich habe Fieber und seit einer Stunde starke Schmerzen im Bauch.«

»O Gott. Wissen die Ärzte schon von deinen Schmerzen?« Annette war ans Bett gestürzt und hatte Annette einen Kuss auf die feuchte, heiße Stirn gedrückt. »Hallo Maria, was machst du denn für Sachen? Ich wollte dich doch heute mitnehmen.«

»Ich glaube, daraus wird wohl nichts werden. Professor Seefelder will mich in einer Viertelstunde in den Untersuchungsraum verfrachten lassen. Er wird mich untersuchen, und von den Ergebnissen hängt ab, ob ich heute noch operiert werden muss.«

»Was? So schlimm ist es? Du musst nochmals unters Messer? Ja, was wollen sie denn machen?«

»Frag mich nicht. Aber ich kann dir nur sagen, dass mir alles recht ist, wenn bloß die Schmerzen im Bauch wieder aufhören.«

»Sind sie so stark?« Annette umfing ein Gefühl der Sorge, des Mitgefühls und der Ohnmacht, das sie beinahe lähmte. So wischte sie lediglich die Schweißperlen von Marias Stirn, sonst schwieg sie.

Eine Ewigkeit schien vergangen zu sein, dabei waren es kaum zehn Minuten nach Annettes Ankunft, als die Tür aufging und zwei Pfleger Marias Bett nach draußen schoben.

Die folgenden vierundzwanzig Stunden waren für Annette wie eine Fahrt in der Achterbahn. Ständig ging es bergab, steil bergab, wie es Annette schien, nur kurz einmal bergauf, dann schon wieder bergab.

Nach der Untersuchung kam Professor Seefelder zu Annette. Man hatte ihm gesagt, dass sie im Haus anwesend wäre.

»Gut, dass Sie da sind, Frau Dr. Weiß. Wir müssen Maria noch einmal operieren. Sofort. Es muss sein. Irgendetwas stimmt nicht mit dem Darm. Gleich neben der Gebärmutter hat sich irgendetwas gebildet im Darm. Noch können wir nach der Ultraschalluntersuchung nur vermuten, was da im Gange ist, dass da aber etwas los ist, ist unbestritten. Daher müssen wir rein in den Bauch.«

»Sie müssen ein Stück vom Darm entfernen? Habe ich das richtig verstanden?«

»So sieht es aus. Keine große Sache an sich. Vielleicht wurde er bei der Erstoperation verletzt, und nun gibt es eine Entzündung an dieser Stelle. Ja, so könnte es sein.«

»Und die Gebärmutter? Lassen Sie die nun drin, oder muss sie jetzt doch raus?«

Seefelder schüttelte den Kopf. »Nein, ich denke, es ist ein Problem des Darms. Obgleich …«

»Obgleich?«

»Obgleich da alles so nahe beieinander liegt, dass ich nicht sagen kann, was alles von der Entzündung betroffen ist. Also letztlich kann ich Ihnen nicht sicher versprechen, dass ich die Gebärmutter belassen kann.«

»Du meine Güte.« Annette fasste sich plötzlich. »Wenn es um Marias Gesundheit geht, ist das mit ihrer Gebärmutter doch gar nicht von Bedeutung.«

Seefelder nickte. »Es ist gut, dass Sie das so sehen, Frau Dr. Weiß. Die Situation ist zwar nicht lebensbedrohlich, doch wir wollen ja nicht, dass das so wird, bloß weil wir etwas riskieren. Ist das in Ihrem Sinne?«

»Herr Professor, ich will Sie nicht aufhalten. Ich verlasse mich auf Sie. Tun Sie, was zu tun ist. Sie sind der Spezialist.« Plötzlich war Annette froh, dass Seefelder selbst Maria als Patientin übernommen hatte.

Die Operation ging dann noch einigermaßen gut über die Bühne. Die Gebärmutter musste nun doch entfernt werden. Und mit dieser ein Stück des Darms, der sich über die Gebärmutter gelegt hatte und aus unerfindlichem Grund eine kleine Lücke aufwies. Alles in diesem Bereich war vereitert. Auch die Gebärmutter war betroffen. Dies war auch der Grund für Fieber und Schmerzen gewesen. Dazu hatte sich eine Bauchfellentzündung entwickelt, zwar bloß in der Nachbarschaft zur Lücke im Darm, aber immerhin. Professor Seefelder war jedenfalls froh gewesen, dass er mit der Operation nicht länger zugewartet hatte. So schien es im Augenblick zumindest, dass man das Problem wieder im Griff hatte. Und das hatte er Annette auch mitgeteilt, die während der gesamten Operation angespannt vor dem OP gewartet hatte. Sie war nicht in der Lage gewesen, nach Hause zu gehen. Unmöglich.

Professor Seefelder sollte sich mit seiner Einschätzung der Lage gründlich täuschen. Am folgenden Tag kam der Alarm von der Intensivstation, Seefelder hatte Maria dorthin bringen lassen, weil er auf Nummer sicher gehen wollte, wie er es gegenüber dem diensthabenden Oberarzt auf der Intensiv ausdrückte. Da kam die Hiobsbotschaft, dass das Fieber auf über vierzig Grad angestiegen wäre und die Drainagen des Bauchraums reinen Eiter fördern würden.

Marias Bewusstsein hatte sich eingetrübt, und Annette, die nun kaum eine Minute von ihrer Seite wich, schaffte es nicht mehr, sich mit ihr zu verständigen.

Professor Seefelder schüttelte ein wenig gedankenverloren den Kopf, als er nun bereits das zweite Mal innerhalb eines Tages mit Annette zu einer kurzen Besprechung in der Schleuse des OP stand. »So ein Pech. Dass wir das nicht in den Griff bekommen mit dem Bauch, ist ja schon unglaublich. Wesentlich wird jedoch sein, dass wir konsequent vorgehen, damit die Sache nicht wirklich gefährlich wird.«

»Ist sie das nicht schon? Maria ist dabei, ihr Bewusstsein zu verlieren. Sie glüht. Die Schwestern auf der Intensiv sagen, das wäre eine mords Sepsis, was das auch immer bedeuten soll. Es klingt jedenfalls nicht gut. Eine Sepsis ist jedenfalls ein lebensbedrohliches Krankheitsbild, bei dem sich Krankheitserreger im ganzen Körper ausbreiten. So habe ich es im Internet gelesen. Natürlich weiß ich nicht, ob das ganz richtig ist, etwas Wahres wird aber schon dran sein.«

»So falsch ist das nicht. Bloß glaube ich nicht, dass sich die Krankheit bereits ungehemmt ausbreitet. Das werden wir zu verhindern wissen. Die Probleme im Bauch müssen wir und werden wir in den Griff bekommen.«

»Ich vertraue Ihnen weiter, Herr Professor.« Annette sagte dies nicht bloß so vor sich hin. Sie glaubte daran. Doch dann kam ihr in den Sinn, dass es eigentlich völlig unerheblich war, ob sie Vertrauen hatte oder nicht. Es gab keine greifbare Alternative. Und das deprimierte sie ungemein. »Bitte tun Sie ihr Bestes. Bitte.«

»Nichts anderes habe ich im Sinn. Es geht gleich los.«

Also ging es wieder ab in den OP mit der Patientin. Noch ein kleines Stück vom Darm musste dran glauben. Dann schien der Bauch wieder schön zu sein. Das war und blieb er dann auch. Dennoch blieb Professor Seefelder wachsam wie ein Luchs.

Kapitel 28

Das war der erste Augenblick, als Annette dachte, es könnte doch wieder bergauf gehen.

Wieder weit gefehlt. Das Fieber stieg erneut an. Nun war es nicht der Bauch. Eine Lungenentzündung hatte sich breitgemacht. Maria hatte das Bewusstsein verloren. Es sah kritisch aus. Annette war Stammgast auf der Intensivstation. Doch sie war tatenlos, konnte nichts tun. Gar nichts. Ein Wechselbad der Gefühle durchflutete sie regelmäßig. Hoffnungslosigkeit, blanke Angst, Zorn, Zuversicht, Lethargie. All dies mischte sich in unvorhersehbarer Reihenfolge.

Sich selbst vergaß sie darüber beinahe. Und es war wieder einmal die wunderbare Angela, der das auffiel und die für Abhilfe sorgte. Annette musste sich einen strengen, wenn auch sehr liebevoll vorgebrachten Verweis gefallen lassen.

»Liebe Annette, ich muss mit dir Klartext sprechen.« So legte Angela los. »Es ist bewundernswert, wie du dich um deine Maria kümmerst. Ich glaube, niemand könnte mehr für seine Liebe tun wie du. Doch es kann nicht sein, dass du gar nicht mehr auf dich achtest. Du siehst aus wie ein Gespenst. Ich bin mir sicher, dass du nichts isst …«

»Das ist doch gar nicht so«, kam ein müder Protest.

»Dann sag mir konkret, wann du das letzte Mal etwas gegessen hast. Denk nach. Sei ehrlich. Erzähl mir keine Märchen.«

Der scharfe Ton, den Angela nun angeschlagen hatte, ließ Annette aufblicken. In die wohlwollende Miene der jungen Frau, die in so vielen Belangen unheimlich kompetent war. »Du hast recht, Angela. Ich kann mich nicht erinnern, wann ich tatsächlich irgendetwas außer Mineralwasser zu mir genommen habe. So kann es nicht weitergehen. Danke, dass du mir das gesagt hast.«

»Wie wäre es mit einer kleinen Mahlzeit? Ich kann dir etwas zubereiten. Was ist?«

Annette nickte. »Ich habe Hunger.«

Schnell wurde sie mit einer kleinen Mahlzeit versorgt. Und Angela achtete strikt darauf, dass dies keine einmalige Angelegenheit blieb.

Im Krankenhaus gab es keine Neuigkeiten. Die beste Nachricht seit zwei Tagen war, dass es nicht schlechter um Maria stand. Annette hatte es sich an ihrem Bett beinahe häuslich eingerichtet. Die Schwestern und Pfleger kümmerten sich liebevoll um sie. Sie hatten Annette auch beigebracht, ein paar Handgriffe für Maria tun zu können. Es war nicht viel, nahm Annette jedoch ein wenig das Gefühl der völligen Ohnmacht.

Wieder einmal dämmerte Annette todmüde neben der bewusstlos daliegenden Maria dahin, als die Tür mit Krachen aufgerissen wurde. Ein hässlicher Mann betrat den Raum, im Schlepptau hatte er den diensthabenden Oberarzt. Hässlicher Mann – das musste Professor Kornthaler sein. Annette kannte ihn bloß aus Erzählungen, doch das konnte niemand anderer sein.

Kornthalers ernste Miene erhellte sich in dem Augenblick, als er Annette sah. Nun, die Miene hatte sich nicht bloß erhellt, Kornthalers Gesicht zerfloss beinahe in einem seligen Lächeln.

»Dr. Annette Weiß! In ganzer Pracht! Es ist schön, Sie so zu sehen.« Er wurde auf der Stelle ganz ernst. »Bloß die Umstände des Wiedersehens stoßen mir verdammt sauer auf. Verdammt noch mal!«

»Sie sind Professor Kornthaler. Guten Tag. Was tun Sie hier?«

»Heute, heute erst, es ist ein Skandal, habe ich von Marias Misere erfahren. Durch Zufall bei einer Operation. Die Anästhesistin hat geplaudert. Jetzt bin ich hier.« Er drehte sich zu Maria. »Frau Dr. Weiß, sagen Sie mir, wie es ihr geht. Was ist Ihr Eindruck von der Situation?«

»Ich ... ich weiß nicht. Es tut sich nichts. Das ist so schlimm. Es wird weder besser noch schlechter. Ich kann bloß dasitzen und warten. Und sie ein wenig betreuen, ganz wenig bloß kann ich für sie tun.«

»Es hat sich also umgekehrt.«

»Wie meinen Sie das?«

»Vor nun schon langer Zeit konnte Ihre Maria bloß bei Ihnen sitzen und Sie ein wenig betreuen. Doch es hat sich sichtlich ausgezahlt. Meinen Sie nicht?«

»Ach, so sehen Sie das.« Annette lächelte.

»So sehe ich das in der Tat. Und ich sehe, dass ich mit der Situation hier gar nicht zufrieden bin. Die lebenslustige, kräftige, sportliche junge Frau liegt hier wie ein schlaffer Lappen. Das darf nicht so bleiben. Ich bin ja kein Intensivmediziner, für mich gibt es nichts zu tun hier. Dennoch will ich nicht, dass das hier so bleibt, wie es ist. Punkt.«

»Das wollen wir eigentlich auch nicht«, warf der Intensivmediziner nun ein, der bis zu diesem Augenblick dem Gespräch schweigend gelauscht hatte.

»Ich verlasse mich auf Sie, Herr Kollege, morgen sehe ich wieder nach Maria, da muss sich etwas getan haben. Das ist ein Auftrag.« Er schüttelte Annette die Hand, nickte dem Kollegen zu und verschwand ohne ein weiteres Wort.

Drei Tage später schien sich das erste Mal tatsächlich eine Besserung einzustellen. Einem der jungen Assistenzärzte war die Idee gekommen, das Antibiotikum zu wechseln. Der sich nun täglich wiederholende Auftritt Kornthalers war Thema in der Dienstbesprechung gewesen und hatte den jungen Mann irgendwie aufgeweckt. Das Antibiotikum, das man Maria nun bereits seit Tagen in hohen Dosen verabreichte, schien seines Erachtens nicht den gewünschten Effekt zu erzielen. Seine Chefin lächelte zwar ein wenig über seinen Vorschlag, das war Annette nicht entgangen, die bei der Visite anwesend war, doch dann stimmte sie zu.

Und siehe da, das Fieber ließ bald nach, und Maria atmete deutlich leichter. Das Bewusstsein hatte sie noch nicht wieder erlangt. Das hätte sie zwar schon, doch man hielt die Patientin wohl in einer Art künstlichen Tiefschlaf, da sie noch beatmet werden musste. Als die künstliche Beatmung eingestellt wurde, empfand das Annette als einen Meilenstein auf dem Weg zur Gesundung. Das Bewusstsein erlangte Maria dennoch nicht. Die Sedierung verhinderte das weiter. Das störte Annette zwar, doch die Hautfarbe der Patientin war nun plötzlich wieder schön anzusehen, die Blässe und das Fahle waren verschwunden. Die Temperatur hatte sich beinahe schon normalisiert. Und der Bauch machte ohnehin keinerlei Probleme mehr.

Kapitel 29

Annette war aus einem wilden Traum hochgefahren. Sie konnte sich zwar an nichts erinnern, doch der Schreck saß ihr in den Knochen. Sie sah auf die Uhr. »Ach Gott, ich habe verschlafen!« Sie ärgerte sich kurz, kam aber rasch zu dem Schluss, dass sie gar nichts versäumt hatte. Die Waschmaschine konnte sie jetzt auch noch in Gang setzen und die Wäsche eben morgen aufhängen. Kein Problem also. Eine halbe Stunde würde sie jetzt noch brauchen, dann konnte sie mit dem Bus ins Krankenhaus zu Maria fahren. Sie sah sich um. Überall war sie hier im Haus zu spüren, doch diese Stille, die jetzt hier herrschte, machte das alles so fremd, rückte alles in eine seltsame Ferne. Unwillkürlich hatte Annette die CD gestartet, die CD, die in der Lage war, diese Stille zu durchbrechen. Caterina Valente sang nun bald schon zum dreißigsten Mal ihre Lieder. Annette hatte die Wiedergabe so eingestellt, dass die Titel in beliebiger Reihenfolge kamen, und freute sich wie ein kleines Kind, wenn eines von Marias Lieblingsliedern erklang. Die Waschmaschine war schnell gefüllt, Annette beinahe noch schneller geduscht, doch dann war sie nicht sicher, was sie anziehen sollte. Sie entschied sich für ein Kleid, das Maria besonders gut gefiel, stopfte ihren Sportanzug in die Tasche und ein paar Toilettenartikel dazu, sollte sie sich doch entscheiden, die ganze Nacht zu bleiben, stünde es wieder nicht so gut um Maria.

So bekleidet und bepackt stand sie eine halbe Stunde später bei der Bushaltestelle und freute sich auf ihre Maria. Irgendwann musste es ja wieder bergauf gehen, sodass sie wenigstens wieder das Bewusstsein erlangte und endlich die schreckliche Intensivstation verlassen konnte.

Den Klingelknopf an der Tür zur Intensivstation hatte Annette noch gar nicht berührt, da wurde die Tür schon aufgerissen. Der junge Pflegehelfer, den Annette bereits am Vortag zu Gesicht bekommen hatte, stürmte heraus und rannte Annette beinahe um.

»Entschuldigen Sie, ich wollte Sie nicht erschrecken«, stammelte er kurz, offenbar selbst erschrocken, »gehen Sie gleich weiter, Frau Dr. Weiß, Sie wissen ja, wie es hier läuft.«

»Danke. Soll ich nicht anläuten?«

Der Bursche, schon wieder in großen Schritten unterwegs, drehte sich nochmals kurz um. »Aber nein. Wozu denn?« Dann eilte er weiter.

Annette zuckte kurz mit den Achseln, machte sich aber gleich auf den Weg in Marias Zimmer. Natürlich musste sie die obligate Schleuse passieren. Das hieß dann Kappe auf den Kopf, Überschuhe anziehen, die hauchdünne Plastikschürze umlegen und Händedesinfektion. Annette absolvierte das Ritual beinahe schon routiniert und stürmte in Marias Zimmer.

Der Schreck kam wie ein Messerstich in Brust und Hals. Das Bett war leer, die Bettwäsche abgezogen, neue Wäsche bereitgelegt, ein großer Kübel, gefüllt mit gebrauchten Utensilien, Sonden und Kathetern, stand am Bettrand und wartete auf Entsorgung. Man hatte abgeräumt, was man nicht mehr brauchte.

»Maria!« Ein gequälter Schrei entfuhr ihr.

Keine Sekunde später war der zuständige Anästhesist bei ihr. Mit einer Haltung, die höchste Alarmbereitschaft und Willenskraft ausstrahlte. Es war Oberarzt Robert Steiner, der Annette seinerzeit wiederbelebt und sie damit dem Tod nochmals von der Schaufel entführt hatte. »Ach, Sie sind's. Was machen Sie hier, Frau Dr. Weiß? Wie sind Sie überhaupt an uns vorbei in das Zimmer gekommen?«

»Durch die Tür, Herr Dr. Steiner. Wo ist meine Maria? Wird sie wieder operiert?«

»Sie wird nicht operiert.«

»Ist sie tot?« Annette war bleich geworden.

Und diese Blässe brachte Dr. Steiner die Situation mit Annettes Herzstillstand wieder in Erinnerung. Ganz plastisch. Diese unglaubliche Blässe damals, die durch eine rosige Hautfarbe abgelöst wurde, als sich der Kreislauf wieder in Gang bringen hatte lassen. *Du zähe Kreatur, dass du das alles überstanden hast und jetzt dastehst wie das blühende Leben, das ist ja kaum zu glauben.* Diesen Gedanken konnte er nun kaum mehr verdrängen.

»Ist sie tot?«, fragte Annette tonlos.

»Aber nein!« Dr. Steiner hatte sich wieder gefangen. »Sie ist doch nicht zum Sterben hier. Wir mussten sie bloß auf die Normalstation bringen, da wir irgendwann in der kommenden Dreiviertelstunde zwei Unfallopfer hereinbekommen, die beinahe so aussehen, wie Sie einmal ausgesehen haben. Vielleicht nicht ganz so schlimm, aber immerhin so, dass wir die Intensivbetten unbedingt für sie brauchen.«

»Wieso sagen Sie das nicht gleich?«

»Wieso kommen Sie nicht auf dem üblichen Weg auf die Intensivstation, dann hätten Sie sich den Schrecken hier ersparen können.«

Annette hatte sich gefasst. »Entschuldigen Sie, Herr Oberarzt, dass ich so ungehalten war, es war nur so …«

»Ist schon in Ordnung. Gehen Sie jetzt zu Ihrer Maria. Sie ist auf der Frauenstation im Überwachungszimmer. Wir haben denen genau gesagt, was sie mit ihr machen müssen, und bei Bedarf schaue ich selbst bei ihr vorbei. Versprochen. Ist ja nur ein Katzensprung.« Er setzte ein Lächeln auf, das Annette sofort beruhigte.

»Bin schon unterwegs.« Sie drückte Steiner ein Küsschen auf die Wange und war schon auf dem Weg.

Steiner verweilte einen Augenblick. Der Kuss brannte noch immer auf seiner Wange, und er legte jetzt die Hand darauf, um ihn noch besser zu spüren. »So sinnlos ist die Arbeit also doch nicht immer, wie es scheint.«

Während er das noch laut aussprach, wurde mit Schwung ein Bett in den Raum geschoben. Sein Kollege Brauer und eine blutjunge Schwester waren am Werk.

»Philosophier hier nicht rum, Robert, hilf uns lieber bei der Arbeit!«, rief Brauer.

Kapitel 30

Das Überwachungszimmer hatte Annette auf Anhieb gefunden, und darin auch Maria. Sie sah erbärmlich aus. Die Haut mit einem Schweißfilm bedeckt, schwer atmend, und daneben stand auch mit einem erbärmlichen Gesichtsausdruck eine Schwester der gynäkologischen Abteilung, die offenbar abkommandiert worden war, auf Maria aufzupassen. Sie hatte sich vorgestellt und auch gleich erklärt, dass diese Aufgabe überhaupt nicht in ihr Arbeitsprofil passen würde, sie sich aber mit allen Kräften bemühen würde, das Ganze gut über die Bühne zu bringen. Annette war entsetzt über Marias Zustand. Sofort hatte sie sich entschieden, die Nacht über bei ihr zu bleiben. Die Schwester war offenbar froh, nicht ganz allein zu sein, und bat Annette, für zehn Minuten etwas essen gehen zu dürfen. Sie wäre über die Klingel am Bett gleich wieder zu erreichen.

Annette nickte bloß, ging dann zu Maria und küsste sie auf die schweißnasse Stirn. Sie fand ein Tuch und wischte sorgsam das Gesicht trocken. Die Haut war schweißig, aber nicht fiebrig, und Maria bekam sichtlich gar nichts mit, was um sie herum vorging.

In Annette machte sich immer mehr Hoffnungslosigkeit breit. Beinahe hätte sie das Klopfen an der Tür überhört, so war sie in Gedanken.

»Herein!«, rief sie dann aber doch.

Durch die Tür kam eine fast weißhaarige, indes gar nicht so alte Frau. Annette konnte mit dem Gesicht nichts anfangen.

»Guten Abend. Liegt hier Schwester Maria?«

»Ja, sie ist hier. Wer sind Sie, wenn ich fragen darf?«

»Ich bin die Oberin des Hauses. Ich wollte bloß …«, sie unterbrach sich, »entschuldigen Sie. Sind Sie ihre Annette? Sind Sie Frau Dr. Weiß?«

»Das bin ich. Was wollen Sie hier?« Die Frage klang scharf.

»Ich wollte nur sehen, wie es ihr geht.«

»Nicht gut.«

»Meinen Sie, dass sie ausreichend gut betreut ist?«

Annette atmete kräftig durch. »Die Leute hier bemühen sich wirklich, denke ich, aber sie sind vielleicht ein wenig überfordert. Üblicherweise werden Patienten in so einem Zustand auf der Intensivstation betreut, aber da ist heute kein Platz für meine Maria.«

»Ihre Maria.« Die Oberin lächelte. »Es tut mir leid, dass mir seinerzeit so unbedachte Aussagen über Sie herausgerutscht sind. Ich bin mir sicher, Sie wissen, was ich meine. Ich habe ja gleich die passende Ohrfeige dafür erhalten.«

»Was soll ich dazu sagen? Was erwarten Sie von mir?«

Die Oberin schüttelte den Kopf. »Nichts. Gar nichts. Aber ich werde etwas unternehmen. Passen Sie in der Zwischenzeit auf Ihre Maria auf. Alles Gute, Frau Dr. Weiß.« Die Oberin machte kehrt und war bereits draußen aus dem Zimmer.

Kaum zehn Minuten später klopfte es erneut. Annette hatte sich eben gefragt, wo die zuständige Schwester von der Gynäkologie blieb.

Auf ein neuerliches lautes »Herein!« ging die Tür auf, doch diesmal steckten zwei Frauen den Kopf herein. Einer davon war Annette bestens bekannt. Es war die Stalin, und in ihrem Gefolge kam eine behäbige ältere Frau, die Annette nach einer kurzen Begrüßung als Nora vorgestellt wurde.

»Die Oberin hat uns persönlich hierher abkommandiert. Die Schwestern hier sind heilfroh, dass wir Ihnen das abnehmen, so nett waren die noch nie zu uns. Was meinst du, Nora?« Schwester Nino hatte gleich losgelegt, und Nora nickte bloß.

»Das wollte sie also unternehmen, die Oberin.«

Die beiden Schwestern hörten Annette gar nicht mehr zu. Sie waren schon am Bett von Maria und inspizierten die Patientin.

»Die haben die arme Maria ja bis zur Bewusstlosigkeit niedergespritzt. Na ja, in der Situation vielleicht gar nicht so schlecht.«

»Der Bauch fühlt sich gut an«, meldete sich die Stalin zu Wort. »Waschen muss ich sie, und neu anziehen, sie ist ja bis aufs Leintuch durchgeschwitzt.«

»Fieber dürfte sie aber keines haben, wie sich das anfühlt. Ah, einen ordentlichen Venenkatheter hat sie wenigstens. Das macht die Sache leichter.«

Beide nestelten noch wortlos an Maria herum und richteten sich beinahe gleichzeitig wieder auf, sahen sich an. »Zum Sterben ist sie jedenfalls nicht hier. Das steht fest. Aber ein paar Tage Arbeit werden wir hier schon vor uns haben, bis sie wieder auf die Beine kommt, so es keine wesentlichen Komplikationen gibt. Na, dafür haben wir dann ja die Damen und Herren Operateure, die wir aber gar nicht beanspruchen wollen. Was meinst du, Nora?« Mit dieser kurzen Frage beendete die Stalin ihren Monolog, und Annette fiel ein Stein vom Herzen.

Nora verabschiedete sich schnell und verließ das Zimmer. Die Stalin hingegen machte sich gleich ans Werk, und Annette sah ihr dabei untätig zu.

»Annette, willst du mir helfen, deine Maria zu versorgen?«

»Gerne. Liebend gerne. Du musst mir nur sagen, was ich tun muss.«

Schwester Nino lächelte breit. »Zuerst brauchst du eine andere Bekleidung. Das Kleid da kannst du nicht gebrauchen. Das ziehst du das nächste Mal an, wenn du mit Maria wieder in ein Konzert gehst. Soll ich dir irgendetwas beschaffen?«

Annette schüttelte den Kopf. »Ich hab etwas da. Das kann ich nehmen. Glaubst du das wirklich mit dem Konzert?«

»Ganz bestimmt, Annette.«

»Wo kann ich mich umziehen?«

»Na, gleich hier.«

Annette schaute ein wenig verlegen. »Gleich hier?«

»Natürlich gleich hier. Oder denkst du, ich habe dich noch nie nackt gesehen? Annette, niemand außer Maria hat dich je so nackt gesehen wie ich. Also mach dir keine Gedanken. Komm, wir müssen etwas tun.«

Die ganze Nacht über war Annette aktiv geblieben. Schwester Nino konnte sich vielfach das Lachen nicht verkneifen über den Eifer, mit dem Annette am Werk war. Und Annette war äußerst gelehrig und auch sehr geschickt. Man konnte ihr wirklich Arbeiten übertragen. Am frühen Morgen war dann Ruhe eingekehrt. Die Patientin schlief ruhig und fest, und Annette gönnte sich eine kurze Pause. Es war beinahe das Schwierigste für die Stalin, Annette zu bremsen und auch einmal zu einer Pause anzuhalten. Der Wunsch in der jungen Frau, ihrer Maria wenigstens nur einen kleinen Bruchteil davon zurückzugeben, was sie selbst über Monate empfangen hatte, war riesengroß. Das war für Schwester Nino nicht zu übersehen, und eine große Genugtuung erfasste sie, als sie Annette ans Bett gelehnt stehen sah.

»Ich glaube, es geht ihr schon besser«, ließ sich Annette mit leiser Stimme vernehmen.

»Sicher, Annette. Setz dich jetzt für einen Augenblick in den bequemen Sessel und ruh dich einmal zehn Minuten aus.«

Annette nickte, ließ sich in den Lehnstuhl fallen und war im Nu eingeschlafen. Die Dienstübergabe hatte sie überhaupt nicht mitbekommen, und Nora hatte zudem keinen Grund gefunden, die Schlafende deswegen zu wecken.

Als Annette jedoch um elf Uhr am Vormittag wach wurde, wurde sie gleich mit Geplapper empfangen.

»Schau, Nora, Schwester Annette ist auch wieder erwacht. Kein Verlass ist auf die. Sie schläft ja wie ein Murmeltier, und wenn man sie braucht, damit sie einem zumindest ein Küsschen auf die Wange drückt, dann ist sie weit fort im Träumeland.«

Der frische Ton in der Stimme ließ Annettes Herz höher schlagen.

»Plapper nicht so viel, schau lieber, dass du bald wieder gesund wirst.«

»Und du denkst, das geht nur mit einem Schweigegelübde?«

»Nora, seit wann geht denn das schon so? Wie hältst du das aus?«

»Seit sie dich hier hat schlafen sehen. Seither ist sie nicht mehr zu bremsen.«

»Glaubst du, ich soll gehen?«

»Nein, bleib, ich bin schon wieder still und ganz brav.«

»Siehst du, Nora, wir haben schon ein akkurates Mittel gefunden, die Patientin abzustellen, wenn sie gar nicht mehr zu bremsen ist.« Annette hatte sich aus dem Stuhl erhoben und war zu Maria ans Bett gekommen. Die duftete gut, war mit frischer Wäsche bekleidet, am liebsten hätte sich Annette zu ihr gelegt. So aber bedeckte sie ihre Liebste mit unzähligen Küssen.

»Meine Annette«, entfuhr es Maria, dann schwieg sie. Es gab jetzt nichts zu sagen.

Kapitel 31

Von Tag zu Tag ging es Maria nun besser. Drei Tage lang wurde ihre Überwachung noch aufrechterhalten. Annette blieb immer die ganze Nacht über und schlief dann im Lehnstuhl in den Vormittag hinein. Maria, die nun in der Nacht schon meist erholsame Ruhe finden konnte, verbrachte dann den halben Vormittag damit, ihre schlafende Annette zu betrachten. Das war der Gesundbrunnen schlechthin für sie. Sie sagte dies zwar niemandem, im Inneren konnte sie es aber deutlich fühlen.

Nach einer Woche war Maria so weit, dass der Chef der Abteilung ihr einmal eine genauere Auskunft über die Operationen geben konnte, die hatten durchgeführt werden müssen. Und er berichtete auch über die Komplikationen, die aufgetreten waren.

»Ich habe also keine Gebärmutter mehr? Dass, was wir geplant hatten, hat also nicht geklappt. Das heißt auch, dass ich nie Kinder bekommen werde.«

»Das ist leider richtig. Sie werden nie eine Schwangerschaft erleben können.«

Maria nickte und schwieg. Ein tief in ihr sitzender Wunsch würde also nicht in Erfüllung gehen. Mit einem Mal wurde ihr schwer ums Herz, und sie konnte den weiteren Erläuterungen des Gynäkologen gar nicht mehr folgen. Es interessierte sie auch nicht mehr.

Annette, die eine Stunde später zu Maria kam, sah sofort, dass sich die Stimmung ihrer Liebsten drastisch geändert hatte. Erst sprach sie dies nicht an, wollte sie doch Maria die Gelegenheit geben, selbst mit der Sache herauszurücken. Doch sie schwieg, und so war es Annette, die einfach nachfragte.

Statt einer Antwort bekam sie Tränen zu sehen, die bald in Strömen über die Wangen flossen.

»Sag, was ist los mit dir, Maria?«

»Ich werde nie Kinder bekommen können.«

»Ich weiß. Das wird nicht mehr gehen. Ich habe es schon vor längerer Zeit erfahren.«

Maria nickte. »Wir haben das ja schon alles einmal durchgekaut. Ich war so gut darauf eingestimmt. Und jetzt das. Es macht mich traurig.«

»Maria, es gibt ja noch mich. Dann werde ich eben die Kinder bekommen, die unser Haus mit Lärm und Spielzeug anfüllen werden. Oder ist es nicht das, was du dir vorstellst?«

Maria schüttelte bloß ihren Kopf.

»Das heißt, wir sind am Nullpunkt angelangt, was das Vorhaben anbelangt?«

»Ja«, kam es ganz verzagt, »warum glaubst du, hab ich mich ursprünglich auf so eine Operation eingelassen, bei der nur die Muskeltumoren aus der Gebärmutter herausgeschnitten werden, wenn ich die Gebärmutter nicht noch für irgendetwas vorgesehen hätte?«

»Ich weiß das doch alles.« Annette strich Maria versonnen über die Stirn. »Ich sag dir aber gleich eines: Du wirst jetzt erst einmal richtig gesund. Und in einem Vierteljahr sehen wir weiter. Dann gehen wir das mit den Kindern konkret an.«

»Sollten wir Ullrich ...«

»Aber sicher. Das Problem mit dem potenziellen Vater ist doch tatsächlich schon geklärt. Und alles andere, wie wir es technisch machen und so weiter, das klären wir in ein paar Monaten. Dann aber fix. Ich versprech's.«

Marias Laune hatte sich ungemein gehoben. Plötzlich saß ihr der Schalk im Nacken. Sie war wie ausgewechselt. Lang und breit ließen sich die Frauen darüber aus, wie Kinder potenzieller Samenspender aus der Bekanntschaft wohl aussehen könnten. Sie mussten mehr und mehr kichern, und irgendwann hatten sich die beiden Frauen bei aller Alberei darauf geeinigt, dass man Herrn Dr. Ullrich Hartmann definitiv zum Samenspender erkoren hatte und dass man ihm das bei seinem nächsten Besuch hier gleich mitteilen würde. Ullrich wurde ohnehin erwartet. Angela und er hatten sich bereits telefonisch angekündigt.

Irgendwie kamen sie auf Kornthaler zu sprechen, und wieder endete alles im Gelächter, als man sich den hässlichen Mann als potenziellen Vater vorstellte. Ihn hatten die Damen bis zu diesem Zeitpunkt nicht als Kandidaten in Betracht gezogen. Da ging auch die Tür schon auf, und der Leibhaftige stand mitten im Zimmer. Professor Kornthaler in all seiner fragwürdigen Pracht.

»Man hört das Gekicher bis auf den Gang. Das ist gut so. Wie geht's?«

»Eigentlich gar nicht so gut.«

»Das heißt?«

»Dass ich sicher nie Kinder bekommen kann. Meine Gebärmutter ist futsch.«

»Futsch«, wiederholte er kurz, wurde ernst und schwieg.

»Futsch«, legte Maria nochmals nach, »aus und vorbei.«

Kornthaler nahm Maria jetzt scharf ins Visier, blickte aber immer wieder kurz auf Annette. »Wollen Sie ein eigenes Kind, oder wollen Sie eine Schwangerschaft erleben?«

»Ein eigenes Kind. Um die Schwangerschaft geht es mir nicht.«

»Was ist mit Ihren Eierstöcken?«

»Sind noch drin und laut dem Chef hier völlig in Ordnung. Er meint, die brauche ich noch für meinen Zyklus, auch wenn ich nie mehr menstruieren werde.«

»Wird Ihnen das fehlen?«

»So eine blöde Frage, die können auch nur Sie als Mann stellen«, fuhr Annette dazwischen, und es fiel ihr ein, dass sie dringend Tampons kaufen sollte.

»Sagen Sie das nicht. Viele Frauen, vor allem junge Frauen, fühlen sich nicht als vollständige Frauen, wenn sie nicht einmal im Monat eine Blutung haben.«

»Wir beide gehören nicht zu denen. Stimmt's, Annette?«

»Wieso wollen Sie das alles wissen, Herr Professor? Können Sie auch eine Gebärmutter wieder zusammenbauen?«

»Kann ich nicht. Aber meine Frau ist Gynäkologin, und die beschäftigt sich ausschließlich mit Frauen, die keine oder nur schwer Kinder bekommen können. Es ist nicht so lange her, da hat sie mir erzählt, dass sie ein ähnlich gelagertes Problem zu lösen hatte.«

»Und wie sah die Lösung dann aus?«, fragte Maria ein wenig ungeduldig.

»Ihre Annette trägt Ihr Kind aus. Ganz einfach.«

»Wie meinen Sie das?« Beide Frauen hatten die Frage wie aus einem Mund gestellt.

»Das geht relativ einfach. Zumindest laut meiner Frau, die das beinahe täglich macht. Man entnimmt der Frau, die selbst keine Kinder bekommen kann, Eizellen, befruchtet sie in der Retorte, auch kein Problem mehr heutzutage, und pflanzt sie der zweiten Frau ein. Angeblich auch einfach.« Kornthaler lächelte breit. »Und dann haben Sie ganz einfach ein Kind. Ihr Kind. Und bei Ihnen fällt das Problem weg, dass sich die Leihmutter oft nicht vom Kind trennen kann. Das spielt bei Ihnen keine Rolle, die sollte ja auch eine ganz enge Bindung mit dem Kind eingehen. Sie haben bloß das Problem, dass man dazu, wie das ja in seltenen Fällen auf dieser Welt noch so ist, einen Mann dazu braucht.«

»Das macht der Herr Dr. Hartmann!«

»Sie haben schon mit ihm gesprochen?«

»Das haben wir! Bereits vor langer Zeit ist einmal das Gespräch darauf gekommen. Er selbst war es, der sich da ins Spiel gebracht hat. Wir konnten es erst gar nicht glauben, doch es war und, was ich weiß, ist sein Ernst. Der wird verdammt noch einmal der genetische Vater unserer Kinder, und wenn wir ihn melken müssen.«

Kornthaler und Annette sahen erstaunt auf Maria. Die war offenbar tatsächlich auf dem Weg zur Genesung. Flüche oder sonstige markige Aussprüche waren von ihr schon lange nicht zu hören gewesen.

»So, Schwester Maria, da Sie ja mit meinem Vorschlag etwas anfangen können, verspreche ich Ihnen etwas. Sie müssen das natürlich nicht annehmen, aber das Angebot steht: Wenn Sie das alles über meine Frau laufen lassen, dann kostet Sie das keinen Cent. Dafür verbürge ich mich. Das ist ein später Dank dafür, dass Sie mir auf meine Patientin, an der ich mich in Grund und Boden operieren konnte«, er deutete auf Annette, »Sie meine ich damit, also dafür, dass Sie so gut auf sie Acht gegeben haben.«

»Das ist ein Angebot. Wir werden uns das durch den Kopf gehen lassen.«

»Ein wenig Zeit werden Sie sich lassen müssen. In so einen frisch operierten Bauch geht meine Frau nicht einmal hinein, um Eizellen zu sammeln.«

»Das versteht sich ja von selbst, Herr Professor. Wir haben ja keine Eile. Jung genug sind wir noch.«

Kornthaler kommentierte das nun nicht mehr, sondern baute sich am Fußende des Bettes auf. »Eigentlich wollte ich nur wissen, wie es unserer Patientin tatsächlich geht.«

Kapitel 32

Acht Monate später hatte Ullrich Hartmann Annette und Maria zu einer Besprechung in seine Ordination eingeladen.

So saß er nun nach dem tatsächlich äußerst konstruktiven Gespräch auf seinem Sessel und wartete auf den inoffiziellen Teil. Maria hatte einen solchen im Vorfeld bereits angekündigt. Ihm brannte ja auch eine Neuigkeit auf den Lippen. Das wäre der Abschluss des Tages. Doch dazu sollte Angela noch erscheinen. Er sah auf die Uhr. Spätestens in zehn Minuten sollte sie hier sein.

»Hast du es eilig, Ullrich?« Maria war der Blick auf die Uhr nicht entgangen.

»Nein, überhaupt nicht. Ich habe nur nachgesehen, wie lange es noch dauert, bis Angela kommt.«

»Angela ist noch bei einer alten Patientin, die sie betreut«, Maria blickte nun ihrerseits auf die Uhr, »sie hat sicher erst vor wenigen Minuten die Wohnung verlassen.«

»Sag ich ja.«

Annette schwieg, sie war in Gedanken versunken. Maria hingegen war immer noch nicht klar, was die Sache mit Angela auf sich hatte. »Wie auch immer das mit Angela ist, wir haben einen Anschlag auf dich vor. Ganz konkret. In den nächsten vierzehn Tagen.«

Seine Neugier wuchs sprunghaft an, da Maria und Annette nun plötzlich keine Anstalten machten, gleich loszulegen. Beide nestelten an Kleidung und Taschen herum, Maria hatte ihre Besprechungsunterlagen schon verstaut, dann wieder hervorgeholt, um sie in eine andere Tasche zu stecken. Reine Ersatzhandlungen. Man konnte offenbar noch nicht loslegen. Da musste also etwas Unangenehmes auf ihn zukommen. Ullrich Hartmann ging ganz flink im Kopf einige Situationen aus der jüngsten Vergangenheit durch, die vielleicht Anlass für einen Konflikt hätten sein können. Hatte er die beiden oder deren »Weiß und Eisner« irgendwie schlecht behandelt? Es fiel ihm nichts ein, und seine in den letzten Monaten immer mehr verblassten Selbstzweifel waren drauf und dran, wieder schärfer ins Licht zu rücken, bis Annette sich ein Herz fasste und loslegte.

»Ullrich, wir haben eine Bitte an dich.«

»Ja?« Eine Bitte. Er war erstaunt. Was konnte das sein, dass man da so herumdrückte? Sie wussten doch, dass sie von ihm alles haben konnten, und er wusste, dass es umgekehrt genauso war.

»Ja, wir haben eine Bitte an dich.« Maria legte nach, ein Mehr an Information gab es aber nicht.

Ullrich Hartmann lachte. »Können wir jetzt zum Punkt kommen. Ihr wisst doch, dass ich euch nichts ausschlagen kann.«

»Ich weiß nicht, ob du dann noch lachen kannst, wenn du weißt, um welche Sache es da geht.«

Da fiel es ihm wie Schuppen von den Augen. »Ihr geht das mit den Kindern an! Es wird ernst. Ich habe die Sache in der letzten Zeit ja ganz vergessen. Meine Güte! Ja! Ja, es bleibt dabei, ich stehe euch dafür zur Verfügung. Ich zieh doch jetzt nicht den Schwanz ein.«

Maria und Annette, beide bis zum letzten Nachsatz angespannt wie Sehnen, prusteten gleichzeitig los. Das mit dem Schwanzeinziehen war ihnen in seiner Zweideutigkeit nicht entgangen.

»Ja, bitte, sei so lieb, zieh den Schwanz nicht ein.«

»Nein, nein, das tu ich nicht, ich muss bloß …« Die Tür ging auf, und Angela trat ein. »Hallo Angela! Ja, ich muss natürlich Angela fragen.«

»Hallo Angela! Warum muss er dich fragen?«, fragte Maria ein wenig erstaunt.

»Keine Ahnung. Was müssen wir gemeinsam entscheiden, Ullrich?«

»Ich verstehe die Situation nicht ganz«, kam es von Annette, »kann mir das hier alles jemand mal erklären?«

»Ich wollte es euch eben mitteilen«, antwortete Ullrich, atmete kräftig durch und fuhr fort: »Wir werden heiraten. Wir pfeifen drauf, was andere sagen, weil uns ein Altersunterschied von vierzehn Jahren trennt. Wir lieben uns, und wir sind ein Paar.«

»Ullrich, bist du vom bösen Schwein gebissen? Das ist doch ein Witz!« Maria konnte sich gar nicht mehr halten. »Das wüssten wir doch, wenn ihr ein Paar wärt. Das hättet ihr doch nie und nimmer vor uns geheim halten können. Annette, sag doch was!«

»Ich habe es mir schon gedacht …«

»Und da sagst du mir nichts davon?«, fiel Maria ihr ins Wort.

Angela lachte laut los. »Es ist so, wie Ullrich das sagt. Wir werden heiraten. Nicht heute, aber vermutlich noch in diesem oder im kommenden Jahr.«

Wums! Das saß. Boxsportlern ist bekannt, dass, wenn man den Gegner am richtigen Punkt trifft, nicht die rohe Gewalt das K.O. hervorruft, sondern die Präzision des Treffers. So erging es nun Maria. Hätte sie es sich nicht im Lehnstuhl bequem gemacht, wäre sie auf dem Rücken gelandet. »Was???«

»Du hast schon richtig verstanden.« Ullrich ließ sich nun nichts Weiteres herauslocken.

Offenbar hatten sich Angela und Ullrich gefunden und ihren Beschluss gefasst.

»Seit wann geht das nun schon?«, fragte Maria tonlos nach.

»Seit du einmal beschlossen hast, dass ein Taxi doch billiger wäre als zwei, als ihr uns irgendeinmal spät in der Nacht aus eurem Haus komplimentiert habt.«

»Dann sind wir schuld an der Situation.«

»Schuld daran, ja. Aber wir empfinden sie nicht als unangenehm.« Ullrich grinste.

»O du meine Güte! Was für Neuigkeiten. Ich gratuliere euch. Ist das schön! Aber überstürzt ihr da nichts?«

Angela schüttelte den Kopf. »Nein, Maria. Natürlich haben wir uns das in den letzten Tagen auch gefragt, als wir zu dem Entschluss gekommen sind. Wir sind uns aber beide sicher. Wir wollen es.«

»Da kann ich mich mit den Gratulationen nur mehr anschließen.« Annette hatte Angela in den Arm genommen und fest an sich gedrückt. »Ich wünsche dir das Allerbeste.« Dann wandte sie sich an Ullrich. »Hätten wir Angela tatsächlich adoptieren können, wärst du in Zukunft mein Schwiegersohn.«

»Na, da kann ich ja froh sein, dass mir diese giftige Schwiegermutter erspart bleibt …« Dafür erhielt er einen Klaps auf den Arm. »Na, so giftig bist du ja gar nicht.«

»Danke.« Annette lachte, wurde aber gleich wehmütig. »Also, dann wird vermutlich nichts aus Ullrichs Vaterschaft, für die wir ihn auserkoren haben.« Sie lächelte Ullrich an. »Und wofür er sich selbst angeboten hat«, fügte sie rasch an.

Angela schüttelte den Kopf. »Wieso denn? Mir ist doch bekannt, dass ihr das vorhabt. Ich selbst habe das ja irgendeinmal zur Sprache gebracht. Und was soll jetzt so anders sein, wenn wir ein Paar sind?«

Staunen erfasste Maria und Annette.

»Du würdest das aushalten? Du könntest es gutheißen, dass dein Verlobter mit einer anderen Frau ein Kind zeugt? Und das ganz bewusst?«

Angela fuhr hoch, blickte nachdenklich an Maria vorbei in die Ferne, ehe ein Lachen ihren Mund umspielte. Sie gluckste. »Na, die Modalitäten wären da schon zu besprechen. Und natürlich möchte ich nicht, dass Ullrich mit euch ins Bett hüpft, damit daraus etwas wird. Aber ich denke, das wäre ja auch nicht gerade in eurem Sinn.«

»Ich hätte nichts dagegen …« Annettes neuerlicher Klaps traf Ullrich unvorbereitet. »Aua! Ich hab ja nur gemeint, dass ihr mir sehr sympathisch seid.«

»Danke. Und dafür würdest du dich dann auch opfern und mit uns Lesben ins Bett springen. Sehe ich das richtig?«

»Kann man das anders sehen?«, kam es unisono von Maria und Angela.

Angela schaffte es dann, innerhalb weniger Minuten konkrete Pläne zu schmieden. Maria musste auf ihr Geheiß hin sofort mit Laila Kornthaler telefonieren, die das Ganze ja in die Realität umsetzen sollte. Die wusste sofort, worum es ging. Offenbar hatte ihr Mann sie bereits genauestens informiert. Und Frau Dr. Kornthaler vergaß nie etwas. Sie hatte ein Gedächtnis wie ein Elefant. In den darauffolgenden drei Monaten mussten Annette und Maria dies ein paarmal zur Kenntnis nehmen, wenn sie etwas nicht genau so gemacht hatten, wie sie es aufgetragen bekommen hatten. Doch vermutlich genau diese strikte und genaue Art, gepaart mit einer unglaublichen Liebenswürdigkeit, war der Garant für ihre Erfolge. Das hatte sich in der Stadt und der weiteren Umgebung herumgesprochen. Man rannte ihr sprichwörtlich die Tür ein. Stoisch nahm sie das hin, arbeitete wie ein Berserker, um dann auch regelmäßig abzuschalten. Dann hing ihr Sinn nur mehr an ihrer Querflöte und an ihrer Familie. In dieser Reihenfolge – so hatte es ihr Mann Annette und Maria einmal beschrieben.

Kapitel 33

Marias Mobiltelefon läutete am späten Abend. Die am Display erscheinende Nummer sagte ihr gar nichts. Vermutlich waren das wohl Angehörige eines Pfleglings. Es kam gar nicht so selten vor, dass diese anriefen, wenn sich etwas Drastisches geändert hatte, das die Intensität oder sonstige Modalitäten der Pflege beeinflussen konnte. Maria nahm solche Telefonate stets an, das war einer ihrer Grundsätze. Wenn es jemandem möglich war, sie zu erreichen, so war sie für ein Gespräch bereit. Üblicherweise gab es dann jedoch auch Zeiten, in denen sie eine Ansage laufen ließ, die auf die zuständigen Leute im Team verwies. An dem Abend hatte Maria nun eigentlich bloß vergessen, umzuschalten. Für den kommenden Tag hatte sie sich freigenommen. Laila Kornthaler hatte einen Termin um elf Uhr am Vormittag für sie und Annette reserviert. Das machte sie nun schon den ganzen Tag nervös und hektisch. Wie auch Annette. Das war Maria nicht entgangen.

»Eisner! Guten Abend!«, brüllte Maria fast ins Telefon.

»Kornthaler. Guten Abend. Warum schreien Sie so?«

»Verzeihung, Herr Professor, ich wollte Ihr empfindliches Ohr nicht strapazieren. Sie sind's? Wieso rufen Sie an?« Im Nu kam ihr, dass der Termin am nächsten Tag mit Kornthalers Frau vermutlich den Bach runtergegangen war. »Ist etwas mit dem Termin morgen bei Ihrer Frau?«

»Ja, genau, deswegen rufe ich an.«

»Der Termin ist im Arsch. Wieso?«

»Maria Eisner, wie sie leibt und lebt. Ihre deftige Ausdrucksweise geht mir eigentlich sehr ab, wenn ich es mir recht überlege. Nun, der Termin ist nicht im Arsch, um Ihre Diktion beizubehalten. Im Gegenteil. Ich möchte Sie persönlich bei meiner Frau abliefern.«

»Ach ja?«

»Ja, es ist mir ein Bedürfnis.«

»Woher wissen Sie eigentlich von dem Termin? Sie werden doch nicht jeden Tag den vollen Terminkalender Ihrer Frau auswendig lernen.«

»Sie hatte den strikten Auftrag, mir mitzuteilen, wann Sie und Annette bei ihr auftauchen sollten. Morgen um elf Uhr. Und dabei bleibt es auch.«

»Sie denken also, Annette und ich würden es nicht schaffen, alleine zu Ihrer Frau zu finden?« Ein amüsiertes Lächeln umspielte Marias Lippen.

»So ist es nicht. Bloß ...«

»Bloß was?«

»Ich finde, Laila hat eine Furie von Sprechstundenhilfe in ihrem Vorzimmer sitzen. Die ist unmöglich, einfach unmöglich. An der möchte ich Sie vorbeischleusen.«

»Das ist alles?«

»Das ist alles.« Kornthaler machte eine Pause. »Na, ich möchte Sie und Annette meiner Frau persönlich vorstellen. Das kommt dazu. Und dann kommt weiter hinzu, dass ... dass ich mich einfach wahnsinnig freue, dass das morgen überhaupt zustande kommt. Ist ja irre. Nicht einmal ich hätte mir das je vorstellen können, nach all dem, was passiert ist.«

»Na, dann werden wir uns gerne von Ihnen begleiten lassen. Es wird uns ein Vergnügen sein.«

Am kommenden Morgen wachte Maria früh auf. Sie lag eng umschlungen mit Annette im Bett. Zwei Finger tief in deren Vagina. »Verrückt! Du bist verrückt, Maria«, sagte sie leise zu sich selbst. Annette und sie wollten am Vorabend noch miteinander schlafen, waren aufgekratzt und erregt, doch dann entspann sich eine Plauderei über dies und das, sodass sie es bei ein paar Küssen und einer festen Umarmung bewenden ließen. Und sie waren nicht eng umschlungen eingeschlafen, daran konnte sich Maria ganz sicher erinnern. Und nun wachte sie in dieser Stellung auf. Vorsichtig versuchte sie nun, ihre Finger aus der warmen, weichen Umgebung zu befreien. Ohne Erfolg. Annette, die sichtlich schlief, drückte ihr Becken fest gegen Marias Hand und ließ es ein wenig kreisen. »Dann eben nicht.« Wieder hatte Maria zu sich selbst gesprochen.

»Hör nicht auf«, flüsterte Annette dann leise. »Was machst du da mit mir? Habe ich das erlaubt?« Annette gab selbst die passende Antwort. Sie drückte sich noch fester gegen Marias Hand. »So könnte ich jeden Tag aufwachen.«

»Das könnte dir so passen«, flüsterte Maria Annette ins Ohr. »Und anschließend darf ich dir noch einen Kaffee ans Bett servieren. Wäre das deine Vorstellung eines guten Morgens?«

Hemmungslos ließ sie nun ihre Hand in Annettes Mitte spielen. Ihre Geliebte keuchte, ächzte und biss Maria schließlich in den Hals, als eine Welle der Lust sie überrollte.

»Was haben Sie denn da für eine seltsame Verletzung am Hals, Maria? Die sieht ja beinahe ulkig aus.« So wurden sie von Professor Kornthaler begrüßt, als er Annette und Maria an seinen Tisch im Café bat, das gleich um die Ecke zur Praxis seiner Frau lag.

Marias Gesicht lief knallrot an. »Das ist ... das ist nichts.«

Kornthaler sah nun Annette amüsiert an. »Für diese nichtige Verletzung sind vermutlich Sie verantwortlich.«

»Ist doch nicht schlimm. Oder?« Annette sah ein wenig verunsichert auf Marias Hals. Ein wenig war ihr die Sache nun peinlich.

Maria hätte ein Halstuch tragen müssen, um die »Verzierung«, so hatte es Maria vor dem Spiegel im Bad bezeichnet, verstecken zu können. Das wollte sie jedoch nicht.

»Müssen wir nun unser Geschlechtsleben auch vor Ihnen ausbreiten, oder wird es reichen, wenn wir das in einer guten Stunde vor Ihrer Frau tun? Ich nehme stark an, sie wird von uns alles wissen wollen.«

Kornthaler schüttelte energisch den Kopf. »Nein, nein, ich will Ihnen auf keinen Fall zu nahe treten. Ihr Hals sieht bloß ein wenig amüsant aus, wenn ich das so sagen darf.«

Maria schüttelte nun ihrerseits belustigt den Kopf. »Typisch Mann, würde ich sagen. Was meinst du, Annette? Leicht zu amüsieren.«

»Ich vermute, dass es bei Ihnen auch nicht immer todernst zugeht.«

»Übrigens – Guten Tag, Herr Professor. Schön, dass wir uns hier treffen können. Haben Sie bereits etwas bestellt, oder tun wir das nun gemeinsam?«

»Guten Tag, Frau Eisner, guten Tag, Frau Dr. Weiß. Nein, ich habe noch nichts bestellt, ich habe auf Sie gewartet. Wir haben ja noch Zeit.

Die will ich nutzen, um Ihnen ein wenig von der Praxis meiner Frau zu erzählen. Ich darf sie etwas vorwarnen, so kann man das sagen.«

»Auf was lassen wir uns da ein? Haben nicht Sie uns vorgeschlagen, wir sollten mit unserem Anliegen zu Ihrer Frau wandern?« Maria war verunsichert.

»Auf nichts Schlimmes …« Kornthaler berichtete nun enthusiastisch und irgendwie stolz von seiner Frau und deren Fähigkeiten. Und er beschrieb mit großer Freude die Praxis, ebenso detailliert das dort tätige Personal.

Als die zwei Frauen um die frühe Mittagszeit die Praxis betraten, schien ihnen diese tatsächlich ein wenig vertraut zu sein. Und auch Kornthalers Frau war ihnen gar nicht mehr fremd.

»Ah, Kornthaler, du bringst mir deine Schützlinge persönlich vorbei. Das wäre ja gar nicht notwendig gewesen. Wie hast du dir überhaupt die Zeit dafür nehmen können?«

Maria und Annette hatten bereits erfahren, dass Frau Dr. Kornthaler ihren Mann, den Professor, immer nur als Kornthaler ansprach. Das war in der Vergangenheit so gewesen, das würde sich in Zukunft nicht ändern.

Maria lächelte, als sich das bestätigte. Sie konnte sich beim besten Willen nicht vorstellen, ähnlich mit Annette zu kommunizieren. *Weiß, ich will mit dir schlafen! Kannst du meine Klit zärtlich mit der Zunge verwöhnen, Dr. Weiß?* Die Gedanken an solche Sätze ließen sie nun loslachen.

»Was hast du, Maria?« Annette sah ein wenig erstaunt auf ihre Liebste.

»Nichts. Ich bin bloß ein wenig aufgekratzt. Ein paar Gedanken flattern in meinem Kopf herum. Ich erzähle dir später davon.« Sie machte eine kurze Pause. »Ist dir übrigens bewusst, dass wir nun das erste Mal gemeinsam in einer Ordination sitzen?«

»Dessen bin ich mir bewusst. Und ein sehr schönes Problem bringt uns hierher.«

Kapitel 34

Acht Wochen, nachdem Maria das erste Mal gemeinsam mit Annette die Praxis von Dr. Laila Kornthaler betreten hatte, schob sie wieder die elegante Eingangstür auf. Heute war sie allein hier. Die Eizellen sollten entnommen werden. Sie war darauf nach dem neuesten Stand der Medizin vorbereitet worden. Laila Kornthaler hatte sich auch vergewissert, überhaupt nach den Operationen, die Maria hatte überstehen müssen, in den Bauch hineinzukommen. »Manche Frau bekommt einmal einen kleinen Schlag auf den Bauch ab, und schon ist alles verwachsen und versteckt, andere wie Sie haben schon alles Mögliche über sich ergehen lassen müssen, dennoch sieht es beinahe jungfräulich im Inneren aus. Das ist eine Tatsache, die mir niemand wirklich erklären kann. Und ich habe schon die größten Spezialisten danach gefragt.« Das war ihr Kommentar gewesen, als feststand, dass dem Vorhaben technisch gesehen keine Probleme entgegenstanden.

Mit einem etwas mulmigen Gefühl folgte Maria Laila Kornthaler in den hinteren Teil der Praxis, der den Eindruck eines gar nicht so kleinen OP-Traktes erweckte und dem gleich ein eigenes Labor angeschlossen war. Hier war sie noch nie gewesen. Lediglich Bilder davon hatte sie in einer Broschüre gesehen.

Als sie später ihrer Annette um den Hals fiel, wusste sie, dass das mulmige Gefühl völlig unangebracht gewesen war. Alles war planmäßig gelaufen. Es konnten ausreichend Eizellen gewonnen werden. Und dazu kam, dass das Personal um Frau Dr. Kornthaler ungemein kompetent wirkte und sehr, sehr freundlich war. *Vorbildlich geht es hier zu!* Fünf-, sechsmal war Maria der Gedanke gekommen.

»Ja!!!« Annette begab sich in eine Siegerpose, nachdem Maria ihr alles genauestens berichtet hatte. Annette wäre gerne dabei gewesen. Laila Kornthaler hatte das aber strikt abgelehnt. Und ihr Wort besaß großes Gewicht. Annette hatte nicht widersprochen.

»Jetzt bist du dran. Und natürlich auch Ullrich. Ich kann mich gelassen zurücklehnen.«

»Kommt gar nicht infrage. Ich ernenne dich mit sofortiger Wirkung zu meinem Mentalcoach in Sachen ›schwanger werden‹.«

Und einen solchen konnte Annette dann auch wirklich gut gebrauchen, funktionierte das dann doch nicht alles so schnell wie erwartet. Maria schaffte es immer, den Geduldsfaden bei Annette nicht reißen zu lassen.

Die Geduld wurde belohnt. Annette kam es vor, seit einer Ewigkeit mit Laila Kornthaler »herumzubasteln«, was so eigentlich gar nicht stimmte. Eines Tages hatten sich nun all die Mühen und Anstrengungen bezahlt gemacht.

»Ich bin schwanger!« Annette stürzte sich auf Maria, ein seltsames Kunststoffgebilde in der Hand. »Sieh her, ich bin schwanger. Wir haben es geschafft.«

»Ja!!!«, entfuhr es Maria, als sie den positiven Test in Händen hielt. Am liebsten hätte sie mit Annette einen wilden Tanz aufgeführt, doch dann besann sie sich: Ihre Liebste war ja schwanger, da konnte man nicht mehr so wild herumfuhrwerken. Das ging so nun wohl nicht mehr. »Ich könnte mit dir durch das Zimmer tanzen, so freue ich mich!«

»Und warum tust du das nicht? Spricht doch nichts dagegen. Oder? Du wirst mich doch nicht fünf Meter weit durch die Luft wirbeln?«

»Meinst du?«

»Meine ich. Komm, nimm mich in die Arme, tanz mit mir durch den Raum …«

»Das darf doch nicht wahr sein, dass das Realität wird!« Ullrich hatte die Worte herausgeschrien, als ihm Maria, Annette und seine Verlobte Angela die Mitteilung über den ersten erfolgreichen Schritt nach zwei Fehlversuchen machten. Adressat des Schreis war indes er selbst, er war nicht an die Frauen gerichtet. Ihm war die Situation selbst in den letzten Wochen noch immer ein wenig unwirklich vorgekommen. Und auch die Haltung seiner Verlobten fand er nicht so selbstverständlich. Dafür bewunderte er Angela und machte kein Hehl daraus.

Kapitel 35

Maria tupfte das schweißnasse Gesicht ihrer Annette ab. Die atmete schwer, hatte die Augen geschlossen und schien sich nun doch wieder ein wenig zu entspannen.

»Arme Annette, meine arme Annette, wann hat das Ganze denn einmal ein Ende?« Maria massierte Annettes Hand, nahm diese dann fest in ihre.

Annette schlug die Augen auf und sah Maria belustigt an. »Du bist völlig verspannt, Maria, du darfst dich auch mit mir entspannen. Wenn du das nicht tust, bist du morgen ein Wrack.«

»Das ist ja so etwas von wurscht, wie es mir morgen geht, Hauptsache, die Sache hat bald ein Ende. Herrgott, kann denn das nicht irgendwie weitergehen, das ist ja eine Zumutung.«

Annette hatte Marias Hand nun wieder umfasst und hielt sie fest. Schweißperlen erschienen auf ihrer Stirn, das entging Maria genauso wenig wie die Schmerzen, unter denen Annette jetzt litt.

»Huuh!«, entfuhr es Annette.

Maria hatte genug. Da konnte man doch nicht tatenlos zusehen. Das war nicht ihre Einstellung. Wer so leiden musste, dem musste man doch helfen. Nie wäre es ihr je eingefallen, einem Patienten, dem es so ging wie ihrer Annette genau in diesem Augenblick, nicht sofort zu helfen. »Jetzt tun Sie doch etwas, Frau Hauser! Sehen Sie nicht, wie es ihr geht? Haben Sie schon einmal etwas von Menschlichkeit gehört? Wenn Sie nicht gleich etwas unternehmen, dann mach ich selbst da weiter, und Sie können nach Hause gehen.«

Die angesprochene Frau Hauser, eine Hebamme mit jahrzehntelanger Erfahrung, lächelte bloß. Wie oft waren es die Männer, die den Ablauf einer Geburt nicht ertragen konnten, hier war es eben die Liebste der Kreißenden. Alles war in bester Ordnung, und sie wusste genau, dass es sicher keine Viertelstunde mehr brauchte, bis der Junge auf der Mutter liegen und schreien würde. Es gab nur keinen Grund zum Hetzen. So gut, wie das hier lief, würde Frau Dr. Weiß sicher nicht mehr als zwei, drei Presswehen benötigen, und die Sache wäre erledigt. Dem Kind ging es ausgezeichnet, wie man am leise mitlaufenden Monitor erkennen konnte. Sie hatte sich schon überlegt, auf die ganze Technik zu verzichten, war dann allerdings zu einem anderen Entschluss gekommen. Warum ein Risiko eingehen?

Die Wehe war wieder im Abklingen, und Frau Dr. Weiß entspannte sich sichtlich. Nicht so die neben ihr stehende Frau Eisner, der nun die Hilflosigkeit ins Gesicht geschrieben stand. Bloß jetzt sagte sie nichts mehr, sie schüttelte nur mehr den Kopf.

Gleich setzte die nächste Wehe ein, und die Hebamme merkte sofort, dass sich etwas geändert hatte. Den Drang zum Pressen schien Annette nun nicht mehr unterdrücken zu können.

»Frau Dr. Weiß, diese Wehe versuchen Sie noch zu veratmen, bei der nächsten pressen wir gemeinsam, und bei der übernächsten haben wir Ihren Jungen in der Hand.«

»Ist es jetzt so weit?«, flüsterte Maria mit bleichem Gesicht. »Mein Gott, es ist gleich so weit, Annette, meine Annette, es ist gleich so weit!«

Annette hatte nun, wie schon viel früher besprochen, die Haltung eingenommen, die sie für die letzten Wehen einnehmen sollte. Die Hebamme wollte das gerade von ihr verlangen, doch Annette war schneller gewesen und hatte sich in eine gute Position gebracht. Frau Hauser war hochzufrieden.

Die Wehenpause war jetzt ein wenig länger, und Annette konnte kräftig durchatmen und ihre Kräfte sammeln. Sie schaute zu Maria, die völlig aufgelöst zu sein schien. Eine Welle der Zuneigung und Liebe durchflutete sie, ehe diese Welle von der nächsten Wehe hinweggefegt wurde.

Von da an konnte Annette keinen klaren Gedanken fassen, bis ein schreiendes Bündel auf ihrer Brust lag.

Maria hingegen war in den nächsten Minuten wie ausgewechselt. Sie funktionierte wie eine Maschine. Noch nie hatte die Hebamme so eine gute Hilfe gehabt wie Maria in diesen letzten Augenblicken der Geburt. Kaum wurde ihr aber bewusst, dass alles gut gegangen war, die Hebamme ihr das noch kurz bestätigte, da fiel sie in sich zusammen, schmiegte sich an ihre Annette, küsste die junge Mutter sanft, strich genauso sanft über die weiche Haut des Neugeborenen und weinte still vor sich hin.

Sie beruhigte sich erst, als sie Frau Hauser aufforderte, das Kind nun ordentlich zu versorgen. »Ich bringe Ihre Annette wieder in Schuss. Können Sie den kleinen Jungen übernehmen? Werden Sie das schaffen?«

»Wer? Ich?«

Annette lachte kurz auf, sie hatte sich bereits wieder bestens gefangen. »Ja, du. Ich kann im Augenblick nicht.«

»Natürlich mache ich das. Ich weiß, wie das geht, ich habe das gelernt. Ich weiß, wie man mit hilflosen Lebewesen umgehen muss. Ich muss bloß wissen, wo ich alles finde, was ich dazu brauche.«

Frau Hauser zeigte ihr alles und sah Maria noch kurz über die Schulter, wie sie die Sache anging. Sorgen waren da völlig unbegründet. Das sichere Zugreifen und die dabei dennoch unübersehbare Zärtlichkeit stachen so ins Auge, dass sich die Hebamme um die junge Mutter kümmern konnte.

Die Nachgeburt war auch ohne nennenswerte Probleme vonstatten gegangen, sodass die Hebamme zufrieden den Telefonhörer in die Hand nehmen und den diensthabenden Gynäkologen informieren konnte, wie das bereits im Vorfeld besprochen worden war. Der ließ sich auch gleich kurz blicken, sah nach dem Rechten, bestätigte den Eindruck der Hebamme und verließ das Kreißzimmer, nicht ohne vorher noch den Frauen gratuliert zu haben und sich den kleinen Mann liebevoll an die Brust zu drücken.

Maria wiegte den Jungen, der sich äußerst wohlzufühlen schien. »Ist es nicht Zeit, dass der junge Herr das erste Mal an die Mutterbrust kommt?«

Die Hebamme nickte. »Gleich legen wir ihn an.«

Annette sah ein wenig verunsichert zu Maria. »Wie wird denn das werden?«

»Das sehen wir gleich«, antwortete die Hebamme und setzte sich zu Annette, »machen Sie bitte einmal die Brüste frei, damit ich sehen kann, wo wir anfangen können.« Sie nickte kurz. »Sie haben sehr schöne Brustwarzen, da ist es völlig egal, wo Sie anfangen wollen.«

»Das finde ich auch.« Maria war in Gedanken.

»Was meinen Sie, Frau Eisner? Entschuldigen Sie, ich habe Sie jetzt nicht verstanden.« Die Hebamme legte den Jungen nun an, und der begann gleich zu saugen. Und wie!

»Hah!«, entfuhr es Annette. So ein Gefühl hatte sie noch nie in den Brüsten. Ungewohnt, aber nicht unangenehm.

»Was ist? Wie ist das?«, wollte Maria wissen.

»Seltsam, aber nicht übel. Mehr kann ich nicht sagen.«

Die Hebamme betrachte kurz die Situation und runzelte plötzlich die Stirn. »Frau Doktor Weiß, wenn man genau hinsieht, so haben Sie da zahlreiche dünne, strichförmige Narben. Kreuz und quer laufen die. Haben Sie sich früher einmal operieren lassen?«

»Lassen müssen«, antwortete Maria für ihre Liebste. »Lassen müssen. Alles war vollkommen zerstört. Von der Brustwarze, die Sie eben als sehr schön bezeichnet haben, war beinahe gar nichts übrig gewesen, und jetzt nuckelt der kleine Mann da dran, wie wenn nie etwas gewesen wäre. Mir kommt es wie ein Wunder vor.«

Zwei Stunden später war Paula gekommen, und mit ihr Angela und Ullrich, der ja auch nicht unwesentlich an der Sache beteiligt war. Paula war völlig aus dem Häuschen. Sie wollte den Jungen gar nicht mehr aus der Hand geben, ließ sich von Maria in allen nur erdenklichen Posen fotografieren und kam zu dem Schluss, dass sie dem Vorschlag von Richard, ihrem Partner, es den beiden Frauen irgendwie nachzumachen, doch folgen würde. Der Beschluss war gefasst, und sie tat das auch gleich kund.

»… zum Üben komm ich zu euch. Ihr habt doch nichts dagegen?«, schloss sie einen langen Monolog, den alle mit Schmunzeln verfolgt hatten.

Mit dem Ende des Sermons übergab sie den Säugling abrupt an Herrn Dr. Hartmann, der still lächelnd neben ihr stand und nicht zu wissen schien, wie er sich verhalten sollte. Er wollte ja auf alle Rechte verzichten, das war per Ehrenwort ausgemacht, dennoch spürte er in den vergangenen Minuten eine Verantwortung in Bezug auf das Kind und die beiden Frauen in sich wachsen, das konnte er einfach nicht ignorieren. Er wollte das auch gar nicht, aber hatte für sich beschlossen, das alles im äußersten Hintergrund ablaufen zu lassen, was ihm da so vorschwebte. Vor allem wollte er aufpassen, dass die drei niemals in gröbere Schwierigkeiten gelangen sollten, und wenn ja, dann würde er für sie kämpfen wie ein Löwe.

»Was ist mit dir, Ullrich? Du siehst so nachdenklich aus.« Angela schmiegte sich an ihn.

»Bin ich auch ein wenig. Ist ja doch immer ein Wunder, wenn so ein neues Leben entsteht. Findet ihr nicht?«

Maria nickte. »Finde ich auch. Und wie findest du den kleinen Ullrich im Speziellen?«

»Was? Ullrich!« Sein Gesicht zerfloss förmlich in einem Lächeln. »Du bist also der kleine Ullrich. Herzlich willkommen auf dieser Welt.«

Man musste Annette und dem kleinen Ullrich irgendwann Ruhe gönnen, und so hatte Paula die drei anderen einfach geschnappt und sie nach draußen gezogen. Ehe sie die junge Mutter verließen, überraschte sie Maria damit, dass sie ein kleines Fest organisiert hatte. Ganz kurzfristig hätten einige Freunde zugesagt, bei ihr aufzutauchen. Jeder würde etwas mitbringen, und es würde ganz locker und spontan ablaufen.

Das Ganze wurde zu einer riesigen Feier. Richard hatte in Wahrheit die Idee dazu gehabt und sie auch umgesetzt. Maria stand im Mittelpunkt des Geschehens. Es war ihr am Anfang noch eher peinlich, doch die unglaubliche Herzlichkeit, die ihr von allen Seiten entgegengebracht wurde, riss sie mit, und so kam sie erst weit nach Mitternacht ins Bett. Glücklich schlief sie ein, mit dem Bild ihrer Annette vor Augen und mit der Erinnerung an den wunderbaren frischen Duft des kleinen Ullrich.

Kapitel 36

Maria fuhr um die Mittagszeit rasch auf die Baustelle. Baustelle war ein wenig übertrieben. Es war ja nur eine Umgestaltung des Kinderzimmers. Alles hatten sie vor der Übersiedlung ins Haus bedacht, nur nicht die Neugestaltung des Raumes neben dem Schlafzimmer, der nun das Kinderzimmer werden sollte. Der Architekt hatte vor wenigen Tagen nach Bitten und Betteln von Maria versprochen, dass er dafür sorgen wollte, die Arbeiten zügig voranzutreiben. Sie sollten mit dem Baby, wenn es zu Hause ankommen würde, ungestört wohnen können. Maria hatte alles so gut geplant gehabt. Der leidige Zeitverlust, der durch die Pleite des Elektrikers entstanden war, war natürlich nur mehr mit Biegen und Brechen aufzuholen, und das nicht ganz sicher. Aber wenn sie das so akzeptieren könnte, würde er alles unternehmen, was in seiner Macht stünde. Der Architekt hatte das Maria mit einer Inbrunst der Überzeugung gesagt. Maria wollte ihm das im Augenblick auch einfach glauben.

Und er hatte mehr geschafft, als er sich zugetraut hatte. Bei ihrer Ankunft war die Haustür sperrangelweit offen, und ein Reinigungsteam war dabei, eine gründliche Endreinigung durchzuführen. Der Architekt war schon von der Diele aus lautstark zu hören. Wie ein Offizier erteilte er kurz und prägnant Aufträge, und die Leute tanzten nach seiner Pfeife, wie es schien.

Maria fand ihn schnell, und seine Miene erhellte sich, als er sie bemerkte. »Gut, dass Sie hier sind. Wir waren viel schneller als geplant. Heute habe ich schon den Putztrupp hier, morgen könnten schon die Möbel aufgestellt werden. Wenn Sie im Depot anrufen könnten, dass man dort alles bereitstellt, so stehen die Sachen morgen im Zimmer. Ich habe zufällig ein Team an der Hand, das alles schnell erledigen kann. Fragen Sie mich bitte nicht, welche Leute das sind, ich bin mir sicher, Sie wollen es gar nicht wissen.« Er blickte in ihr ein wenig fragendes Gesicht. »Es sind keine Illegalen, Kinder oder Sklaven, das kann ich versichern.«

Maria atmete kräftig durch. Es wäre nicht schön gewesen, die Wöchnerin und den Säugling betreuen zu müssen und dabei noch einen Handwerker im Hause zu haben. Doch so schien sich ja alles in bestem Wohlgefallen aufzulösen. »So machen wir es. Danke, nochmals danke, dass Sie da gezaubert haben.«

»War mir eine Ehre. Jetzt können Sie in Ruhe warten, bis der Nachwuchs das Licht der Welt erblickt.«

»Das hat er schon.«

»Was? Wirklich?« Der Mann, der eben noch Befehle im Stakkato erteilt hatte, schmolz dahin wie das Wachs einer brennenden Kerze. »Erzählen Sie bitte. Wie war es denn? Geht es Mutter und Kind gut?« Alles wollte er wissen, entwickelte eine kindliche Neugier, sodass sich Maria nicht gleich wieder losreißen konnte und viel später bei ihrer Annette und bei ihrem Ullrich ankam als geplant.

»Die Milch ist eingeschossen!« Annette war völlig aufgekratzt. »Unser Ullrich muss daher nicht mehr verhungern.«

»Hallo, meine liebe Annette«, Maria hatte ihre Tasche auf den Tisch geworfen und sich auf ihre Liebste gestürzt. »Küss mich, küss mich, ich will dich spüren.«

»Vorsicht, Frau Eisner, wollen Sie mich erdrücken?« Annette hatte ihre Arme um Maria geschlungen und sie geküsst. Es war tatsächlich wieder Zeit, einander zärtlich zu küssen. Und niemand hinderte sie daran. Derjenige, der das sofort hätte verhindern können, schlief tief und fest neben Annettes Bett.

»Ach Gott, ist mir das abgegangen!« Maria küsste Annette nochmals, ehe sie sich strahlend aufs Bett setzte. »So, jetzt kannst du mir vom Stillen erzählen.«

»Komm, gib mir deine Hand. Ich lass dich jetzt was fühlen.« Sie führte Marias Hand auf ihre Brüste. »Du kennst ja die beiden bestens. Auch aus der letzten Zeit, da haben sie sich schon deutlich verändert.«

»Sind ganz schön gewachsen, kann ich nur sagen. Hast mich bald eingeholt.«

»Na, da fehlt noch ein Stück, aber fühl einmal, wie voll die jetzt sind. Unser Ullrich saugt schon brav daran, es wird also noch mehr werden.«

»Apropos Ullrich, sollte man den kleinen Kerl nicht einmal wickeln? Der braucht doch sicher eine frische Windel.«

Annette schmunzelte. »Du wirst ihn jetzt nicht aufwecken. Betreuen kannst du ihn heute sicher noch. Seine Windel ist ganz frisch, dafür habe ich schon gesorgt. Du bist ja nicht gekommen. Hast uns schmählich im Stich gelassen.«

Der letzte Satz führte dazu, dass sich Maria wieder auf Annette stürzte und sie küsste.

»Na, na, na! Ist das die Art und Weise, wie man eine arme Wöchnerin behandelt?«

»Arme Wöchnerin? Freches Ding! Übrigens habe ich euch nicht im Stich gelassen, sondern unser neues Nest begutachtet und alles in die Wege geleitet, dass morgen die Möbel transportiert werden können. Was sagst du dazu? Ihr werdet in zwei Tagen nicht in eine Baustelle ziehen müssen.«

»Fein! Dann hat ja doch noch alles gut geklappt.« Annette saß in Siegerpose in ihrem Bett.

Der Einzug ins Heim gestaltete sich ohne Probleme. Der Architekt war nochmals da gewesen, als Annette bereits zu Hause war, sah rasch nach dem Rechten und hatte sich dann mit Annette und dem kleinen Ullrich an den Esstisch gesetzt. Die kleine erledigte Baustelle schien ihn ab dem Augenblick überhaupt nicht mehr zu interessieren. Er ließ sich von Maria einen Kaffee servieren und hatte nun alle Zeit der Welt. Mit großem Interesse und Engelsgeduld hörte er Annette zu, die richtig in Fahrt kam und bis ins Detail den Alltag mit dem Baby schilderte. Maria, die das alles mitbekam, konnte sich dabei des Verdachts nicht ganz erwehren, dass er eigentlich nur das Baby sehen wollte.

Sie hatte nicht unrecht, war er doch erst vor knapp zwei Wochen von seiner Freundin informiert worden, dass sie schwanger wäre, und seitdem kreisten seine Gedanken nur mehr um seine Freundin, diese Schwangerschaft und Babys. Das erzählte er aber niemandem. Er kam sich dabei so kindisch vor, hatte er doch bis zu diesem Zeitpunkt nicht einen einzigen Gedanken an solche Dinge verschwendet. Die Zeiten hatten sich geändert.

Als ihm Maria den zweiten Kaffee vorsetzte und auch ein Stück Kuchen hinzufügte, platzte es aus ihm heraus. Er musste das endlich loswerden, und wo war das besser möglich, wo war mehr Verständnis zu erwarten, als bei einem Paar mit einem Neugeborenen. Am

Anfang, als er die Arbeit übernommen hatte, war ihm das ja seltsam vorgekommen, für ein Lesbenpaar zu arbeiten, von dem eine der Partnerinnen schwanger war. Erst hatte er die Situation gar nicht wahrgenommen, doch es wurde ihm gleich mitgeteilt, offenbar um ihm die Dringlichkeit des Auftrages zu verdeutlichen. Und in Wahrheit war es auch nicht mehr zu übersehen gewesen. Als er das mit seiner Freundin erfuhr, war eine der ersten Konsequenzen daraus, dass er dafür sorgen würde, dass der kleine Umbau im Haus dieses Paares mit der werdenden Mutter absolute Priorität haben musste. Das Nest müsste fertig sein, wenn Mutter und Kind nach Hause kämen.

All das sprudelte nun aus ihm heraus. Annette hörte sich alles lächelnd an, von Maria erntete er dafür einen dicken Kuss auf die Wange und ein weiteres Stück Kuchen. Der Hunger war unübersehbar, vielleicht hatte er einfach vergessen, etwas zu essen.

»Vergessen Sie nicht das Essen, Herr Architekt, Sie werden noch viel Energie brauchen in der Zukunft.«

Er langte bereits wieder zu und antwortete mit vollem Mund: »Stimmt schon. Dazu habe ich jetzt oft gar keinen Geist. Aber es ist eben alles so aufregend im Augenblick. Und Arbeiten hilft zurzeit am besten gegen die Aufregung. Ich verspreche Ihnen, in den nächsten Tagen die Kleinigkeit mit den Jalousien auch noch erledigen zu lassen, dann wird einer großen Einstandsfeier nichts mehr im Wege stehen.«

»Zu der Sie jetzt schon herzlich eingeladen sind. Mit Ihrer Freundin, das versteht sich von selbst. Und keine Widerrede«, bestimmte Maria.

Annette spitzte erstaunt ihren Mund. Einstandsfeier? Davon war noch nicht die Rede gewesen. Aber warum nicht. »Ja, Herr Architekt«, sie nickte dabei Maria demonstrativ zu, »natürlich sind Sie eingeladen.« Nach einer kurzen Pause fügte sie nochmals an: »Keine Widerrede.« Das war jetzt an Maria adressiert und mit einem breiten Grinsen verbunden. Sie liebte Maria für ihre spontanen Entschlüsse. Wenn sie eine Entscheidung getroffen hatte, so akzeptierte sie nur selten noch einen Widerspruch.

Kapitel 37

Die illustre Gesellschaft war früh vollzählig erschienen. Eine junge Mutter mit Säugling wollte niemand warten lassen. Als Letzter war Professor Kornthaler mit seiner Frau Laila aufgetaucht, einer ungemein attraktiven Frau, wie es Maria schon öfters aufgefallen war. Einige Zeit hatten sie gemeinsam zu tun gehabt, bis das mit der Schwangerschaft geklappt hatte, auf das Aussehen der Ärztin hatte sie nicht weiter geachtet, letztlich war jedoch die Exotik, die sie ausstrahlte, nicht zu übersehen gewesen. Und begleitet wurde das Paar von seinen beiden Töchtern, so um die zwanzig Jahre alt mussten die sein. Annette stieß Maria sofort an, als sie erschienen, ein wenig scheu wirkten sie, unverkennbar die Töchter ihres Vaters. Aber wie sahen sie aus! Es waren wirklich seltene Schönheiten.

»O Gott, Maria, siehst du, was ich sehe? Unverkennbar Kornthalers Töchter, und dann solche Schönheiten. Ist das zu glauben?«

Maria schüttelte bloß den Kopf, zu einer Antwort kam sie nicht mehr, steuerten die Kornthalers doch bereits auf sie zu.

Kornthaler umarmte die beiden Frauen und stellte gleich voller Stolz seine Töchter vor. Und als diese lächelten, steigerte sich ihre Schönheit beinahe ins Unermessliche.

»Das glauben Sie nicht, dass das meine Kinder sind«, flüsterte er voller Stolz.

»Es ist unverkennbar, Herr Professor, auch wenn es unglaublich ist.« Maria hatte wieder einmal ausgesprochen, was sie gedacht hatte, und erntete dafür von ihm ein Grinsen und einen Knuff in die Rippen.

Bald war das Fest in vollem Gange. Für das Buffet hatte Paula gesorgt. Sie hatte es sich nicht nehmen lassen. Richard machte den Mundschenk. Nora und die Stalin unterhielten sich angeregt mit Ullrich und Angela. Eine große Schar an Leuten, ein ganz buntes Völkchen, gab sich locker und amüsiert dem Treiben hin.

Und dann klopfte Maria irgendwann mit dem Löffel an ein Glas, um sich Gehör zu verschaffen.

»Liebe Gäste!«, hob sie an, kam aber nicht weiter, da in diesem Augenblick der junge Ullrich zu brüllen begann. Hunger konnte es nicht sein, gestillt worden war er erst vor einer halben Stunde. Also musste es wohl etwas anderes sein, und um dies wollte sich Maria gleich selbst kümmern.

Sie nahm das schreiende kleine Bündel aus dem Bettchen, wiegte es kurz und fuhr noch einmal fort: »Liebe Gäste, es gibt also doch keine Rede von mir. Ich kann das ohnehin nicht wirklich gut. So möchte ich mit euch allen bloß das Glas erheben. Danke für alles, was uns in den letzten Monaten, ja nun schon Jahren an wunderbaren Dingen zugekommen ist, und ...«, Ullrich begann nun noch lauter zu brüllen, »ja, ja, du kommst jetzt dran. Ich werde gleich nach dir sehen ... Also, kurz gesagt, ich wünsche euch, lieben Gästen, noch ein schönes Fest und allen alles Gute für die weitere Zukunft.« Sie blickte auf Annette, die sich zu ihr gesellt hatte. »Ich weiß, da spreche ich nicht nur für mich, sondern auch für meine Annette.«

Danksagung

Auch bei »Meine Annette«, meinem dritten Buchprojekt, gebührt meiner lieben Familie, meiner Lektorin Angela Braun und dem Team von Buch&media rund um Alexander Strathern größter Dank für Verständnis, Geduld und Hilfe. All das ist mir zuteil geworden. Beim dritten Buch ist nun bereits alles bestens eingespielt, ohne zur öden Routine verkommen zu sein – für einen Autor ist das ein wahres Glück.

Bedanken möchte ich mich auch bei all jenen, die meine ersten beiden Bücher sehr kritisch beleuchtet haben. Offene Worte sind wichtig – auch wenn sie manchmal durchaus ein wenig schmerzen mögen. Für mich persönlich haben sie großen Wert, ist Kritik doch so etwas wie das Salz in der Suppe des Schreibens.